乡村振兴福建故事系列

福建省乡村振兴研究会 编

海峡出版发行集团
海峡文艺出版社

《遇见和美乡村》

主　编

潘　征

副主编

陈元邦　黄锦萍

福建省乡村振兴研究会
Fujian Research Association of Rural Revitalization

序

福建省人民政府省长　赵　龙

　　福建乃山海画廊、人间福地，"八山一水一分田"的自然空间格局，星罗棋布着一万一千多个乡村，或阡陌交通、山环水绕，或屋舍俨然、田园相依，或钟灵毓秀、人文和美，宛如秀美画卷点缀于广袤大地，在乡村振兴的时代洪流中涌动着生机与希望。

　　民族要复兴，乡村必振兴。党的十八大以来，习近平总书记高度重视"三农"工作，带领全党全国各族人民夺取了脱贫攻坚战全面胜利，全面实施乡村振兴战略，推动我国农业农村工作取得历史性成就、发生历史性变革。早在福建工作期间，习近平总书记就亲自分管过"三农"工作，亲力亲为抓"三农"工作，进行了一系列探索和实践，创造了宝贵的思想财富、精神财富和实践成果。这些年，福建省委省政府牢记嘱托、感恩奋进，大力传承弘扬习近平总书记开创的重要理念和重大实践，一张蓝图绘到底，一任接着一任干，打造了众多山清水秀、天蓝地绿、村美人和的宜居宜业乡村，一幅现代版"富春山居图"正在八闽大地徐徐展开。

　　省乡村振兴研究会积极响应省委、省政府号召，组织开展"讲好乡村振兴故事"活动,编辑出版了《在希望的田野上》一书,图文并茂、引人入胜,娓娓道来的一个个小故事,折射的却是乡村振兴的许多大道理,给人以启发启迪,让人受触动感动。读罢此书,我深深感受到,乡村振兴力量在情怀,故事里的主人公,不论是"乡井"书记卢海中、"修路书记"林志军,还是乡村振兴路上的"徐妈"等,之所以感人,就在于他们言行之间,处处流露出对农民的真爱、对农村的挚爱和对农业的热爱,这种深厚的"三农"情怀,"星星点灯、照亮前程",让人感动、令人钦佩。如今,越来越多懂农业、爱农村、爱农民的有识之士来到农村,扎根这里,用真挚情怀和辛勤汗水,让乡村产业强起来、农民富起来、村容美起来,这是实现乡村振兴的力量所在。我深深感受到,乡村振兴活力在创新,群众首创精神是伟大的,正在把农民丰收致富梦照进现实。依靠创新,八闽乡村诞生了首家淘宝村、众多直播带货网红村和声名远播的文旅村,形成了用制度规范项目资金的"屏南工料法"创新案例,闯出了科技特派员、农业专家办茶场、搞特色种植的农业发展路径等。如今,农民的积极性、创造性竞相迸发,无数创新点子在农业农村点燃希望,这是实现乡村振兴的活力所在。我深深感受到,乡村振兴保障在党建,农村基层组织强不强,乡村"领头羊"有没有选好,直接关系乡村振兴的成败。这些故事的背后都有像云峰村、大禄村村"两委"那样的坚强战斗堡垒,在发挥主心骨作用,把农村群众团结凝聚在党的周围,攻坚克难,实现了从贫困村、帮扶村到富裕村、旅游村的华丽蝶变;都活跃着一大批"头雁",诸如退休厅官返乡当支书、创业达人当带头人、青年大学毕业生当村干部等,无怨无悔地带领着农民群众发家致富。如今,抓党建转作风、抓作风促发展,已经成为农村基层党组织和广大党员的自觉行动,这是实现乡村振兴的保障所在。

　　党的二十大报告强调，要讲好中国故事、传播好中国声音，展现可信、可爱、可敬的中国形象。乡村振兴故事，是中国故事的重要组成部分，我们应该让更多的人来到这希望的田野上，感受田园生活，体验农家乐趣，领略美好山水，脚踩乡土，多说"土话"，把文明乡风、良好家风、淳朴民风记录下来、传播出去，让更多人可学、可悟、可鉴，真切感受八闽乡村的蓬勃生机。

　　时光为卷，奋斗为笔。在八闽大地上，无数奋斗者正在描绘乡村振兴的美丽画卷，书写着感人至深的拼搏故事。希望通过这一个个故事，让更多人了解农村、热爱农村，投身到乡村振兴中去；希望通过这一个个故事，展现福建人民自强不息、自力更生的精神风貌，凝聚起乡村振兴的广泛合力；希望通过这一个个故事，让更多人学习借鉴乡村振兴的可行路径、有益经验，走各具特色的乡村振兴之路；希望通过这一个个故事，共同激发内生动力，接续推进乡村全面振兴，携手走向共同富裕。

　　在希望的田野上，希望这些生动感人的故事，接续不断传承续写下去！

主编的话

乡村振兴福建故事系列第二辑《遇见和美乡村》即将付梓，经请示福建省政府办公厅同意，我们将省委副书记、省长赵龙为乡村振兴福建故事系列第一辑《在希望的田野上》所作的《序》作为本辑的序。我们认为，省长的序，对我们讲好乡村振兴福建故事有着十分重要的指导意义。

当这本书即将付印的时候，我们通读了全部书稿，掩卷而思，宛若一幅画卷在眼前徐徐展开，让我们看到了福建乡村振兴的大图景，耳畔仿佛绕萦福建乡村振兴的铿锵脚步。2023年，各级党委、政府认真贯彻习近平总书记和党中央关于乡村振兴的一系列战略部署，认真落实省委、省政府关于乡村振兴的一系列要求，全省乡村振兴呈现出势足、力大、特色明显、成效显著的可喜局面。势足，乡村振兴气势宏大，态势良好。力大，首先是合力大，各部门、各单位、社会各界行动起来，发挥各自优势，参与乡村振兴；其次是干劲大，基层的干部群众真正动起来了，把乡村振兴作为自己的分内事。特色明显，立足各地实际，因地制宜，走出丰富多样的乡村振兴的路子；成效显著，百尺竿头，更进一步，乡村振兴给八闽乡村带来欣欣向荣的和美景象。

党的二十大报告指出"建设宜居宜业和美乡村"，这是对乡村建设内涵和目标的进一步丰富和拓展，也是乡村振兴所要努力的方向。我们取《遇见和美乡村》为名，也表达我们期盼八闽大地在乡村振兴的大潮中，涌现出更多的和美乡村。

《遇见和美乡村》中的50多篇故事只是福建省乡村振兴的点滴记录，却也是福建省乡村振兴的一个个亮点，将它们汇聚起来，窥一斑而见全豹，每个亮点如一颗星星，汇聚之后便是灿烂星空。将乡村振兴的福建故事一年一年地写下去，可以窥见福建省乡村振兴的基本脉络，可见福建省乡村振兴的灿烂星河。我们相信，这些故事能够给从事乡村振兴工作的同志以启迪，从而助推福建省的乡村振兴。

我们愿意追随乡村振兴时代步伐，讲述好福建乡村故事。

目录

聚沙成塔　乡村有约

3　**四坪柿子分外红** / 潘　征

12　**沙县小吃第一村** / 黄莱笙

19　**你并没有走远**
　　　——记"感动厦门"人物"牛头书记"高泉阳 / 陈　弘

27　**乡村振兴画卷，在萍湖村徐徐展开** / 筱　陈

33　**回乡青年的舞台** / 沉　洲

39　**一把剪刀，剪出火红的生活画卷**
　　　——探访柘荣靴岭尾剪纸专业村 / 唐　颐

46　**政通人和石圳村** / 黄锦萍

54　**北港有约** / 高　云

60　**春风吹拂坂中村** / 禾　源

68　**岭畔村，千年不熄的窑火** / 刘志峰

74　青山绿水欧寮村 / 苏水梅

81　外碧村的"农文旅"元素 / 蔡飞跃

88　聚沙成塔，共同发展
　　　　——"兔子小镇"的乡村故事 / 古　道、咏　樱

95　一个乡村记忆馆的构想 / 戎章榕

103　洲头盛开文旅之花 / 陈崇勇

109　驻村记 / 张玉泉

115　巧手打造"小桂林"，乡村振兴展宏图
　　　　——丹岩村"乡村蝶变"绘新景 / 陈海容

124　花式生活，火热电商 / 叶　子

山海聚力　气象万千

133　中国碳票第一村 / 黄莱笙

141　善美元格：建设美丽乡村，铺展幸福画卷 / 叶　红

150　古村复苏的故事
　　　　——走进厦地 / 筱　陈

157　前埯问海 / 刘志峰

163　云寨：从穷山村到"绿富美"的蝶变 / 刘少雄

171　浦上行：乡贤助力乡村振兴 / 叶　子

177	**山水无言喜今朝**	
	——长汀县河田镇露湖村、伯湖村的乡村振兴故事 / 杨秋明	
184	**明溪离欧洲有多远** / 黄锦萍	
190	**双岭村：厦门现代农业的典型** / 郑其岳	
198	**五云"蜜"方** / 陈秋钦	
202	**载歌载舞三月三** / 陈崇勇	
208	**少年红军文旅小镇——大田村** / 绿　笙	
214	**九仙花苑话变迁**	
	——蕉城区九都镇九仙村的振兴故事 / 禾　源	
222	**绿满乡村，农耕文旅谱新篇** / 陈海容	
229	**耕海养海进行曲** / 杨国栋	
235	**让美好生活的理想照进现实** / 苏水梅

逐梦田园　美丽蝶变

245	**南国葡萄之乡的领航船** / 唐　颐	
252	**新阳村集体经济掘得的"五桶金"** / 筱　陈	
258	**山水间的家园** / 郑其岳	
265	**逐梦田园，业兴民富** / 叶　子	

271　小南洋，大世界 / 梦　远

278　一个古老山村的智慧蜕变 / 绿　笙

285　入梦入境尧禄村 / 黄锦萍

291　红绿相融，书写文旅发展新篇章
　　　　　——"红旗跃过汀江"发生地长汀县濯田镇
　　水口村的乡村振兴故事 / 杨秋明

299　"三治"融合，为乡村振兴赋动能
　　　　　——芗城区石亭下高坑 / 苏水梅

305　新生活的霞彩 / 沉　洲

312　外石村的故事 / 云中山

319　许厝村：美丽转身进行时 / 蔡飞跃

326　给后黄插上一双文旅的翅膀 / 张玉泉

333　大梧飞出了金凤凰 / 戎章榕

339　凤凰花开蒋山村 / 陈秋钦

345　看海的澳 / 高　云

352　湖光山色情悠悠 / 杨国栋

358　美丽道桥村，抵达诗和远方 / 叶　红

365　后　记

聚沙成塔 乡村有约

遇见和美乡村

四坪柿子分外红

潘 征

屏南在地理上与省城相邻，是旧制福州府下辖的10个县之一。但在很长的一段时间里，屏南被人们认为是个遥远的地方，屏南这个地名总是与贫困、落后联系在一起。这几年屏南县域经济有了很大发展，传统村落保护利用、乡村振兴工作做得有声有色，屏南知名度提高了，人气也上来了，许多村成了"网红打卡地"，熙岭乡四坪村便是其中一个。

2023年11月23日下午，我驱车前往屏南县城，应邀参加第二天举办的大食物观与粮食安全研讨会。到达县城，已是华灯初上，我便直奔餐厅。饭桌上新老朋友一番寒暄后，话题集中到了一个看似并不起眼的事情上：四坪的柿子红了。有的说，那柿子红得像团火，红到醉人；有的说，四坪民宿住客反映，最近摄友来得多，早起拍山中的日出、晨曦中的古村，他们经常在睡梦中被村子上空几十架无人机吵醒；有的说，上周末来看柿子的游客一天居然达到3万。屏南县领导在旁点了题："人家把柿子当水果卖，我们把柿子当景观卖！"我是四坪村的"云村民"，本来就想借这次开会之机到四坪村看看，经大家这么热议，我的心已经飞到了四坪。

冬日，金色的阳光铺洒开来，闽东大地生机勃勃。24日上午我参加大会后即直奔四坪。车子在蜿蜒的山路上盘旋，坐在车上的我，身子感到暖洋洋的，近年来几次造访四坪村的景象一幕幕地浮现在眼前。2018年，我到屏南县调研，陪同的同志让车子在途中停了下，远远指着一个村子说："这是四坪村，我们准备保护性开发，但目前没啥好看的，今天不进村了。"我与四坪村就这样擦肩而过。2021年，我应邀来四坪村参加"全国乡村振兴硕博研习营"开营仪式。研习营是设在四坪村的屏南乡村振兴研究院主办的，该院院长是著名"三农"问题专家温铁军教授，执行院长是宁德霍童人、西南大学乡村振兴研究院副院长潘家恩。把研究院及研习营办在村里，体现了田野调查的取向，接地气。2022年5月，我再次来到四坪村，感到村容村貌有了较大改观，人也明显多了。晚上我与村民们围坐在一起，边喝茶边聊村里的事。村民潘国老说："我原先在广州做超市生意，2020年听说老家来了个乡村振兴研究院，还经常讨论我们四坪村的发展，我抱着好奇的心去听了几次，心动了。村里认为我经历过城市商业锤炼又有故乡情怀，就劝说我返乡创业，后来我担任了屏南爱故乡生态农业专业合作社理事长。合作社成立后开始对接项目，努力推动农业生产，拓宽乡村产业发展渠道。"而四坪村与许多其他村一样，之前遭遇了人口外流、村落衰败等共性问题，全村常住人口一度只有寥寥十几人。经济要发展，乡村要振兴，首先要解决烟火气不够的问题，人都见不着，怎么谈得上振兴？县里探索建立了"新村民"居住证制度后，四坪村慢慢来了一些各地的文艺能手，以"新村民"身份居住在村里，他们租赁古厝，设计艺术空间，引入书屋、咖啡馆、酒吧、画室、民宿等新业态，为这个曾经的"空心村"带来了人气与流量。可是,更多人一时还离不开城市,无法久居乡村,其中不乏大量向往乡村又乐意助力乡村振兴的人们。如何让他们也能够进入乡村?四坪人想到了实施"云村民"计划。潘家恩对计划做了介绍。"云村民"是一种基于区块链确认的数字身份,线上认购《云四坪·云村民》数字藏品,即可获得"云村民"身份。发行方组建"云村民之家","云村民"可通过这一平台参与村庄发展,同时享有一系列线下权益。在交流中,我说,乡村振兴,产业振兴是基础。大家把合作社办起来,为四坪村产业发展、乡村振兴搭了个平台,有利于资源的导入和集聚,推动村庄经济活动。你们关注乡村振兴中人才问题,考虑运用数字技术,把更多的人才、人流引进乡村,这个办法有创新。在互动讨论中,村民们各抒己见,为发展支招,气氛热烈。末了,村民们邀请我为四坪村首批"云村民",我当即欣然接受。我要以自己的行动支持乡村振兴的探索者、实践者,再说,当上"云村民",我可以触摸到曾经有过的乡村生活的样子。

半个多小时后,转过一个山坳,车子来到了四坪村。我们径直走进村口的"乡愁长廊",这里位于村的高点,放眼望去,四坪村尽收眼底。福建"八山一水一分田",许多地方地无三尺平。随行的一个同志说,在山区,稍大点的平地就叫"洋",小的就称"坪",四坪这个村名是不是因为这地方有四块小平地而得名的呢?大家说,看这地势,有这可能吧。按建筑学家的分类,四坪村是典型山地聚落类型,它依山而建,民居密密匝匝横向沿着等高线布局,错落有致,街巷格局完整,清一色的夯土墙成为最为抢眼的建筑符号。特别是,田垄山间,房前屋后,随处可见火红的柿子挂满枝头,在黄墙黛瓦、蓝天白云的映衬下显得格外耀眼。村里的干部介绍说,四坪村现有柿子树1600多棵,

▲ 四坪柿子正红时

数量多且树形独特，每到秋冬季节，总是吸引许多游客前来观赏，近几年随着基础设施的完善、村容村貌的提升，乡村振兴的推进，更多的摄影爱好者和旅行者纷至沓来。特别是今年，即使不是周末，每天的游客量也都达到三四千人。潘家恩接过话题说，柿子的文章还需要进一步做足做好。他指着远处一大片最火红的柿子树说，今年我们从"小切口"入手，花了1万元把这片处于核心区的柿子树流转到村集体，避免了无序采摘，因而才有了现在的好景观，引来了超过国庆假期的流量。柿子树不仅有观赏价值，还具有可开发利用的多重价值，柿子果实除常见的用于制作柿饼外，可结合中医药膳文化而具有药用价值，还可结合自然教育而开发出具有研学价值的柿漆。柿子以独特色泽和耐久性被誉为"太阳之果"，具有很高的经济价值，象征着吉祥如意的柿子图形则可结合艺术创造而具有IP价值和文创价值等。村里已讨论决定，举办"首届屏南喜柿季"活动，推出"我在四坪有喜柿"特色认养与"柿子三变"综合改革，对村里的柿子树进行流转，统一管理，盘活村域柿子资源，推动与柿子相关的"一二三产"融合发展，形成以"柿子"为主题的村庄运营与整体开发。看得出来，四坪人的新思路已形成，接下来四坪有"喜柿"了。我期待着。

以文创助力乡村振兴，是屏南的一大特色。我在村子里走着走着，远远看到村民沈明辉站在一家民宿门口对着我点头微笑，我赶忙上前和他打招呼。沈明辉的父亲是聋哑人，母亲是侏儒症患者。出生在这样特殊的家庭，他的命运注定坎坷。从某一天起，他的身高就停滞在1.16米。年少时，痛苦烦恼的他经常跑到山上去，大声喊，学鸟叫，和大山说话。屏南山区开启乡村文创活动后，他在老师的指导下，展现出惊人的艺术天赋，形成了自己的绘画风格，2017年其作品《生命之树》入选法国里昂第七届国外艺术双年展。沈明辉通过艺术创作，找到并实现了自己的生命价值，在屏南乡村文创活动中也起到了示范作用。去年我来四坪时去工作室看望过他，后来福建省乡村振兴研究会在福建省美术馆举办"福建农民书画精品展暨屏南乡村文创作品展"期间，邀请沈明辉等农民书画家现场演示，引来不少参观者驻足欣赏。一年多不见，沈明辉显得更精神了。我问他："去年我和你见面时，工作室不在这里吧？"他高兴地告诉我："这栋老宅是我今年在四坪村又认租的。"我看了看房子，比原先那栋大多了，也更亮堂了。我对他说："鸟枪换炮了呵！"他憨厚地笑了。屏南通过发展文创产业，实现了文创与传统产业的融合、农村经济的转型，带动了乡村新产业新业态的发展，形成了有效激活乡村活力的产业体系，增加了村民的收入。在这过程中，也改变了村民的观念乃至生活方式，让乡村重新焕发生机活力。文化有着巨大的穿透力和凝聚力，文化点亮乡村。

乡村振兴，农为底色，仓廪实，天下安。粮食安全是"国之大者"。屏南县认真落实国家粮食安全战略要求，在全省率先开展粮食安全屏南行动，起到了引领带动作用。我感动于这一举措，去年在四坪村认种了一亩田。一年多来，每次收到村合作社寄来的大米，我仿佛是收到了远方乡亲的来信，心里总泛起层层涟漪。今天来到村里了，我提出要去看看这亩田。走在散发着泥土芬芳的田埂上，一种从未有过的感动涌上心头。小时候，我跟跟跄跄地走在田埂上，给田里劳作的母亲送饭，中学毕业回乡务农，我又经常走在了田埂上。要想在田埂上走得稳，我的经验是，眼睛不要盯着足下，要看着远方，看着那太阳升起的地方。我来到一立有"潘征的一亩地"的标牌边，村干部介绍说，四坪海拔 800 米，这里种的是单季稻，亩产不太高，约 600 斤，合作社坚持不打农药，不施化肥，生产的是生态米，口感好。我环顾四周，只见小梯田分布在逼仄的坡地上，一层层地叠着，每一块梯田都只有几分地。我感叹于农民为开垦、耕作这方寸之地付出的艰辛，也更加感受到国家强调粮食安全的用心、深意。我国人多地少，必须十分珍惜和用好每一块耕地，为中华民族的永续发展提供基础性支撑。村干部介绍说，实施粮食安全屏南行动后，我们向全国招募"田主"，已有几十位"田主"前来认种，这也调动了本村村民种粮积极性，现在村里的梯田都恢复了。粮食安全，我们四坪要努力，要尽责。

四坪人不止于此，他们还充分发掘"新农人""新村民"和"农创客""云村民"的想象力与创造力,开展"稻田生物多样性系统构建"实验,以生态有机的方式种植水稻,推动生态农业转型。开展"粮食+(研学、劳动教育、摄影、民宿、文旅、康养)"的产业融合实践,探索"四生农业(生产、生态、生活、生命)"。村里开办粮食安全研学馆,已开展多场"古村稻香"系列研学活动。建设"虫林秘境"(林下养蜂、养鸡),形成林下种、养、研结合模式,现在村里不仅产蜂蜜,还开发了新产品"日出"系列蜂蜜酒,已销往北京、上海、浙江、福州等地。农村一二三产业融合发展的样式,在四坪悄然形成。为宣传习近平总书记提出的大食物观,推动落实粮食安全战略,最近村里建成了"大食物馆"。在村里办"大食物馆"是个新鲜事,大家都说要去看看。"大食物馆"利用一栋闲置老宅改造而成,一进馆就可以看到习

▲ 鸟瞰四坪村

近平总书记关于大食物观的一段论述镌刻在墙面上，馆内的布展以"食材、食趣、食养、食育"为主线展开，以文化设计的方式，推介屏南、四坪的大米及丰富的农特产品，如以一个充满趣味和温馨感的"菌子说"品牌形象推介地产平菇、羊肚菌、茶树菇；提出"喝一碗蛋茶，喝一碗健康"概念，既介绍特产，也讲述蛋茶故事，宣扬当地人热情好客的人文情怀等。大家饶有兴致，认为这个馆办得有特色，以这种方式诠释大食物观，让人们好理解，同时又展现、传播了本地丰富的特色农产品及生态食材。四坪村在宣传、践行粮食安全和大食物观方面迈开了新的一步。中午，我们一行在"新村民"办的"森阳里餐厅"用餐，来自辽宁的餐厅主人小马给我上菜时，特意都要加上一句："这是本地产的食材哦！"我想，村里建了个"大食物馆"，而实际上整个四坪村不就是一个大食物馆吗！

四坪红柿挂满枝，乡村振兴正当时。看着村里熙来攘往的游人，

▲ 丰收季节

我心中升腾起几多感慨。在闽东一个偏僻的村子里，我无疑真切感受到了乡村振兴的大潮涌动。作为福建省乡村振兴业绩突出村，它从文创赋能到多业态发展，从建立"新村民"居住证制度到实施"云村民"计划，从"我在四坪有亩田"到"我在四坪有喜柿"，从老宅的流转认租到推动乡村"三变"改革，一招一式有缘由，层层推进有逻辑。在这里，我看到了新时代乡村振兴中人的主体地位的确立、生态价值的实现、机制创新的推动、文化铸魂的力量。乡村振兴在路上，我们思考，更要行动。

沙县小吃第一村

黄莱笙

一

俞邦村的村口立着一块大石头，上刻"沙县小吃第一村"七个大红字。

沙县小吃家喻户晓，如今全球已有66个国家开设了174家沙县小吃门店，国内门店已超过6万家，年经营收入约500亿元。人们总希望在舌尖嚼动美味时，还能品出悠长的历史文化风味。沙县小吃满足了这种需求。它是古代中原南迁移民与福建百越民族融合的中华民族传统饮食文化"活化石"，创于汉晋，兴于唐宋，盛于明清，传于当代。沙县小吃制作技艺被列为国家级非物质文化遗产，它将游、泡、捶、磨、跴、揉、晒、包、酿等制作工艺与蒸、煮、烤、煎、烙、炖等烹饪方式相结合，通过血缘传承和业缘传承的方式，原汁原味地传承至今。沙县小吃以经济实惠、风味独特和品种繁多著称，各地百姓见识的大多是扁肉、拌面、蒸饺、炖罐这"四大金刚"，其实它有240多个品种，其中获得"中华名小吃"称号的有39种、获得"福建名小吃"称号的有63种，对于全球消费者而言，大多还是"隐藏版"。

沙县小吃俨然是一个产业王国，俞邦村成为这个产业王国里的第一村，背后有许多故事。这些故事太多的俞邦人可以讲述，而故事最多的要数俞广清。

俞广清担任俞邦书记和村主任将近30年，眼下退位做了沙县益鑫农业专业合作社理事长，那些琳琅满目的荣誉，全国种粮大户、全国绿色小康户、省劳模、省级致富带头人等，如光环一般笼罩着他的人生，他带领全村拼下"沙县小吃第一村"，实现俞邦村振兴和共同富裕，体现了可贵的生命价值。习近平总书记曾经三次考察调研沙县小吃并作出重要指导讲话，俞广清两次当面汇报并聆听指示。

2015年12月8日，俞广清从县委领导手中接过了"沙县小吃第一村"荣誉书；2016年8月，他找人把这个称号刻在一块精心挑选的大石头上，立在了村口。

▲俞邦村村头

二

沙县小吃之于俞邦村产业振兴,是一种"金线串珍珠"的形态,也就是以小吃业为金线,串起一、二、三次产业。第一产业是食材种养,在提供小吃原料上创造增加值;第二产业是加工制作,在生产小吃产品上实现增加值;第三产业是销售供应,在消费营销上实现增加值。就集约化规模经营而言,这种俞邦村沙县小吃产业体系的形成,则是"倒踢紫金冠"的招式,也就是,从第三产业的消费营销增加值倒回去拉动前两次产业发展,用市场终端的需求特点给第一、第二产业塑身。俞广清的从业经历,活脱脱就是"倒踢紫金冠"的缩影。

最初,俞邦村的沙县小吃是从"一根扁担闯天下"的传统方式开始的,村民外出城镇卖小吃,挑着炉灶游走大街小巷,接着慢慢发展成小作坊、夫妻店。20世纪90年代初,俞广清带着小舅子到省会福州市的台江区地界开了一个沙县小吃店面。当时,人们对沙县小吃并不熟悉,如何吸引更多客人进店消费成了俞广清首要思考的问题。有一天,他站在店门口望着熙熙攘攘的人流,脑海一道灵光闪过,就用红纸写了后来流传很广的"一元进店,两元吃饱"八字招牌贴在店门口。效果可谓立竿见影,进店客人暴增,沙县小吃"价廉味美"的口碑不胫而走。后来,随着经营格局优化,他又加了一句"五元吃好"。

俞广清一直有一个理念,一个人致富不算富,乡里乡亲一起致富才算富。尝到沙县小吃能赚钱的甜头,俞广清就回村动员大家外出做小吃。后来,全村外出做沙县小吃的人口占到了总人口的63%以上。俞广清还很清醒地意识到,祖先传下来的小吃技艺,虽然俞邦人基本

▲ 俞邦村小吃街

能操作，但水平参差不齐，如何确保沙县小吃品质是个大问题。于是，他协助县里的沙县小吃培训中心抓村民小吃技能培训，使全村外出做小吃的人都得到了制作技艺提升。许多村民都很骄傲地自称，我们俞邦村能做最好的沙县小吃。

很多人不知道，流传很广的那句"扁肉是砖头，拌面是钢筋"其实是习近平总书记对沙县小吃致富功效的形象描绘。那是2000年8月8日，习近平时任福建省省长，深入沙县夏茂镇俞邦、长阜等村庄调研。他在一栋新盖的楼房前驻足，俞广清就说，卖小吃一年能起一层楼，这房子是我们俞邦村村民外出做小吃赚了钱回来盖的。习近平听后肯定了沙县小吃对农民增收致富的作用，说出了"扁肉是砖头，拌面是钢筋"的名句。

俞邦村一大半村民外出做小吃，也带来了农田抛荒等一系列问题。

这时俞广清就回村了，做起了规模化的"田保姆"，为外出的村民经营管理家里的田地。土地流转，制种，烟稻轮作，蔬果生产，农业机械化智能化，他甚至用诗歌的情怀对待土地，在连片的稻田中种植出"中国梦"彩色水稻字。外出做小吃多年，俞广清见多识广又善于思考，他用市场的眼光看待俞邦村发展前景，从小吃经营折射出来的信号调节食材种养与品种加工。沙县小吃很多米制品，更有众多畜禽加工品，他把第三产业的小吃需求转化为第一产业的种养并举和第二产业的适度加工，把流转的田地布局成杂交水稻制种区、水稻种植区、烟草种植区、特色食材种植区和养殖区，立足俞邦村，服务范围涵盖夏茂镇27个村和周边乡镇，服务面积近3万亩。

村民在外面挣了钱，第一件事就是想回家盖房，这又产生了村建可能杂乱无章的潜在问题。1996年，俞广清请了广州、三明的规划设计机构给村里做了整体提升规划，他召集村民们现场开会，在村口一棵老樟树下，把图纸往地上一铺，大家商讨后当场拍板"就这么建"。同时，他制定乡规民约管护后山风景树，发动村民捐款修廊桥。随后的十多年间，原先散落在村子各处的人家就陆续归拢起来了，拆老房、盖新房，立面、造型都有了讲究，小吃街、生态公园、民宿旅馆错落有致，小吃业延伸出旅游业，俞邦村成了全国乡村旅游重点村，年游客量超过25万人次。

"倒踢紫金冠"就这样成就了俞邦村产业振兴。

三

2021年3月23日，习近平总书记来到俞邦村，看小吃业态，与村民交谈，站在村里特色小吃民俗文化馆的老厝前发表了重要讲话，提出沙县小吃要"继续引领风骚"。央视播出后，大家深刻领会总书记讲话精神，十分振奋。也有人注意到，央视播放的场景里，总书记身后的那幢老厝似乎有些特别。确实，这幢老厝也潜藏着一个俞广清的故事。

那是2017年的一天，俞广清到邻村办农事，看见一个农户比比画画地正准备开始拆整自家的老厝。那时，俞广清满脑袋都是"沙县小吃第一村的内涵怎么给人家看"的焦虑，一见这幢老厝，两眼猛地一亮，这房子不正好可以做个展馆吗？他赶忙凑上去商谈能不能卖。那农户正嫌拆房弃料麻烦，一听这人居然想买，不由得大喜，连说卖卖卖。

"多少钱？"俞广清问。

农户伸出五个指头："五万块。"

"三万块咋样？"俞广清讨价还价道。

农户挠了挠头："好吧。"

于是，老厝拆旧如旧，原汁原味异地组装，就有了俞邦村颇具历史风貌的特色小吃民俗文化馆。馆里的历史人物、耕读传统、各类特色小吃的演变和制作技艺展示，讲述着沙县小吃的"前世今生"，使人们在分享视、听、味、触、嗅的愉悦之中，也得到了精神上的陶冶。

金钱只是一痕数据，金钱本身不是财富，金钱具有了精神意味和思想精髓才可以成为财富。俞广清深谙此理，十分钟情于产业灵魂的追求，他认为俞邦村的沙县小吃产业要有文化的灵魂才能彰显品牌魅力。

这幢老厝成了俞广清的心灵慰藉。

四

　　美丽的俞邦村瓦窑民宿，四月天入夜，在我下榻的木屋，老书记俞广清、第一书记苏启任、现任书记张昌松，几个人围着露台的方桌泡茶神聊，他们不经意的表述有如茶香，缭绕着沙县小吃第一村幸福的传说。

　　俞广清赞叹他的后两任村"两委"班子接力棒接得好，从2014年到2022年，村财收入从3.03万元增加到51.6万元，村民人均纯收入从1.3万元增加到3万元，俞邦村按习近平总书记指明的方向继续引领风骚，前景看好。

　　令我吃惊的是，有着20多年外出做沙县小吃经验的张昌松回村接力，居然还在村里搞起了线上直播，难怪他以福建省人大代表名义提出了"让数字赋能乡村振兴"的建议。我猜测他可能是岁月蒸腾中的又一个俞广清了，俞邦村真是代代有人啦！

　　推动沙县小吃第一村线上线下发展，用俞邦村品牌拉动周边村庄联片提升，渐渐成了我们的子夜茶语。

▲ 俞邦村"中国梦"彩色稻田

你并没有走远

——记"感动厦门"人物"牛头书记"高泉阳

陈 弘

你走了,但是你并没有走远。在从村口修到村部的硬质化道路旁,人们分明看见你正满脸微笑地迎接第一辆收购茶叶的大车开进村里。

你走了,但是你并没有走远。人们徜徉在绿树簇拥着成片红屋顶民居的明净村道上,分明看到你为了提升村庄旅游环境,破解禽粪满地的农村乱象,不辞辛劳争取村老人协会帮助,做通所有村民的工作,立下全村对鸡鸭进行圈养的约定。你那奔波的身影仿佛就在昨天。

从你27岁那年挑起村委会主任的重担伊始,你就有幸亲聆"山上戴帽,山下开发""既要金山银山,也要绿水青山"的谆谆嘱托。从此,使命的分量和征程的艰辛就深深地扎根于你的心中。

站在村后山巅上的"立志石"旁,俯瞰着洒落在山坳里的家家户户,你跟村"两委"说:"我们要带着村民一起发家致富,管好这山山水水,守好这一片净土。" 你放眼点缀在层层山峦的片片茶园,心里暗暗发誓:"我要把军营村建成全莲花镇第一村!"

激情支撑着你的梦想,面对的实际却时时冷静地提醒你。军营村坐落在厦门市第二高峰状元尖脚下，平均海拔900多米，素有"高山村"之称，是厦门距离星空最近的地方。其实，你对脚下这方生于斯长于斯的土地实在是再熟悉不过了，你十分清楚所接手的军营村是莲花镇最穷的村之一，人均收入不到2000元。高山村先天不足，让你的梦想听起来比登天还难。

但是，你言必行，行必果。

梦想，如何启程？边远高山村，如何闯出自己的出路？你一次又一次向山村坎坷的小道叩问，土地零距离传递的深沉呻吟直击你的心扉。你终于诊断出这片热土当下的"痛"在哪里，目光敏锐、富有经济头脑的你，对全村的发展形成了独具慧眼的全盘理念。

你承认这样一个事实：城市，正以史无前例的速度迅猛生长，而似乎是代表着过去时代的乡村，则一步步沦为城市的附庸。但是你并不接受这个事实。你说，让我们乡村也成为主体，我们完全可以，也应该跟城市一样走在时代的潮头！

你抓住老区山区村建设试点、"五位一体"建设试点、"美丽厦门"建设等契机，带领军营村不断完善基础设施建设，积极开发打造旅游景点，乘着发展"乡村旅游"的东风抢抓机遇乘势而上。

路子找准了，总得有人去走。你秉承着乡村振兴人才是根本的理念，在开辟道路的同时凝聚一批有识之士成了同路人。

你还记得那年动员在外打工的村民苏银坂回村创业的事吗？你了解苏银坂，知道他是经商的一把好手。你向他介绍村里发生的变化，急需善于运作的能人来开创新的产业，希望他回村创业。谁知苏银坂任你磨破嘴皮，就是咸淡不吃，一口回绝。可是你并不气馁，使出了耐磨的"牛脾气"，一次不行就两次，两次还不行就三次。苏银坂终于被你的诚意打动了心扉,他问你:"我回去能干什么呢?"

你说:"办淘宝店!"

"我哪来的资金啊?"

"我先借给你,等你赚了钱再还我。"

话都说到这个份上了,苏银坂还会再迟疑吗?

看到苏银坂答应回村办淘宝店,你高兴得就像自己赚到了第一桶金似的,马上带苏银坂到山下购买装修材料、挑选货柜。不用两个月,村里第一家淘宝店就闪亮开张了!

这家淘宝店不仅成了从山下到村里物流的最后一站,还成为山里茶叶、地瓜、蜂蜜等农特产品的展销平台,为山村的经济发展疏通了宽畅的渠道。开业第一年,淘宝店净利润就达七八万元。

看着苏银坂笑得合不拢嘴,你心里笑得比他还甜。

那年村里修茶园机耕路时,遇到一户"钉子户"。你并不想来硬的,而是天天带着村干部去做思想工作,终于攻下了这最后一个"堡垒"。

你对村干部说:"做村民的工作就要像讨老婆一样,今天去谈不下来,明天继续去,后天继续去,总会成功的。毕竟人心都是肉长的嘛。"

▲ 俯瞰军营村

村里提出的每一个"新动作"能够获得成功的背后，都是你和村"两委"不厌其烦地跟村民沟通、做工作。

你像一头倔牛，认准目标就拉不回来，不达目的誓不罢休。渐渐地，村民们亲切地称你为"牛头书记""牛头阳"。

——山势高用水难，作为区人大代表的你提出议案，最终解决了包括莲花镇上陵村、内林村等许多高山村的用水难题。

——你申请把第一条电话线架到了高山上。

——你动员村民转型建设特色茶园、发展乡村旅游。

——你号召全村修路，使军营村成了莲花镇第一个家家户户通水泥路的山村。

——高山防空哨所的旗帜褪色了，你自己爬上去换；村里的垃圾桶歪了，你亲手扶正；路上有垃圾，你拿着扫把就出去清除。

……

你这一头倔牛，事无巨细，亲力亲为，不辜负"牛头书记"称号，不辜负村民们贴心的昵称。

2015年，厦门市、同安区两级党校相继在军营村筹建"高山党校"，你认准了这是以党建促旅游业发展的一个难得的契机。你与村"两委"在积极配合党校建设的同时，开始谋划创建民宿和农家乐餐饮业的大工程。既解决了党校培训学员的食宿难题，也为扩大旅游业规模打下扎实的基础。你把高山党校的建设转化成军营村党建强村富民项目的重要引擎。

在你的动员和鼓励下，高水银率先开办"西营"民宿和餐饮店，如今每年净利润几十万元没问题。成功就是无言的导向。你欣喜地看到，全村已经创办民宿63家，共有437个房间，农家乐餐饮业10家。

每年 5 月份后都是爆满，2022 年 10 月长假一房难求，停车都成问题。据保守统计，2022 年全村人均纯收入达 42000 元。

你得知村民高火育的儿子高志云从台湾铭传大学毕业后在日本开店做生意，就与高志云联系。没想到高志云早有回村干一番事业的想法，两人一拍即合。你支持高志云开办"86 号"民宿，点燃了他建设"茶文化"宜居故乡的创业热情，红红火火。

家乡焕发出来的勃勃生机召唤一个又一个、一批又一批青年回村创业。

高水银的女儿高美玲 2019 年从景德镇陶瓷学院本科毕业，正为着所学的陶瓷设计专业在厦门不好找工作而焦虑迷茫。你得知了这一情况，让高水银动员女儿回村寻找自己的创业之路。你安排高美玲到村旅游公司做财务工作，先让她熟悉乡村经济运作。而后的她为了发挥专长学以致用，又做室内装修设计，为自家、为乡亲创办的民宿设计装潢。如今，高美玲里里外外帮父亲操持民宿、农家乐以及茶园，得心应手。去年刚刚引进广东潮州凤凰山有名的高贵茶种"潮州单枞"，加盟她家蓬勃发展的绿色产业。

2018 年全面实施乡村振兴战略的背景下，你引入厦门旅游集团合作运营，整体打造村落型旅游目的地，并合资成立军营红乡村开发有限公司，负责景区运营、营销推广、民宿平台管理、村民培训等，助力军营乡村旅游发展。

高金汉，"金香燕"民宿兼农家乐老板，一位土生土长的淳朴农民。对他你肯定还记忆犹新。他年轻时跑过长途，搞过废品回收，种茶制茶，还养殖过几年牛蛙。你带领村民掀起办民宿、开餐饮的新兴产业热潮，极大地撞击了高金汉的心。经过再三权衡，高金汉放弃了多年从事的旧业，将资金和精力投入民宿加餐饮的行业，成为全村最早走上这条发展之路的村民之一。

谈起这些仿佛就在昨天的往事，高金汉的肺腑之言字字吐真情。他说你当村干部前，一家子在全村算是比较富有的；自从担任村干部，就始终把村里的事摆在第一位，把村民的利益摆在第一位，唯独没有你自己的位置。只要为村民好的，你都不遗余力地干，有赚钱的项目总想着让给村民。全村民宿600多个床位，你竟然没有一个！

人们实难忘——

2017年，村里景观工程的资金还没到位，怕耽误工程进度，你自掏腰包，甚至找人借钱，筹措了20多万元先垫上，保证了工程按时保质保量完成；

村民的孩子读大学钱不够，你帮助垫上；

村民创业要贷款，你给担保；

村民贷款还不上，你先代付；

村民生病住院、子女上大学经济拮据，你都资助；

村民只要有困难，你都会第一时间伸出援手。村民、村民、村民！你心里始终装着的只有村民。

"当村干部就不要想着赚钱，不然村民工作就没办法做了。"这是你经常挂在嘴上的一句格言，也是你忠实履职23年的真实写照。

2019年5月，你检查出右腿患有"间叶源性恶性肿瘤"，手术后腿部神经受损，走路一瘸一拐的，疼痛难忍。国庆节当天，村内举办吃国庆面等活动，你忍着疼痛，脸上挂满笑容，充满激情地在村里来回奔走忙活。

那年年底，你在病床上看到军营村村民第一次拿到合作社分红的新闻上了央视时，说："现在我们村的发展机会很好，等我好了之后，回去要继续把村里的发展抓起来，把家乡建设得更好！"

2020年1月6日，你被检查出癌细胞扩散。家人瞒着你，极力劝你取消1月8日省"两会"的行程，转赴上海治疗，但是你说："给我买票，我要赶去福州参加'两会'。"

两个月后，你走了。天妒英才啊！

在你生病之后，很多村民才知道，他们的致富带头人早已囊中羞涩，家中只剩两三万元！为了治病，前后已经欠下了70多万元的债务。提及这般伤心事，高金汉不禁两眼含泪声音哽咽，他说，村民们得知真相心痛不已，纷纷自发捐助，有的一万，有的两万。他们明明知道你的病难以痊愈，还不了钱，却依然甘心情愿为你付出他们的真挚情意。村民们得知当了20多年村干部的你却没有存款这一事实，由衷赞叹你的清廉、你的崇高！真的是"政声人去后，民意闲谈时"啊！

在这23年光辉岁月里，你一心带领村民脱贫致富，把曾经"人穷、地穷、日子穷"的"三穷村"，变成了"中国最美休闲乡村""全国乡村治理示范村"。你像牛一样勤劳肯干，像牛一样百折不回，默默耕耘脚下的大地。你这位"牛头书记"是为民办实事的"老黄牛"，是倾情奉献的"孺子牛"！

从2009年就开始跟你搭档村主干的现任党支部书记高泉伟深有感触地说："创业难，守业更难。"他决心以你为楷模，将以"共同创业者——虔诚守业者——继续创业者"的姿态，带领军营村走向更加辉煌灿烂的明天。

2022年7月29日晚，2021"感动厦门"十大人物评选活动揭晓，你当之无愧！你最心疼的儿子高毅鹏代替你上台领奖，他说："我为父亲感到自豪，我会以父亲为榜样，为社会多做贡献。"

颁奖词是这样缅怀、致敬于你的——

许多老厦门人来到军营村，都会惊艳于这座高山村的富美"蝶变"。"蝶变"的幕后，有这样一位奋斗者，蜡炬成灰，将生命奉献给了强村富民的岁月。为民抱薪者，必为民所记。23年，他在边远山村脱贫攻坚战线上坚守与奋战，用乡村振兴的生动实践，铺就"富民强村路"，引领无数"后来人"。

你走了，但是你并没有走远。你舍不得这片洒满你心血的故土，你离不开全村1000多口亲朋邻里父老乡亲，你眷念着军营村日新月异的蒸蒸日上。你依然奔忙在村庄纵横交错的山野阡陌，伴随着乡亲们沧海桑田的每一个晨露晚霞……

你并没有走远。

乡村振兴画卷，在萍湖村徐徐展开

筱 陈

听说涵江区的萍湖村是个省级乡村振兴示范村，引起了我的关注，想利用出差的闲暇到村里看看。

早晨，车从宾馆出发，穿过城区，上了高速，大约45分钟的车程，一幅风光绮丽、充满诗情画意的画卷展现我的眼前，同行的同志告诉我，萍湖村到了。下了车，村支书陈维樵热情地招呼我。他是一个十分壮实的汉子，一开口，一股浓浓的莆田腔。寒暄之后，我了解到他是2018年回乡担任村支书的，原本在福州开商店，经营食品。他一边领着我参观村容村貌，一边给我介绍村里的情况。

我环顾远山，远山的树上有如一只只白鹭泊在枝头，阳光映照，泛着银辉。陈书记告诉我，那是枇杷林，眼下正是枇杷生长时节，远看如一只只泊在枝头的白鹭，其实是给正在生长的枇杷罩上的一个个套子。罩上它，既能防寒，也能防止鸟儿咬啄，损害枇杷的品相。

满山遍野的枇杷树，为每一棵树上的枇杷罩上套子，那样多少工作量啊！陈书记笑了笑，风趣地说，这就好像一个姑娘，貌美了，更让人心仪。这枇杷品相好了，才能卖个好价钱。我问陈书记，村里一共有多少亩枇杷，一年能够给村民带来多少收入。书记说，村里一共有800多亩，一年可以收入300多万元。

枇杷是村里的支柱产业，这些年，村里把提高枇杷品质作为乡村振兴的重点，努力发挥乡贤的作用。他说，村里有位乡贤郑少泉，是省农科院的枇杷种植专家，每年他都几次回到家乡，开展技术培训，手把手地传授枇杷种植技术。

提高枇杷品质，关键在品种。这几年，村里大面积进行品种的更新，淘汰掉那些口感不好、长相不佳的品种。眼下，新品种已经逐渐替代了老品种。被书记这么一说，我还真是想看看被套子罩得严严实实的枇杷，识一下"庐山真面目"。垫着脚尖，我还是没有看到套子里面生长的枇杷，倒是有一株没有罩上套子的枇杷树，一个枝条上长着四五粒的枇杷，抱团而生。看到这些枇杷，我心里就涌起儿时吃枇杷的滋味，这味，酸中有甜，甜中带酸。

站在桥上，环顾村庄，萍湖村村落四周被群山环抱，呈东西走向，环境幽静典雅，东有夹漈山，西有石柱山，南有越王台，北有五角仙洞、泗洲文佛寺、老鹰山等。萍湖村境域由考马洋梯田和楼下洋、下畲洋两小平原及大林山、老鹰山、萍山组成。一条溪流从西向东穿村而过，这溪，有个美丽的名字，叫秋芦溪，读来诗意盎然，这溪，涵江人称之为母亲河。秋芦溪在萍湖这段又称为萍湖溪。走在溪畔，溪水潺流，空中云彩、溪岸的树倒映水中，湖光潋滟，有如一幅淡淡的水墨画，不时地还有些鸟儿盘旋在溪面上。萩芦溪所流经的萍湖地段被三个人工造的陂分为两段，形成三个硕大的人工湖，勤劳智慧的先民用筑"陂"的方式截断水流提高水位，引水灌溉下游平原，利用水位落差推动水车转动，把溪水提到所需高度来浇灌临溪的楼下洋、下畲洋两片小平原。其实，莆田话所说的"陂"，就是我们通常说的"坝"，其形如琴，功用是为了提升水位，水位低时，水被蓄在了"陂"内，水达到了一定的量，多余的水就顺着琴的"凹"处流出了"陂"，向着下一个"陂"流去。

春风吹拂，溪岸小草已经长出新绿，几丛芦苇在风中摇曳，给人几分荒芜的感觉。我喜爱这种荒芜，添了乡村的韵味，我一直以为，乡村就应当多些乡土味，多些原生态的东西，多些鲜花，多些绿意，少些钢筋水泥。支书兴致勃勃地说："花影不离身左右，鸟声只在耳东西。"他们要将秋芦溪一溪两岸进一步美化花化，种上樱花、桃花等，还打算在溪岸两旁的闲置空地上种上鲜花，用美吸引游人。

"秋芦溪是我们村的宝贝，也是先辈世代呵护的重要资源，我们要用好，更要保护好。"支书兴奋地说。他们已经与浙江的一家企业签了合同，要在溪中小岛上建一处帐篷营地，进一步利用乡村的自然风貌，发展乡村游。

萍湖村多数的自然村坐落在秋芦溪的两岸，我问村支书，刚才看了你们的村史介绍，有梯田和竹林。支书说，萍湖村是个平原与山区接壤的地方，除了目之所及之外，还有些自然村地处半山区，我们把这些梯田打造成既可种粮，又可观光的梯田，让它成为网红打卡地。

我们顺着"陂"，过了溪。先去了吴妈宫。这村里为什么要供奉吴妈呢？陈书记告诉我，按今天的话说，吴妈是个医生，游走各方，为百姓治病，百姓为了纪念她，专门建了宫，以纪念这位为民解难者。他还告诉我说，不止萍湖村供奉吴妈，仙游等一些乡村也供奉吴妈。我望着吴妈宫，红墙灰檐，庄严肃穆，它是一处民俗，也是一处文化景观。

萍湖村不只是山清水秀，而且有着丰厚的人文资源。溪畔有一条长廊，专门介绍郑樵。我在长廊中仔细地看着有关郑樵的介绍，村支书在一旁非常自豪地告诉我，萍湖村的人文景观十分丰厚，附近有鹧鸪墩古文化遗址、岭埔头古文化遗址等远古遗址，有越王台、芗林山、南峰寺、夹漈草堂等与萍湖息息相关的人文之地，还有许多古匾、古碑、古坊、古井、古迹、古树、古墓等。我听后也有些惊讶，一个乡村，有着如此深厚的历史文化土壤，承载着厚重的文化记忆，实在也不多见。

走进长廊，便走近了一位先贤：郑樵（1104—1162），字渔仲。是我国著名的历史学家。他于宋崇宁三年（1104）生于萍湖。宋绍兴二十七年（1157），郑樵已修书50种，献给皇帝，被授右迪功郎，但他没有接受，回家后，筑草堂于夹漈山，编纂《通志》丛稿。绍兴三十一年（1161），《通志》书成，郑樵到临安献书。适逢高宗赴建康（今南京市），戒严，未得见。第二年春，高宗还临安，诏命郑樵将《通志》缴进，并授他枢密院编修官，是时，他已病逝，终年58岁。郑樵一生

▲ 夹漈草堂

述著颇丰，多达81种，669卷，又459篇。其中著名的《通志》200卷，就是在夹漈草堂中写成的。

夹漈草堂四周景点甚多，自古就有"夹漈二十四景"之称。较为有名的是：登山路上的"下马石"——相传是我国闻名理学家朱熹拜访郑樵时下马步行的起点。草堂西侧200米处的"出米石"——民间传说，郑樵刻苦著书的精神感动了神仙，吕洞宾下凡在石上挖两个洞，一洞出米，一洞出盐，两洞出的盐米仅供师徒两人食用。后来书童把洞挖大，结果洞中飞出两只白鸟，从此就不再有盐米流出。草堂西侧约100米处的"占星石"——相传郑樵站在石上夜观天象。此石突兀山间，站在石上仰望上苍，天宇低，确是观察天文的好地方。草堂前面约100米处的"晒书石"——石长60米，宽35米，相传郑樵每年都要把书拿到这块石上晒太阳，以防霉变。此外，还有摇篮石、修史堂（芗林寺）、搬柴坑、乌纱石、放生池、石龟石蛇、东山采药、曲水流觞等。

望着两个石砌的洗砚池，上池外方内八角，下池外方内圆，一股清泉，顺着龙头汩汩注入池中，洗砚池边上是书亭。站在书亭眺望，云卷云舒，感慨万千。我感慨郑樵的执着与勤奋，为了著书立说，甘于寂寞，避开喧嚣，一再寻觅最佳的读书写作的地方。除了夹漈草堂，还有溪西草堂、南峰草堂、芗林草堂。我站在书亭眺望，想到了耕读传家，养身谷为宝，继世书留香。每个村落在世代传承中，都在孕育着一个乡村的文化，书写着一个乡村的许多故事，孕育着一个乡村的精气神。乡村游，不只是让人欣赏到一个乡村的自然风光，更要让人体会到乡村文化。泱泱五千多年的中华文化，相当长的一段是农耕文化，承载农耕文化的是农村，一方水土养一方人，一方水土也孕育一方文化，乡村振兴必须做好文化振兴这篇文章，讲好发生在广袤大地上的乡村故事,让自然景观与人文景观相得益彰。

  我与庄边镇的镇长和驻村的镇人大常委会主任、村支部书记一起喝茶聊天,话题自然是做好萍湖村乡村振兴。尽管招数各异,但都是信心满满。他们说,萍湖村从一个贫困村变为省级乡村振兴示范村,为全面推进乡村奠定了很好的基础。萍湖村是省级乡村振兴示范村,就要在示范上做文章,就要在示范上显担当。说起未来如何推动乡村振兴,村支书兴奋地说,把握特色,避免同质化。推进萍湖村的乡村振兴优势在产业、自然景观和人文景观,优势既要互补,更要融合。乡村振兴,是为农民建家园,要让农民得到实惠,农民有了好处,参与的积极性就会高涨。眼下的萍湖村,有相当一部分的村民在外经商创业或是打工,要把村民组织起来,让他们在家门口创业,在家门口就业……

  一幅蓝图,在聊天中徐徐展开,这张蓝图很美,我对萍湖村的未来,很憧憬。

回乡青年的舞台

沉 洲

屏南县熙岭乡龙潭村的陈忠业,大专毕业后,在福州某公司做平面设计师。2017年5月间,他发现村里微信群天天谈论"文创"。上下班路上的十字街头,楼顶竖有一面文化创意园广告牌,每天都会闯入他的眼帘。他暗忖:家乡又穷又破,也要规划这样的产业园?在农村可能吗?

他好奇,潜伏在群里不吱声。有天,他看到一条视频。一群人像蚂蚁一样,把村口的卖肉摊移走。那可是杀猪老板吃饭的家当,是什么力量让他从这个地方挪开?难道村里准备规划新村建设?

又出现一条视频,一座老厝里有几个木匠或劈或锯,有个中年男人说:"这座老宅太有诗意了,修好后,准备做书屋或咖啡馆。将来龙潭村要吸引很多艺术家来创业。"有人说,他是县政府聘任的传统村落文创产业项目总策划林正碌。

还有一条视频,是这个叫林正碌的大叔拍的。下游公益艺术教育中心起厝立扇,画外音是他激情飞扬的声音:"这是世界上最伟大的工匠,他们用最原始的榫卯工艺,盖中国最有诗意的民族建筑。"

陈忠业第一次看到这种场景。那众人吆喝、气吞山河的架势，让他突然感觉家乡有点让人憧憬。

几个月后，他发现短视频里，有一堆人在修复好的老厝里"嗨"。一位时髦女子举着高脚杯敬酒，村里几张熟脸也嘻嘻哈哈地在画面里出现。不得了，这反差也太大了。忠业开始幻想，如果我在里面，该多有意思。

陈忠业内心躁动不安，一颗心早已飞回村里。揣着无数疑问，2018年春节前，他心急火燎地回村，马上去了随喜书店。在微信群里，那些修好的老厝、那些脸孔已经谙熟于心。

春节后的一天，陈忠业又去随喜书店，廊屋坐了一圈人。老厝认租者曾伟喊他过去，林老师问是谁，曾伟介绍是村文书的儿子。然后大家继续聊，不知怎么就讲到了人生境界。

林正碌忽然扭头问，"人生有几大境界？"

陈忠业马上回答："林老师说的如果是王国维的《人间词话》，那有三大境界。"

"你在哪个境界？"

"独上西楼，望尽天涯路。"

林正碌盯着他说道："那你还不行。应该要'蓦然回首，那人却在灯火阑珊处'。"

"那个境界是我要奋斗的目标。"

分手时，林正碌丢下一句话，"你不要走了，留在村里，跟着我学。"

陈忠业立马裸辞，公司押着的2000元年终奖也不要了。老板打电话来，被他婉拒。他跟父亲有过交流，知道林老师有号召力，还有学问。陈忠业心想，有林老师这样一个人，家乡未来可期。

一个月后，林正碌打电话让忠业去随喜书店。一见面，林正碌便道："今后这几天，跟我跑工地。我给你发工资。"

眼下是学习阶段，给不给工资倒无所谓。钱这东西和价值画不上等号。他跟在林正碌身边，从一些微小细节做起。他发现"文创"乡建学问很深，自己也兴趣渐增，很享受这个过程。

村委让他当团支书，承诺一个月补贴1000元，因为暂时没村财，先欠着。后来，县公安局在龙潭村招聘辅警，村委把机会给了他，是对返乡大学生留在村里的一种补偿。

当时，钱这个事，陈忠业在心里纠结了一下，工资时有时无，没钱时他的内心非常挣扎。夏天接待朋友多，他拿卡便刷，等到刷不出来钱那一刻，他开始急了。他心里仿佛有两个人在打架：我是继续留在村里，还是出去挣点钱再回来？

陈忠业向朋友借了500元钱，去福州投靠姐姐。第二天他找开水果店的朋友，想了解一下朋友的状态。陈忠业看朋友整天守在店里，客人来电话，马上送货上门，接触的人也很无聊。这绝对不是他想要的生活；回原先公司，看一群人猫在那里"咔咔咔"地敲键盘，他也不想再过这种日子；再去找另一个开理发店的朋友，人家手上都在忙活，有一句没一句地搭话，嘴里聊着的和村里完全不是一码事。

待了15天，陈忠业心里平复下来。他想通了，回到村里。他灵机一动，联系以前做设计的同事，开口道："小陈如今在农村，没钱吃饭。分点单来做，赏口饭吃。"这样QQ上来来去去，晚上干活，白天走走看看，一个月能挣个三四千元，感觉在乡村生活也游刃有余。

到了次年2月，林老师忽生一念，要他去公益艺术教育中心学画，下令年底超过应群加。应群加是一位玉树藏族同胞，跟林正碌学画五六年，超写实画得有板有眼。陈忠业初生牛犊不怕虎，话脱口而出："超过他，没问题啊！"

之前他曾经画过，心里想，应群加写实那么强，我画抽象超过他。他画了一张《夹缝》，那完全是自己迷茫心态写照，不知道该怎样融入"文创"大环境。橘红色大底上拱出几道不规则黑色块，感觉是夹缝里蜕变出来的新生。接下来又画了《迷》《花花》，冷暖调子的不同用色，体现了他回村三个阶段的不同心境，心情与笔触、色块和图形交融到了一起。

此事林老师有"预谋"，看他画得感觉不错，便让他当艺术教育中心助教，管理画室。这回工资明确，一个月 2000 元。回村以来，忠业第一次有了固定收入，温饱问题不愁了。忠业把设计外单辞掉，全副精力学习"乡建"知识。

2019 年，龙潭筹划办"千年一遇"美术展，这在村里是史无前例的大事。除了作为参展人和义工，忠业还是策划小组一员。他负责原村民方面事务。毕竟人生头一遭，很多原村民扭扭捏捏，不好意思把画拿出来。他挨家挨户上门，把画搬到美术馆，做表格登记拍照。一部分村民不知怎么取名、写简介和创作感悟，他逐个去交谈，再整理出文字。这次美术展是他第一次深度介入村里的"文创"工作，触动很大：原来新村民和原村民可以配合得如此默契，没有城里人和乡下人之分，好像一家人，还把事情做得这么棒、这么成功。

有一天，村里来了一批外省到龙潭学习乡村振兴经验的客人，林老师接待其他团队分不开身，赶鸭子上架让他去。他便把在林老师身边耳濡目染的理念，加上自己理解讲起来——

▲ 陈忠业（第一排右一）与龙潭村新老村民、外国友人在其祥居交流合影，并欣赏音乐演出

"开展文创需要人文环境来支撑，把人才留住，再做产业发展。我们村从农民学画这个点切入。农民凭什么能享受雅致的艺术？这个亮点比较新颖，能吸引人。你们四川土地广袤，不像我们这里聚族而居。发展要结合本村优势，平原有平原的好处，山地有山地的特点，不能照搬现成经验。每个地方都有吸引人的亮点，到底是什么？以什么方式把村民的情怀调动起来，再吸引城里人来？肯定会有一些优势等着被发现。我们所处的是新经济时代，各种地理和人的价值被解放出来。重要的是信息，一定要激活信息管道。我们村学画的目的，是让村民产生自信，激发参与感、荣誉感。村民没有转型，你这个老房子要租给别人，会有很多障碍。外来人看到村民一个个自信十足，也会觉得未来可期。如果看到村民表情木然，他们也不一定敢来……"

后来，香港导演招振强看好龙潭的文创氛围，驻村开展"人人都是电影人"公益教学。排演舞台剧《美哉龙潭》时，需要新老村民一起参与，原村民演员基本都是陈忠业物色的。那台音乐剧让很多人对龙潭刮目相看，村民们也很兴奋，自己邻居放下锄头，从田间地头回来怎么就上台演出了？农民们除了看热闹，有人还专门看演技。舞台下，有人说："他这个台风还不错啊，说话不会卡。""喂，很有胆量呀！""他演得太假了，我上比他强。"……还有一部分村民看得入神。《美哉龙潭》演完一个月，陈忠业还接到村民电话，说以后有演出一定要叫上他。

陈忠业好强。近几年新村民开始玩抖音，粉丝积攒很快，拿个手机在那里拍拍、剪剪、发发就能赚到钱。陈忠业不服气，原村民里他第一个做抖音。他要带头，让原村民看到锦绣前程，和新村民一起跃上新经济潮头。

他把剪抖音视频当成了生活常态，以"乡村小子"的抖音号，宣传龙潭村风光，做了两个月，粉丝加起来也有两三万，音浪能赚到两三百块钱。他还分析自己抖音涨粉和成为爆款的原因，寻找可持续的定位和人设。

小时候陈忠业个头矮小，念高三时忽然蹿到一米七，因为长得太快，营养没跟上，脸颊有块地方毛孔灰黑。家人让他去美容一下。陈忠业神气道："这没必要吧！哪天出名了，它就是我的标识。"

有这样的心智和自信，对一个二十来岁的返乡青年而言，在今后乡村振兴舞台上占一席之地，就像他爱说的那句口头禅——未来可期。

一把剪刀，剪出火红的生活画卷

——探访柘荣靴岭尾剪纸专业村

唐 颐

癸卯清明时节，走进靴岭尾村，火红的颜色是村庄建筑最醒目的元素。依山而建的房屋，白墙黛瓦，墙面是一幅幅红色的剪纸图画；窗户是一框框红色铁艺镂空的剪纸图画；村口的那幢便民服务小屋，四面墙就是四幅剪纸图画；剪纸传习馆的大门是个菱形"福"字剪纸图案，红底黑字，走进大门，就走入"福"中；连一排排太阳能路灯都用精美的剪纸图案装饰。一股剪纸文化气息扑面而来，让你精神为之一振，脱口而赞：这个村庄真是红红火火。

靴岭尾、靴岭尾，呼唤着村名，总感觉有故事。原来村庄背靠一座岩山，岩山形如一只长筒靴，一条山岭盘旋而上，村庄在岭下，故得名。今日登岭俯瞰，村庄四面环山，森林茂密，田畴新绿，一条清凌凌的小溪穿村而行，每幢房屋的剪纸元素就像一簇簇跳跃的火苗。靴岭尾村提出的"清新乡野，文创田园""剪纸专业村"的发展定位，名副其实。

但靴岭尾村许多年前一直平淡无奇，它紧挨着104国道，距离柘荣县城 5 公里路程，户籍人口 148 户，618 人，立地条件不好也不差。由于长期依靠传统农业，基础设施薄弱，缺乏特色产业支撑，村民收入水平偏低，劳动力外流现象严重，村庄各项事业越来越落伍，2017 年被县委列入软弱涣散村。

2018 年靴岭尾村迎来了机遇，负责整顿后进村的县委组织部常务副部长袁宗昂挂点靴岭尾村，担任"导师帮带制"的"导师"。他深入调研，发现靴岭尾村有着 400 多年的剪纸传统，家家户户的妇女都喜欢剪纸，并以袁秀莹"是我们这里人"（20 世纪 50 年代末同属一个"小公社"）为荣。

21 世纪初，柘荣县被国家文化部（现文化和旅游部）授予"剪纸民间艺术之乡"称号，柘荣剪纸艺术于 2009 年被联合国教科文组织列入非物质文化遗产名录。现已 90 多岁的袁秀莹女士是剪纸艺术国家级

▲ 靴岭尾村将"福"文化、彩绘艺术有机融入乡村环境建设

代表性传承人，曾被省政府授予"福建省工艺美术大师"称号，是柘荣剪纸最突出的贡献者。而今，剪纸已成为柘荣县特色产业，全县注册的剪纸企业 16 家，剪纸个体户 26 家，带动从业人员 3000 多人。

袁宗昂认为，柘荣县有着剪纸产业的优势，靴岭尾村又有广泛的群众基础，背靠大树好乘凉，有条件有可能打造出一个剪纸专业村，以剪纸文创带动乡村振兴。俗话说，"思路决定出路"。有了正确的思路，那就"撸起袖子干出来"。经过多年努力，靴岭尾村先后被评为"福建省乡村振兴实绩突出村""福建省乡村治理示范村""福建省金牌旅游村"等。

我们此番到靴岭尾村采风，袁宗昂是以城郊乡党委书记身份（2021年 5 月任职）接受采访。我将他介绍的经验概括如下。

首要"抓人才"。先是动员组织了 215 个村民（女性为主）举办剪纸培训班，邀请孔春霞老师（省级剪纸艺术传承人，袁秀莹学生）开班授课。一年后培育出剪纸能手 31 人，从中选送袁作干、章小云等几位佼佼者到福州和柘荣县城深造，从而带动出一批优秀的草根剪纸艺人。2019 年春节前，村里举办了"金鼠送福"春联剪纸活动，剪手如云，好评如潮，从声名雀起到声名远扬。

关键"建基地"，即以建"三馆"推动剪纸小院遍地开花。文创馆，作为村民的剪纸培训和村外游客的研学场所；传习馆，介绍中国剪纸历史源流、流派、风格、技艺等，展示柘荣 11 位剪纸大师作品；体验馆，让游客亲身体验剪纸技艺，也是销售剪纸工艺品场所。"三馆"皆利用闲置的老厝，采取继承创新，注入剪纸元素的手法予以装修，现已成为游客的网红打卡地。"三馆"的建立，推动了 31 座民宅打开富有剪纸特色小院，变"家园"为景区。

▲ 靴岭尾村致力打造剪纸特色文化村，用剪艺装点空间

　　着力"育产业"。开展剪纸研学活动。聘请柘荣剪纸优秀传承人孔春霞、郑平芳、金素清等为技艺导师，为研学人员开讲座、现场表演、助力电商直播等活动，吸引附近县市中小学生组队参加。创办文旅实体。通过党支部领办，引回 20 多名乡贤，以村民自愿入股形式，创办了 3 家经济实体——

　　柘荣县小红鞋文创有限公司主营剪纸、油画等文创产品伴手礼的加工、销售，剪纸研学，"三馆"管理经营，田园、林下亲子游活动等。

　　柘荣岩峰文旅发展有限公司种植 16 亩油菜田和 3 亩荷花田，主营乡村旅游、休闲农业、青少年实践基地开发和互联网销售等。目前建

▲ 靴岭尾村充分利用闲杂空地展示古建与书法艺术展现乡村文化建设

有 CS 真人野战基地、林中穿越、丛林魔网、射击场等。

柘荣县益丰源农业专业合作社采取集体土地入股形式，建设农耕体验基地，种植软籽石榴、辣椒、草莓、白茶等达 300 多亩，主营农产品种植和加工、农耕体验、亲子采摘等。

那天，阳光和煦，春风拂面，我们走进传习馆。一位剪纸老师正手把手地向游客演示剪纸技艺，不一会儿，一张张彩纸变成了福字、春字、蝴蝶等精美的图案。传习馆内播放着金素英老师指导学员剪纸影像：只见她手中的剪刀在一张叠折的红纸上灵活翻转，游刃有余，全程不过两三分钟时间，她便放下剪刀，开始展示作品。围观的学员们都屏住气息，似乎等待着"芝麻开门"，随着金老师将红纸片缓缓打开，学员们惊叹："蝴蝶！好精美的蝴蝶！"一只巴掌大的蝴蝶剪纸展现在大家面前，仔细看，只有指甲盖大小的蝴蝶腹部竟然藏着一个"寿"字，真是巧夺天工。这就是剪纸的魅力。

靴岭尾村党支部第一书记吴雪香介绍，剪纸文化已经融入我们生活的方方面面，人们特别喜欢浓郁的乡土民俗表现形式，去年春节，有五六家企业找我们定制"福"主题、新春主题、兔年主题等对联、剪纸作品，我们一次就收入30多万元。前不久，莆田有一家妈祖文创公司看上我们村的剪纸工艺，有意合作，计划生产一批金箔银箔的高端剪纸产品，目前洽谈进展顺利，有望合作成功。

吴雪香是个大忙人，在陪同我们时接了好几个电话，有村民反映问题，要求协调解决的，有联系剪纸和农产品业务的，有报告一批研学人员就要进村了。我问："这批研学人员是中小学生吗，来自哪里？"她答："不，是福安市一批退休的大爷大妈，要来体验一下剪纸技艺。"我原以为参加研学人员应该是中小学生，想不到剪纸技艺也受老年人喜欢。看来研学市场丰富多彩。

那天，柘荣县茶业工作领导小组负责人来到靴岭尾村，调研如何用剪纸元素包装柘荣高山白茶有关事宜。吴雪香听说县里准备组队参加北京"八大处"专题推介柘荣高山白茶大会，便积极要求也让她参加，让她去北京首都推介一下靴岭尾的剪纸作品。我们大家都被吴雪香的热乎劲头所感染，笑赞她是一个敬业的村干部。

袁宗昂告诉我们，通过几年的努力，靴岭尾村取得可喜变化，产业发展了，乡风文明了，特色村庄建成了。2022年全村农民人均收入达2.8万元，村财收入52万元。2018年以来，加强党建引领，开展评选"五好五星"（带富之星、诚信之星、孝德之星、友爱之星、清洁之星）活动，大大激发了村民的荣誉感，讲文明蔚然成风。下一步要进一步推进剪纸艺术和村庄建设深度融合，完善农家乐和民宿等设施建设，努力壮大以剪纸为主的文旅产业，为乡村振兴探索出一条特色之路。

靴岭尾村口有一面矮墙，白底黑框，上书"中国剪纸第一村"。人们走到这里，都会驻足指点，会心一笑，我也一样，并从中读出了自信与激励。

政通人和石圳村

黄锦萍

　　我的乡村振兴故事从绿皮火车开始。绿皮车是我小时候向往的火车，坐一次可以炫耀好一阵子。如今已经迎来动车、高铁时代，我以为没什么人坐绿皮火车了，没想到上了车旅客满满的，几乎没有空位。这是一列从福州开往闽北各个县城的惠民列车，到政和的车票37.5元，只够在市区叫个网约车。事实是福州到政和的轨道上没有动车，也没有高铁，只有绿皮车，没有选择。整整3个小时，我深刻体验了一回坐绿皮车慢悠悠赏乡村田野风光的滋味。

　　政和政和，政通人和。政和是一个被皇帝赐名的县城。政和茶事兴盛于唐末宋初，宋朝时期即为北苑贡茶的主产区，是世界白茶原产地。宋咸平三年（1000）置县关隶，宋政和五年（1115），茶瘾成性的宋徽宗品尝关隶县进贡的白茶白毫银针后，龙颜大悦，将年号"政和"赐给关隶县，改名政和，沿用至今。一个被皇帝赐名的县城好生了得，千年之后的政和，是不是宋徽宗当年预言过的模样？

石圳村，离梦境很近

我要拜访的村庄是政和县石圳村，一座从宋代就已经形成的古村落，青山绿水环绕着村庄，古迹与田园交相辉映，世外桃源般幽静。

古老的村庄是一定会寻到历史痕迹的，果然，我在村头发现了一棵千岁古樟树，奇怪的是古树上有着一道道深深的勒痕，一问才知道这里原来是古码头，难怪有一座妈祖庙。明末清初，石圳湾水深流缓，水面宽阔，星溪河一带水运繁忙，石圳湾成为政和境内重要的中转码头。特别是水丰的季节，大批粮食、食盐、茶叶都在这里转运，常年在这里靠泊的竹筏有几十条之众。繁忙的航运促进了商贸服务业的发展，当时码头附近商铺林立，布店、杂货铺、茶庄、药铺、豆腐坊、金银店、粮食庄场等应有尽有。当地村民告诉我，这棵老樟树的勒痕，就是年

▲ 石圳跨山廊桥

复一年被拉船和筏的细缆绳勒成的。作为政和历史上一个水陆中转码头，航运业给曾经的石圳带来了数百年的繁荣。如今，石圳的航运业虽早已衰败，曾经的"石圳古码头遗址"也成了现在的游客服务中心，破旧的古屋变成历史遗存，留下古村落曾经的沧桑。

石圳村的地理位置和自然环境十分独特，它背靠牛背山，三面为七星溪所环抱。古代时处在古官道桐岭铺和倪屯铺之间，是政和通往省府的交通孔道。走进石圳村时已经跨越了千年，我抚摸着夯土墙的古民居；喝着宋徽宗迷恋的野生白茶；学着古人站在古樟树下冥想；在星溪书院的断垣残壁旁，听千年前传来的朗朗读书声——仿佛这一切就在昨天。

让我为你描绘一下今天的石圳村吧：蓝天白云之下，照出村庄的轮廓，如果有雾更好，村在雾中，雾在村中，感觉离梦境很近。山清水秀是最基本的，群山翠竹满眼绿是感受到的，脆脆的鸟叫声是直接听到耳朵里去的，小桥流水是流向诗和远方去的。这些景色，写在石圳村理宗堂内的楹联上了："山色溪声，曾伴晦庵游此地；天光云影，还登高阁忆斯人。"

石圳村有一座连筋桥，桥下河水清澈如镜，把蓝天白云都装进去了。在青山绿水间仰望卧牛岗，一座新建的三层木质仿古廊屋廊桥飞架两山之间，好远就能看得见。这座创下闽北地区高度第一的廊桥，单跨度最长，廊屋规模宏伟，造型古色典雅，廊桥中融入朱子理学文化元素，承载着"政通人和"的美好寓意。

近年来，政和县委、县政府加大对石圳古村保护和建设力度，坚持建设与古村保护相结合的原则，在恢复古村落面貌的同时，着力打造村庄美、生态优、百姓富、集休闲与农业观光于一体的旅游景区。

2016年，石圳村获评国家AAA级景区，被列入福建省第一批特色小镇。2017年11月，石圳村新农村建设项目获得"中国人居环境奖"范例奖。2022年12月，石圳村被评为国家AAAA级景区。"品鉴政和白茶，感悟朱子文化"成为石圳靓丽名片。

袁云机，邻家玫瑰也铿锵

漫步石圳村庄，美得让人心安。这里空气新鲜，闻到的是花木青草的味道；这里水车轮转，宛如石圳版的云水谣；这里古木参天，护佑着勤劳善良的乡民；这里干干净净，地上没有一点点垃圾。是谁把村庄打理得如此井井有条？是谁让村庄每一天每一刻都保持得如此洁净？是谁让落后贫困的"空巢村"变成今天山清水秀的和美乡村？好多人告诉我，这位领头大姐叫袁云机。

袁云机在自己创办的民宿里等我们，袁云机走出来迎接我们的样子很亲切，一看就是能做事的邻家大姐。我们坐定，喝袁云机自己制作的白茶。这种白茶带梗条的，连梗带叶地泡，我还是第一次喝这样的白茶。袁云机开讲了。

10年前，也就是2013年，时任村党支部委员兼妇代会主任的袁云机到周边村庄参观，发现别人的村庄都打理得漂漂亮亮，已经成为美丽乡村，而自己的村庄还是那么臭、那么脏，连自己都不想待。袁云机的脸挂不住了，在外打拼的生意不做了，她要回石圳村来一场革命，彻底改变村庄"房前屋后脏乱差，垃圾满路堆成山"的现状。亲朋好友都劝她别做吃力不讨好的事，被人笑话。但袁云机却铆足了劲，不达目的绝不罢休。当年9月，她呼朋唤友，号召村里的姐妹和她一起干，这一喊，60多岁的余金枝、郑学玉来了，50多岁的赵美容、丁章英也来了，9个姐妹齐刷刷地向她报到，从此，一个石圳十姐妹"巾帼美丽家园"建设理事会就这样成立了！

万事开头难。做卫生首先要有垃圾桶，可是到哪里去弄垃圾桶呢？袁云机想到了向镇里要。10个垃圾桶的故事说了两泡茶的功夫还没有说完。原来袁云机独自跑到镇里要垃圾桶，镇领导觉得就靠几个村妇把村里的卫生做好才怪呐，显然不相信，照样忙自己的事。等事忙完，月亮都升起来了，袁云机还在那里等着，镇长被袁云机的"一根筋"所感动，终于答应给她10个垃圾桶。袁云机如获至宝，把垃圾桶摆到石圳的村头巷尾。她带头拿出4万元，号召理事会成员你3000我5000，凑了7万多元作为卫生保洁的启动资金。就这样，她说干就干，带领9个姐妹顶烈日、搞卫生、挖沟渠、运垃圾；晚上又集中在一起

▲ 廖俊波书记到石圳村与群众共商发展大计，左一为袁云机

商讨解决遇到的困难。此时,时任县委书记廖俊波得知袁云机等石圳十几位妇女的事,他来到石圳调研,肯定她们的主人翁精神,鼓励进一步拓宽思路,不仅要让石圳干净起来,也要让石圳群众富起来。此后,廖俊波常与石圳村民同坐一条板凳,共商石圳发展,他贴心地说,不赚钱的事政府来做,赚钱的事村民来做,让石圳绿起来、游起来、活起来。

建设美丽乡村,做卫生仅仅只是开始。有村民不理解,乡村就是乡村,祖祖辈辈都这么生活过来的,不干不净照样过日子,何必多此一举?好在她们认准了一个理,无论怎样都要让村庄干净起来!风雨彩虹,铿锵玫瑰,十姐妹真有点侠女气派。

袁云机说,顶着压力带头拆除17座违章建筑时,她被人辱骂过;制止河道乱采沙石时,她与人争吵过;把自家腾出来办农家乐,父母无处居住、弟媳好几天不能洗澡时,她愧疚过;对方无理取闹,到处上访时,她委屈过……但这些丝毫没有动摇她建设美丽家乡的决心。袁云机总是说:"我是党员,要做领头羊,再苦再累都必须自己扛着,石圳一天天美丽起来,就是对我最大的回报,一切努力都是值得的!"

从头越,巾帼盛开紫薇花

美丽乡村姐妹共建。看看她们的劳动成果吧!袁云机带领9个姐妹及村民运垃圾、掏水沟、捡石头、铺巷道、拆违建、通古渠、筑篱笆、兴绿化、清空地、改旱厕,仅1个月时间就搬走了堆积30多年的垃圾山,挖通1500米的古水渠、砌成5000平米的护堤,清淤800多米的污水沟,还恢复了4口古井,村庄渐渐漂亮了起来。在袁云机的带领下,石圳村走出一条"组织引领、党员带头、妇女主导、全村参与"的建设新路子，一个清清爽爽的古村落成为别人的样板。这还不够，袁云机带领理事会租了130亩地，用于发展休闲观光农业；联合5个农户投资75万元建成30亩葡萄采摘园；号召理事会成员种植30亩向日葵，鼓励村民种植30亩樱桃园摘园；同时还种植10亩茉莉花园，发展手工制茶作坊，朝休闲观光农业迈进。村庄因袁云机及姐妹们的努力，发生了翻天覆地的变化。省市领导对她建设家乡的热情和精神给予高度评价——"可看、可学、可复制、可推广"，石圳村被省妇联列为"巾帼美丽家园"创建示范点。

山色溪声传承朱子文化，"最美风景"廖俊波书记留名。从头越，

▲ 石圳中华紫薇园

巾帼盛开紫薇花；好风景，开启和美新生活。陪同我采风的政和干部陈夏告诉我，石圳村通过深入挖掘白茶文化、朱子文化和廖俊波先进事迹，形成"品白茶、寻朱子、学俊波"的石圳旅游文化特色，走出一条"组织引领，党员带头，妇女主导，全村参与"的富民强村特色发展之路。

好一座政通人和的石圳村！

北港有约

高 云

北港,一个古朴、久远而又温婉、妩媚的渔村。海子"面朝大海,春暖花开"的诗句,仿佛就是描述这里,这个与他万分念想而又无法抵达的千姿百态的生活场景。村庄位于君山沿海山麓,背倚插云峰,坐西朝东、四季如春,面临波澜壮阔的大海,还有独特的海蚀地貌、火山岩地貌景观,不娇柔、不纵情,与日出月落、高山流水、潮起浪涌,以及海边的美好人生愿景时刻相伴。

入伏的平潭,大海敞开湛蓝无垠的胸怀,清风徐来,风情万种。这是海岛典型的处炙不热、恬淡从容的季节。与远方的朋友从环岛公路进入北港,一路姹紫嫣红的花草树木。朋友感慨万千:从前的平潭"光长石头不长草",而今却草木葱茏,百花争艳,真是今非昔比。

抵达北港村口,一眼望去,碧海、蓝天、银滩、白云,满眼秀美的景色。人与石头厝,山与海天,山坡上大片蓝绿相间的花海,构成优美流畅、浓淡相宜的乡间画卷。我告诉朋友,你们从前来平潭游览的大都是自然风光,石牌洋、仙人境、海坛天神等。出自天工巧匠之手的天然奇观虽然不可替代,但一个旅游度假的胜地,更需要的是人文景观和沉浸式生活体验，这样才能吸引和留住游客。朋友们都是国内文学界的知名人士，纷纷表示认同。这些年，许多平潭旅游的海洋元素、两岸元素终于浮出水面，并逐渐融入海岛旅游开发的方方面面。

我对北港十分熟悉，有过无以数计的相约。1979年9月，我进入县林业规划队工作。当时，第一次开展山林普查，便是入驻北港村，从流水镇步行到村里，一路尘土飞扬，我仿佛听见土地在讲述生存的艰辛往事。到了村庄，领队的将我们安排到村干部家里，那一排排依山傍水的古厝，完整地反映自明清以来海岛建筑的历史轨迹、渔村风情和地方特色文化。夜间，海风呼啸，呼呼的风声穿过窗户的缝隙，让人常常在梦中惊醒。山林普查，就是用脚步丈量山水，一天下来，便是灰头土脸了。那时，村里就开始大力种植生态林和薪炭林，既可以防风固沙，又可以解决群众烧饭的柴火问题，万般辛苦的付出，涵育着乡村绿色风貌。先后担任流水公社党委书记的高纯铎、任恢桐就始终关注植被保护、水土保持，他们经常出现在荒山野岭之中，与当地干部群众一道，殚精竭虑地推进绿化工程。经过久久为功的努力，一片青山翠岭、一路清风轻拂、一座村庄秀色可餐，生态林面积达到750亩，终于实现森林覆盖率42%，四处呈现出青山绿水、生机盎然的美丽景象，是一道独具渔村风韵的风景线。到了20世纪90年代末期，水产养殖业开始迅猛发展，这里悄然展开围垦养殖，一片碧波荡漾的海域，变成了一潭波澜不惊的虾池，富了一方百姓。第二次走进北港，是2002年的秋天。君山自东南向北往西沿线仅有一条逼仄的土路，主要依靠当地群众自发修建、养护。由于依山而建，道路经常出现山体滑坡，路线曲折蜿蜒、崎岖不平，存在一定的安全隐患。当时我在县交通局工作，组织专业团队现场勘察，开展君山沿途道路拓宽、硬化的设计和建设。君山北港至礌水地段，铺设水泥道路的条件与环境十分恶劣，设备和材料进场颇费周折，工人们顶着烈日、冒着酷暑，坚守在施工现场，这也是我参加工作以后时间最长的一次野外持续作业。经过近半年的奋战，终于换来当地百姓的出行便捷和经济往来的顺畅。

第三次走进北港，大约是在 2009 年夏天，我认识了至今还担任村书记的陈松柏，他是一个忠厚本分的基层干部。因为我曾在乡镇工作过 10 年时间，对村干部的为民情怀、敬业精神比较理解，于是对他的工作

▲ 北港一隅

思路十分赞许。当时小学校舍撤并闲置之后，计划推动周边文体项目的落地。北港的历史故事和传说并不多，因临近山门前村，有"半山妈"抗倭、林杨上疏等历史典故，还有藤牌操、水磨等民俗风情，可以带动"文化＋旅游"项目的生成和拓展。那时的县科技文体局相关人员深入北港，通过调研，很快落实了文体活动中心相关事宜，并积极促成了观澜公园、旅游栈道、全民健身工程、农家书屋等项目建设。

翻开曾经的乡村笔记，我记得北港村域的面积不大，约2平方公

里，但耕地仅137亩，是远近闻名的以捕捞业和运输业为主的渔业村。在陈松柏等村"两委"干部的带领下，经过日夜鏖战，终于完成了文体中心的建设。投入使用后，村庄的环境洁净了，村民有了休闲的好去处，个个洋溢着笑脸。每到清晨和夜晚，总有不少老人聚集在一起，兴高采烈地健身和跳广场舞。而每到节假日，公园、书屋更是成了孩子们的美好空间。

几度邂逅北港村，总有许许多多令人钦羡的变化。时任实验区政协工委常务副主任、县政协主席的刘建宁对北港村的开发极为关注，尤其是对当地不断释放出旅游资源和文化内涵的活力有着深度的思考，协调相关部门突出两岸元素融合，巧做石头文章。此时，台胞青年林智远看好北港得天独厚的山水风光，倾心打造"时尚＋原生"的乡村旅游项目，开发出"石头会唱歌"系列文创产品，助推民宿体验、休闲旅游特色主题乡村建设。通过引进台湾的文创团队和两岸元素，有效利用创客、旅客资源优势，带动周边村民通过出租石头厝、开发民宿、创办农家小院、销售特色小吃和纪念品等方式创收。望见北港人迹稀少的山路滋长出人声鼎沸的热度，因为她拥有了宽阔而优美的彩虹旅游大道；听见偏远的村落传递着一阵阵精彩纷呈的花开的声音，因为八方来客，让她更加优雅地展示出美丽的姿态与多元的风度。

现在再来北港，可见这里已是一个神采飞扬的两岸文化与情感交融的部落，也是国际旅游岛一张亮丽的人文名片。曾经的"北港1号"，就是一个不错的文化标记，在那里休闲品茗，有温度、有闲情，没有时光流逝的浮躁，而是一种穿越时空的安宁与静谧。从那暗香浮动的村道进进出出，随处可以找到一个憩息的角落，独自发呆或沉醉。然后，迈开脚步，寻找自己不同时间、不同季节、不同地点，甚至不同心情的那一刻，去慢慢地感受属于自己的画面和韵致。

40多年过去了，重新回到北港的石头厝村落，这里已经发生翻天覆地的变化。作为省级乡村振兴试点村，2020年至2023年策划试点示范项目13个，投资达1500多万元，其中有台湾"风之谷"文创园、游客集散中心、微景观和庭院经济、文创休闲广场、饮水安全等项目。但我总是绕不过"石头会唱歌"的那一道风景。进入石头唱歌的意境，我总能领略台湾青年林智远的创业艰辛，感受文化品牌的来之不易。现在的北港，那一排排错落有致的石头厝，几乎都被演绎出各具特色的民宿情调，还有那些即兴民俗表演、手工文创产品制作等不同形态的艺术展示。

屡次与北港有约，转山转水之间，遇见绿意盎然的田野风光，遇见风生水起的海角渔港。目前，北港已是一个以旅游业为主的特色村落。遇见如此安详而又辽阔无垠的天然景象，可以用心品赏这里的山山水水。当下，北港村成立了党群服务中心，设立便民窗口、游客窗口、对台窗口等，为党员群众、游客、台胞台企提供多元化的公共服务，在简化办事流程、提高群众满意度的同时，提升全村的旅游服务水平。北港党群服务中心在2022年被授予"2021—2022年度五星基层党组织"和"党建品牌示范点"等荣誉称号。党建引领激活的发展新动能，紧抓试点示范项目建设的新动力，推动乡村产业振兴的新激情，打造生态宜居乡村的新赋能和厚植乡风文明的新时尚。

这是流水潺潺的日子，也是日新月异的时代光景。与北港有约，与人生那淳朴绚烂的情感和人文世界始终紧密相依。

春风吹拂坂中村

禾 源

1958年,宁德市古田县吉巷乡坂中村,为响应国家"一五"计划,支持古田溪水电站建设,全村移民,有的外迁,有的就地迁移到现在的坂中。坂中村在历史的选择中做出贡献,又在新时代的发展中一路前行。

春 风 吹 拂

旧坂中的乡愁,荡漾在翠屏湖的碧波;新坂中的发展,挂念在各级党委和人民政府领导干部的心头。

村干部把我引领到"四下基层"主题馆中,说:我们坂中村,虽然良田房舍都淹没在湖底,可迁居新村以来一直在享受着库区移民的优惠政策。这十几年来,一路满载荣誉前行,2013年被列为市级"整村推进"示范点,2016年获评"全省十佳小康库区村",2019年获评"国家森林乡村"、省级"一村一品"示范村,如今是省级乡村振兴示范村、中国银耳第一村、"四下基层"实践基地村、湖光山色乡村旅游村。

长得结实、双脚还带泥的村干部，越说越起劲。他说，2012年，坂中村被县政府列为"点、线、面"环境卫生综合整治示范点，2013年又被列为市级"整村推进"示范点。也就在2013年的春天，一个夜晚，就在这俱乐部内，乡党委、政府领导召集村干部、村民代表开会，共同商讨，决定以深化和提升农村环境卫生整治工程为载体，着力推进"农村生态人居体系、生态文化体系、生态环境体系"构建，加强"点、线、面"相结合，逐步推进"美丽乡村"的各项建设工作，打造宜居村庄的工作思路。领导详细地讲述投入建设改造的资金来源和如何组织实施，村里的干部听着个个来劲，人人表态。从此坂中迈开建设"美丽乡村"的步伐。

他说："这一夜会开到很迟，散会了见村民家家都亮着灯，一个乡里的干部说，这场会把村闹醒了。"我听了他的讲述，如春风扑面，我来这里采集乡村振兴故事时正是仲春，真是春风吹拂，神清气爽，生机无限。

"六联"机制

我还流连在"四下基层"主题馆中，他催促我去参观"党员活动之家""移民文化馆"等，可一路讲述的是银耳和水果产业的故事。他说："坂中的发展也并不像一些人说的从前贫穷落后，坂中村一直享受移民政策，生产和生活水平并不比别的村差，再加上移民后原来一个有乡规模的村，现在只有121户口，525人，虽说水库淹没田园，可大部分的山场都在，称得上人少资源多。全村种植有水蜜桃、油柰、芙蓉李等水果700多亩，产值200多万元。你说会贫穷落后吗？如今还引进了著名乡贤新西兰皇家科学院首席科学家高益槐先生在村里发展新西兰猕猴桃新品种，前景自然是越来越好。前后的比较中，应该是百尺竿头，更进一步。不过坂中村最主要的产业还是银耳生产。"

他说到这里时，我便追问："你发展什么产业？"他浅浅一笑，说："坂中村全村90%村民经济收入以银耳种植为主，我自然是多数人中的一员，再说村中流行村看村，户看户，群众看干部。"我不住地点头。他呵呵两声，接着说："坂中村的银耳发展到现在的规模与档次，党支部确实起着重要的作用。"

多年来，村里银耳产业一直存在生产分散、粗放、菇棚老旧、质量参差不齐、银耳量多价贱的问题。为了改变这种状况，党支部多次开会，决心进行整治，在专家、县、乡挂村领导、驻村干部等的指导下，建立"专业合作社＋种植农户＋示范基地＋检测机构＋产品品牌＋龙头企业"六联机制，升级菌业产业。2019年后，一年一台阶地推进。当年，坂中村党支部领办"农宏食用菌专业合作社"，投资493万元建设坂中村银耳生产标准示范基地，包含60间标准化银耳生产标准房，现在又投入几百万元建成光辐菇棚98间。接着合作社引进了福建省食用菌产品质量监督检验中心在银耳示范基地成立服务示范点，进行"一品一码"检测，追溯系统生成原辅材料种植、烘干、包装等环节凭证，为农产品上批发市场、大型商场、连锁超市及网络直销等创造了有利条件，致力于打造"坂中木耳"品牌，引进康益达生物科技有限公司等，这三年"六联"机制科学地运转着。

为了更加规范管理，在乡党委、政府的大力支持下，坂中村党支部又将村银耳基地纳入当地企业的示范基地，对坂中生产出的优质银耳进行保底定向收购，当地企业将每年收购总额的1%—2%作为村集体收入，确保村集体与村民增收。同时，深入挖掘菌菇文化，提升食用菌产业文化附加值，先后建设"智慧银耳体验馆""菌业记忆馆"等旅游项目。2021年6月30日，古田县首个食用菌科普展示馆——菌业记忆馆在坂中村揭牌开馆，配套建起品尝菌菇食品、发展银耳驿站与银耳电商直播中心。

他滔滔不绝地讲述着"六联"机制运营，我不得不打断了他的讲述，询问他，这过程中是不是也有曲折艰难？他说："当然艰难，为此，拆除了旧菇棚60多间，厂房2个，仓库1家，阻力重重。但党支部班子硬，干部起带头，加上'围桌茶谈'解民事、解民忧的工作机制创立，有了好方法，赢得好风气，群众又有看得见、摸得着利益，难也不难了。如今村财收入达50万元，百姓人均收入达3万元。"

围 桌 茶 谈

人和业兴，坂中村如何赢得这个良好局面呢？

他不假思索，娓娓道来。"四下基层"的优良作风，在坂中村发扬，并结合村情建立"围桌茶谈"的好方式，赢得干群同心的好局面。"围桌茶谈"，初始因村民白天多在菇房里干农活，只能利用晚上时间收集民情民意，没有真正坐下来谈，效果不好。为提高效率，让更多人参与，便在夜晚进行"围桌茶谈"。2019年分别在村党群活动服务中心及村党支部书记、村民主任、村民副主任的家中设立村民联系服务点，作为"围桌茶谈"据点，围绕调解邻里纠纷、宣传法律政策、进行农事技术交流等10类事项，着力解决群众的急难愁盼问题。这个好方式，一直坚持至今。说一个案例，你就会体会这个方式的好处。

乡村振兴福建故事系列　遇见和美乡村

▲ 坂中村全景

聚沙成塔 乡村有约

2021年，吉巷乡以打造"坂中·中国银耳第一村"为目标，引进上海同济大学团队，开展陪伴式规划服务，推进项目实施。其中在推进道路拓宽及"白改黑"、杆线下地工程建设时，需要拆除十余间菇房。部分群众对此产生不同的意见。土地，是农家生存之本；菇房，是种菇人收入保障。地占用了，菇房拆了，到哪去讨活？个别做思想工作时，他们以"等大家思想都通了再说"，一言拒之。村支书高益清搭准脉后，把相关群众都邀约到党群联系服务中心，开展了"围桌茶谈"，一杯杯热茶端上，耐心倾听他们的诉求，就在这平起平坐、互相尊重、互相理解中，难看的脸色不见了，入座前的"火药味"消散了，心平气和地摆出问题，提出解决问题思路，最后在为村庄发展的大局中达成共识。高益清说："只要大家愿意坐下来、敞开说，就没有解不开的心结。"

湖 畔 升 星

有个叫岛儿的作家这样写道："老坂中"是浩瀚库区前世的宗脉，"新坂中"是美丽湖泊今生的儿女。为了让今生的儿女靓丽起来，坂中村外赋形象，建起了环湖长廊、临湖公园、天然浴场、野餐营地以及自行车道等设施；内养气质，建起了"四下基层"主题馆、移民文化馆、智慧银耳体验馆等。还为优质服务建立游客服务中心、停车场、旅游公厕等服务设施。坂中，翠屏湖的今生儿女，惹得四方青睐。银耳研学教育基地、省委党校四下基层现场教学点，旅游开发公司等如同凤凰而栖，坂中走出的乡亲也纷纷返乡办民宿，发展产业。

村干部说："2022年至2023年计划投入资金4070万元，用来改造主村干道沿线、旅游道路，建设银耳美食天地、银耳文创工坊、精品茶室等；打造梦幻沙滩，配备银耳号观光小火车，建设湖岸露营基地配齐相关配件，建设湖岸码头及购买配套红船等；打造乡村特产市集、湖岸民宿，建设官洋银耳酒庄、银耳部落。"虽说这些项目都只在实施中，但我们相信，翠屏湖畔就要升起一颗闪亮的乡村振兴之星。

就要离开村庄，眷念回首，见村庄屋舍依山建，一排移民房镶嵌村中，古树掩荫，新花簇簇，"依伯"剥笋，"依母"浇花。富足美丽的坂中和谐在湖光山色中。

岭畔村，千年不熄的窑火

刘志峰

岭畔村在晋江家喻户晓。早在20世纪70年代末，村民就依托传统陶瓷手工业，靠勤劳拼搏、艰苦创业，大兴陶瓷厂、陶瓷建材厂、石材厂和出外跑供销，率先走上了致富道路。20世纪80年代、90年代，先后被中共中央组织部授予"全国先进基层党组织"称号，被中共福建省委、省政府授予"明星村"称号，成为闻名全国的"亿元村""文明村"。老支书吴孝凯当选第七、八届全国人大代表。

岭畔村位于"中国陶瓷重镇""中国陶瓷名镇"磁灶镇区内东北部。晋江历史上的水上交通要道九十九溪的支流梅溪，自西向东穿村而过。史书记载："船只往返于梅溪之上。"磁灶素有"五坞十八曲"之美称，其中的岭畔坞即北依溪北的童子山，村民世代定居坞内。岭畔村仅3平方公里，却拥有户籍人口3600多人、外来人口1000多人，旅居海外的侨胞和台港澳同胞数千人。村中现有益兴陶瓷、华业陶瓷、梅盛建材、亨盛陶瓷、一峰陶瓷、松岭陶瓷、山美建材、闽梅新型等十余家企业。

磁灶共发现古窑址26处，其中宋元窑址12处。被列为全国重点文物保护单位的磁灶窑址，除了金交椅山古窑址以外的其他3个窑址——宋元时期留存下来的土尾庵、蜘蛛山、童子山窑址，都在岭畔村内。蜘蛛山、童子山窑产品最为丰富齐全、最具鉴赏价值，堪称磁灶窑址的代表。随着磁灶窑址（金交椅山窑址）作为"泉州：宋元中国的世界海洋商贸中心"出口商品生产的代表性遗产要素被列入世界遗产名录，岭畔村也以保护与传承磁灶窑传统技艺为抓手，大力打造"磁灶窑"文化品牌，创新发展陶瓷建材业，助力乡村振兴，更加引起人们的瞩目。

一到岭畔村，村党总支书记、村委会主任吴顺金就把我引进村文体活动中心大楼。吴顺金是晋江市村级党组织"领头雁"，先后获评"晋江市优秀共产党员""泉州市劳动模范"称号。他一路带我参观，一路娓娓述说，满怀自信和豪情。

▲ 岭畔陶艺公园

吴顺金说，岭畔村乡村振兴规划应该如何进一步完善，未来村庄发展如何定位，村集体经济如何壮大，是村"两委"会每周工作例会必须探讨的议程。他意识到制陶、烧陶之于岭畔，曾是家家户户讨生计的营生，更是推动岭畔村不断发展变迁的支柱产业，对岭畔人有着重要的意义，也是村庄的文化根脉之一。具体实践中，他们在坚持党建引领的前提下，就特别注重"陶瓷"二字，希望把传统陶瓷文化打造成岭畔的一张特色名片。

最耀眼的是实施文化振兴。在村文体活动中心大楼内外，除布设了多媒体图书阅览室、南音活动室、篮球场等外，磁灶陶艺体验基地、磁灶传统陶瓷民间收藏馆、岭畔村乡村记忆馆、磁灶镇陶瓷文创工作室、磁灶镇青少年社会教育活动中心等场馆各踞一隅，又相互贯通，都以围绕保护磁灶窑址，推动磁灶窑陶瓷文化的传承传播和发展为主旨，发挥功用。

进入"世遗＋非遗"时代，他们通过深入挖掘磁灶窑传统技艺，搜集村史和老物件、老照片，记录发生在村里的故事和人物，组织编纂村志，回眸历史，初衷是要把《岭畔村志》和磁灶陶瓷特色相结合，留住乡村记忆，为海内外岭畔人搭建一个寄托乡愁、了解家乡发展历程的平台，给新岭畔人营造一个融合融洽的空间。2018年10月，岭畔村乡村记忆馆建设项目正式启动。该馆建成面积700多平方米，涵括了村情概况、发展历程、陶瓷文化、家风家训和改革开放40年岭畔村大事记等内容，并以图像、视频全方位翔实展示了历史上岭畔陶瓷的生产外销盛况及当代陶瓷产业的辉煌业绩。

吴顺金说，"我们从来就不让磁灶窑火熄过"，坚持"保护为主、抢救第一、合理利用、传承发展"。在他们的积极作为下，磁灶传统手工制陶技艺、磁灶陶瓷雕塑技艺、磁灶窑陶瓷装饰技艺先后入选第四批、第六批、第七批晋江市市级非物质文化遗产代表性项目名录。2022年1月,磁灶窑陶瓷烧制技艺入选第七批福建省非物质文化遗产代表性项目名录。"磁灶窑"陶瓷被选为晋江市伴手礼。

2014年,晋江市妇联在岭畔村陶艺传习所增设"晋江市妇女儿童传统陶艺文化体验基地",成为岭畔小学开发陶艺校本课程的活动阵地和岭畔村儿童之家的陶艺文化特色服务阵地。2022年,基地"岭畔村传统陶艺妇女儿童体验点"被列入晋江市为民办实事项目之一,为全市妇女儿童了解陶艺、亲手制作陶品提供了学习和创造空间,还聘请专兼职陶艺师傅常年义务教学。开展的"喜迎二十大,陶艺伴童年"亲子活动,既有小导游带来的岭畔传统陶瓷烧制技艺由来、发展和悠久历史文化绘声绘色的讲解,也有陶艺体验区内,孩子们和家长在陶艺师傅指导下,学习陶瓷技艺,感受陶艺魅力和创造的乐趣。

磁灶是中国陶瓷发源地之一,岭畔陶瓷是发源地的发源地之一,至今仍有熟悉传统手工制陶工艺的老师傅近百人,吴联生、吴炳峰分别被评为晋江市非物质文化遗产代表性项目磁灶陶瓷烧制技艺代表性传承人、磁灶陶瓷雕塑技艺代表性传承人,吴松森、吴康为、吴炳峰、吴联生获评福建省陶瓷艺术大师。2022年7月25日,在庆祝"泉州:宋元中国的世界海洋商贸中心"成功申遗一周年之际,岭畔村"磁灶窑"陶艺大师工作室应运而生,聚集了陶瓷非遗代表性传承人、陶瓷大师,开设了省级非遗项目磁灶窑陶瓷烧制技艺泉州市级传习所,并向社会招募学员、爱好者开展相关教学,扩大陶瓷文化人才队伍,成为岭畔村人才振兴的具体举措。磁灶窑技艺传承人秉承传统文化技艺,致力于延续和发展祖辈陶瓷装饰工艺,并创新开发了一系列品种多样的文创产品。代表作品参加 2021 年中国（大连）国际文化旅游产业交易博览会，获得一银二铜的佳绩。此外，他们还经常走出岭畔，到台湾莺歌窑等地进行技艺交流，开阔眼界。

2020 年，在晋江市建材陶瓷行业协会和磁灶镇党委、政府的牵头组织下，第三届福建省陶瓷艺术名人、艺术大师推荐学习活动（晋江）现场陶瓷技能实操比赛举行，47 位来自全省各地的陶艺匠人相聚岭畔现场竞技的同时，也为岭畔如何更好地依托陶瓷文化推动乡村振兴给出了不少好建议。

建设传统陶艺特色旅游乡村一直是岭畔人的热切愿望。为此，岭畔村重点实施了生态振兴，推进了特色旅游乡村的总体规划修编及村

▲ 蜘蛛山窑址

庄人居环境综合整治。相继推进了岭畔大桥改造、村庄主干道白改黑工程。在岭畔村，不经意间都可以看到反映"磁灶窑"文化主题的墙绘作品。他们在岭畔村党群服务中心一侧沿着梅溪岸边，利用闲置空地打造陶艺文化公园，形象地还原了早期制陶作坊的工棚，处处点缀着磁灶陶瓷元素。自竣工投用后，已是村民茶余饭后休闲娱乐和怀旧缅想的好处所。同时还沿着梅溪岸边建设了 900 多米的栈道，架设 30 盏景观路灯，见缝插绿，遍栽繁花茂草。

如今，来岭畔村领略磁灶窑"世遗+非遗"文化的人越来越多了。"文化和自然遗产日"期间，2023 年晋江市"人才杯"磁灶窑非遗文化体验暨千年陶乡徒步活动在岭畔村成功举办，大家走进陶艺公园、乡村记忆馆，走进蜘蛛山窑址，近距离感受陶乡魅力，过一把陶瓷制作瘾，慨叹磁灶陶瓷文化的源远流长，为磁灶、为岭畔村用心用情讲好陶瓷文化故事纷纷点赞。

前不久，围绕着"磁灶窑文化保护和发展"主题，政协委员与磁灶陶瓷工艺美术大师一同走进岭畔村，深入互动交流、建言献策。吴顺金又一次代表岭畔村发声，一方面呼吁政府要加大政策倾斜和资金支持，推动古窑址修缮改造提升，支持岭畔村整治提升窑址周边环境、保护开发古村落等工作；另一方面，他表示，岭畔村将增强文化自信自觉，积极主动融入磁灶镇高质量发展，不断深化"磁灶窑"文化品牌塑造，有效推动磁灶陶瓷的专业人才集聚和产品价值赋能的大格局，肩负起新时代乡村振兴的新使命。

岭畔之行，我真切地看到，岭畔村千年不熄的窑火正越烧越旺！

青山绿水欧寮村

苏水梅

地处平和县东部太极峰腹地的欧寮村,红色历史文化厚重,是集党、政、军旧址于一体的革命老区基点村;绿色资源丰富,是九龙江南溪源头,水流自西向东贯穿全村。从昔日的"隐在深山"到今日的"乡村振兴排头兵",2021年7月,省财政厅派驻欧寮村第一书记吴福强的辛勤付出可圈可点。一年多来,他驻村更"驻心",一边引领村民共同打造乡村旅游特色村,一边感受着青山绿水间的悠悠乡情。

走进欧寮村,一路逐水而下,绿树、老屋都可以是你的向导。到了夏季,纷至沓来的游客坐在五颜六色的漂流船上,在水面上欢畅漂移、激情戏水,山水间笑声萦绕、水花飞溅,这里成了欢乐的海洋……

一

曾经,山高路远的欧寮村以"穷"闻名。平均海拔600多米,到镇区要经过20多公里的盘山公路,就算开车也要花费40多分钟;漂流项目受季节影响,淡旺季发展不平衡;电力不足、通信信号差等;

住宿、餐饮等服务业发展滞后，游客进得来，却住不下来……通过走访、调研，欧寮村存在的不足被一一列了出来：交通不便、项目单一、设施落后、配套不足，"能马上办的一分钟也不耽搁，有困难的想办法迎难而上"，吴福强带领村民们开始不停地向前躬行、向上攀登。

一组 400 千瓦大容量变压器重装落地，实现了由"用上电"向"用好电"的转变。"电压不足、通信不畅是制约漂流产业发展的两大难题。刚开始的时候很发愁，后来得到相关部门的大力支持，竟然办成了！还在变压器旁装了充电桩，游客的电动汽车也可以充上电啦。"村民的言语中满是自豪。

一座十多米高的信号塔架立起来后，手机信号呈现满格状态。通过多方联系，积极协调，把各方负责人都请到村里来共同商议，终于实现了移动、电信、联通等通信单位共享塔架，改变了游客来漂流消费手机难以支付的现象。如今客人来了，喜欢拍照录视频发朋友圈的，分分钟就能晒幸福。

村里还有了免费网络，河道景观高质量提升，生态湿地收集污水，整村光伏工程稳步推进，集节能路灯、广播、监控、路标、村标于一体的智慧路灯建设完毕……真抓实干，民生项目一件接着一件办。新修的水泥路将家家户户"一线串珠"，绘成了一幅美丽的画卷。这几年，欧寮村的确变得更美了：家家户户把鸡圈起来，墙面刷上红色主题墙绘，院子里种上花草。而游客们就像一面镜子，映照出红色资源的文化力量，村民们迎来了平和闲适的好日子。随着村民文化意识不断提高，形成守望相助、尊老爱幼、诚实守信的乡风民俗。

二

关心实打实，服务心贴心，乡亲们有了实实在在的获得感、幸福感。在吴福强的牵线搭桥下，漳州市快消品商会开展了"情暖冬至·爱在欧寮"慰问活动，实现70岁以上老人慰问金全覆盖，当天每人还吃到爱心汤圆并领到三份伴手礼；爱心助学活动已连续进行两年，全村20多人次的困难学生获得慰问，人均慰问金额超过3000元。到欧寮村参加慰问活动的人们，和乡亲们一样，心中翻滚起一股暖流。

欧寮村民对先辈们艰苦卓绝的开创历程始终心生感佩，他们深爱脚下这片土地，以辛勤的劳动换取幸福生活。在"我家欧寮"游客服务中心，村民陈发成正为新建几间包厢忙碌着。陈发成的妻子在餐厅

▲ 驻村书记（左一）与村民交流果树种植技术

当厨师，一个月工资 4000 元，小儿子今年 19 岁，学的是旅游专业，毕业后也打算回村里发展；家庭困难的林小华走进国农农业发展有限公司，借助药物纸质保果袋技术，实现了从普通柚农到套袋工人的职业转变，靠技术脱贫增收；六旬林姓阿伯和老伴一共种了 1000 多棵果树，谈及家里的收入，老伯的脸笑成了一朵菊花："每年果园的收成加上村里的分红，两个儿子都说很羡慕自己的老爸。"

"资源变资产、资金变股金、村民变股民。"欧寮村大部分村民既是股东也是员工。每年 5 月至 10 月漂流开放，这几个月间可以为村民提供就业岗位 100 多个，护漂安全员每个月赚取基本工资和奖金，每年可增收 1 万多元。漂流旺季刚好错开蜜柚种植的农忙时节，村民们可以获得一份额外的收入。不少村民还向游客出售养生药膳、土鸡、鸡蛋等土特产，一年可卖 30 万元左右。

养殖粗鳞鱼的无底湖家庭农场是由农业农村部科技教育司和福建省海洋与渔业局授牌，由福建省淡水水产研究所提供技术支持的渔业科技示范基地。在 2022 年漳州市快消品商会年会上，欧寮村通过宣传视频、现场推介、赠送"友鱼"、晚宴美食的方式大力推广粗鳞鱼。以创新之举助推乡村旅游产业发展，帮扶挖掘产业名片，提升红色欧寮知名度，大家伙纷纷为吴福强的"巧劲"点赞。这两年欧寮村旅游越来越红火，乡亲们觉得有奔头，拧成一股绳，日子自然越过越好。

三

早在 2015 年，欧寮村人就萌生了开发漂流旅游的想法，并尝试发动乡亲们集体入股，把漂流项目发展成村里的集体产业。在大家的共同努力下，筹集了近500万元，用于疏浚河道，修建多级蓄水坝、停车场、游客接待中心、旅游公厕等配套设施。2017年，神摇漂流项目开始运转，88米的落差，发达的水系，漂流沿途设计了"俯冲穿浪""争先恐后""浪漫芦苇林""仰天长啸"等刺激点，因"水质优良、长度适中、足够安全"等特点而享有"矿泉水漂流"之美称，深受游客青睐。

初到欧寮村的吴福强被村民们"敢闯敢拼"的精神深深打动。他发现项目虽好，但全村195户村民，只有70户入股，入股数不到一半。"想要实现乡村振兴，就必须算好全村一体的大账"。于是，吴福强带领村"两委"和漂流公司，动员其余村民入股，把漂流项目发展成村里的集体产业。一年时间，在没有外来资本介入的情况下，漂流公司吸纳的村民从最初的70户，发展到145户，实现了常住户家家入股。

乡村要振兴，不能落下一户一人。吴福强算大账是能手，他很注重算公平账。2022年，神摇漂流营业收入500多万元，分红200多万元。"村民入股1万元，以去年的标准一年就能分红2400元。"他发现，村里还有一部分脱贫户，手里并没有多余的资金入股漂流公司。为了让这部分人也享受到漂流项目带来的红利，熟悉惠民政策的吴福强，引导脱贫户贷款入股漂流公司，实行"政府贴息、公司分红"模式。这样一来，村里十多户脱贫户不用掏一分钱，每年都能获得固定比例的分红。

"乡村振兴要走可持续的发展路径"，"产业振兴是乡村振兴的重中之重，要以特色产业振兴带动乡村全面振兴"，"要让知识型、技能型、创新型的新型产业工人在助力乡村振兴中作表率、挑大梁、走前头"……得益于好的政策和理念，"跟着乡村发展走准没错"的信念在欧寮村村民心中慢慢生根、开花。

"多点发力，做好山水文章谋发展"已成为欧寮村人的共识。2022年9月，"红色欧寮"被列入漳州市党员教育培训（主题党日）现场教学点名单。靖和浦苏区历史陈列馆、靖和浦苏维埃政府旧址、闽粤边特委机关旧址、红三团旧址，这些红色元素将吸引更多的人到"中央红军村"欧寮村来参观学习。目前，欧寮村正计划将农耕文化、民俗文化、红色文化、亲情文化等与民宿旅游融会贯通，把乡土风貌、红色基因与现代旅游需求有机结合起来，真正让游客"宿在民居、乐在田间、游在山水"，将"省级乡村振兴试点示范村""省级美丽乡村示范村"等荣誉称号擦得更亮。

▲ 漂流

四

　　吴福强意识到村财是乡村振兴、产业发展的基础和重要支柱。他主动与县里有关部门沟通协调，将帮扶资金入股国有企业，村财以分红方式创收，同时，实施园改耕项目、民宿项目等，提升村财持续增收能力，固定经营性村财从不到5万元增加到50万元以上。

　　令人欣喜的是，超千万元的安全生态水系项目，正在成为新的休闲景点；投资上亿元的欧寮至三坪红色旅游公路开始建设，欧寮至漳浦车本旅游公路项目的前期工作也已启动，未来将实现跟周边地区串点连线、抱团发展；利用集中连片旧民居，整体改造成既复古又现代的欧寮半山民宿；为提高接待服务能力，规划建设集会议、舞台、餐饮、超市、娱乐、健身等为一体的综合服务中心大楼，为推广冒险股、太极峰等自然景观提供强有力支撑。

　　乡村振兴奏新曲，欧寮人的脚步越来越坚实。欧寮村人坚信，前方，有更美的风景在向他们招手，在等待着他们……欧寮村人正以全新的精神面貌，在推动实现乡村振兴的大道上阔步前进。

外碧村的"农文旅"元素

蔡飞跃

乘车前往泉州市永春县东关镇外碧村,虽是晚春,窗外的阳光依然用特有的方式催发生机,我的心底涌起阵阵暖流。

顺道去东关镇政府驻地,镇党委郭书记和镇政府庄镇长热情地为我介绍,外碧村辖有溪东、溪西、大山三个自然村,分布在湖洋溪下游碧溪两岸,2200多人口。近几年,外碧村围绕"碧溪风情·乡土记忆"的主题,以碧溪为景观轴,依据研学、休闲娱乐、农耕体验、徒步探秘、民宿等不同需求建成五个功能区。不久前,成功入选全省乡村"五个美丽"建设典型案例名单。

我急切地发问:"外碧村选择什么途径发展?"郭书记接口回答:"走的是农文旅之路。"

于是,解读架构外碧村"农文旅之路"的元素成为我此行的主要任务。从镇政府驶往外碧村的5公里路上,我都在静心思考。车在外碧村边的李深静农贸中心停靠,碰巧村党总支书记、村委会主任陈新剑到县里参加为期一周的封闭培训,陪同我参观的是2021年10月因年龄原因卸任村党支部书记的陈志文,还有当地的几位老者。

走进农贸中心，室内陈列着土特产和碧溪整治过程中的图片，四周安静得可以听见厝后潺潺的流水声。陪同参观的人员谈起外碧村的的变化绘声绘色，如数家珍。

陈志文说，2012 年 6 月他刚担村书记时，村财收入仅 3.5 万元，碧溪杂草丛生，村庄非常杂乱。不久后，外碧村美丽乡村建设正式启动。外碧是著名的侨乡，生活在马来西亚等国的侨亲达七八千人，他们热心故乡的公益事业，马来西亚侨亲李深静博士捐资建设村里的道路、桥梁，村里也积极募集资金。2015 年，荒寂已久的碧溪流域欢声笑语，村民、工匠们忙于除杂草、砌溪堤。2016 年整治工程告竣，还碧溪一泓澄澈。

四季皆景的外碧村，彰显古村落的原生魅力。美丽乡村建设必须整治村庄环境，村干部入户宣传发动，房前屋后临时搭盖、鸡鸭栏舍该拆除的拆除，公厕该修建的修建；根据村落传统风貌格局，合理突出房、田、林、路、街等元素，收储租赁破落古厝修旧如旧，并对裸房进行装修，延续古村的韵味；同时利用清理出来的空地种植蔬菜、茶树等代替绿色景观。道路绿化率达到 98% 以上，路灯亮化率达到 85% 以上，美化的环境承载更多的乡愁记忆。

成绩是可喜的，做起来并不容易。俗语说"上面千条线，下面一根针"，上面的千条线都得依靠身处最前沿的基层党员干部这根"针"承上启下，通过他们穿针引线、落实各项任务。村庄整治进行时，村干部带头献地捐资，村民们有样学样，有力保障美丽乡村建设的成效。

碧溪在农贸中心的厝后流淌，这也是郭书记所说的景观轴。溪岸上，大大小小的石头自然排砌，滴翠的草木无拘无束地占据各自的领地，摇曳生命的旗语。溪的东南方向是五台山，西北为虎巷山，宛若飘带的碧溪隔开两岸的村庄。往西望去,东西大桥、光邦大桥近在咫尺。在东西大桥的桥亭下,有一处古瓷窑址,是爱好稽古的游人喜欢的地方。

外碧村不仅有古瓷窑,也有古渡口和古官道。古渡口分列在碧溪畔的加莲埔(曲港)、汤洋(田牛港)。曾经,这两座码头与东关桥码头作为湖洋、东关、外山、乐山八都(现为南安市向阳乡)等地的木材、陶瓷、茶叶等货物的起运码头,远销东南亚、日本、坦桑尼亚诸国。外碧村五台山古官道是宋元以来的交通要地,连接永春、德化、大田、南安、仙游等地,北上福州、南平入京。这条千年古道,留下了蔡襄、朱熹、陈知柔、张瑞图、颜廷渠、"兄弟进士"李开芳和李开藻,以及李光地等历史名人的履痕。

随处可见的历史人文景观、山水田园风光,以及助力外碧村评为第七批全国一村一品示范村的"白番鸭"品牌,加上穿村而过的省道三郊线,这些独特的元素和优势,打开了外碧村以"农文旅"赋能乡村振兴的思路。

▲ 外碧村田园风光

热爱的事业不需要多大的天赋，只需要用最大的热情去做，便会有收获。从2019年起，外碧村筹措资金110多万元规划建设旅游服务中心，并着力打造"一轴五区"的"农文旅"项目，整合农业、水利、库区移民等资金，先后投入2000多万元，组织实施碧溪两岸景观提升、临溪屋面平改坡及立面的改造，每一个微景观，每一处细部节点，都体现外碧人的用心用情。紧接着，沿溪栈道、景观照明也得到实施，这些蕴含文化元素的项目的建成，赋予碧溪成为外碧乡村旅游的景观轴。

走在块石铺砌的景观路上，两岸房舍白墙青瓦，富有闽南水乡韵致，浓郁的乡土气息扑面而来。

溪边不远处，便是沐野拾光农耕体验区。一块块流转的田地，用于种植萝卜、油麦菜、芥菜等农作物。在农耕园里，以二十四节气为主线布置农耕文化，集休闲、娱乐、体验为一体，根据四季农时，可享受土地翻耕、木犁耕地、插秧、割稻谷、捆稻草、蔬果采摘和认领种植的农趣，还可以在旅游服务中心烹饪大锅饭、烤地瓜、做茨壳粿减压。

靠山吃山，外碧村有耕地面积622亩，山地面积1.05万亩，经济林1297亩，这是外碧村自身的优势。经过引导，村民们种植起茶树、芦柑、酸梅桃、水蜜桃、毛竹和蔬菜，吸引游客前往观光、采摘。通过田间学校和旅游，带动农户、残障人士养殖白番鸭、蜜蜂，延伸农产品产业链和旅游产业链，实现农业附加值。

溯溪而行，前来研学、团建、旅游的团队来来往往，喜悦写在他们的脸上。一问，才知道外碧村与泉州师院等15所高校签订长期合作协议，中小学前来研学的更多。向前延伸的路上，不时掠过蓬勃的生命气象，特别是那一朵朵鲜艳的红花，最是耀眼。滨水休闲娱乐区置在碧溪上游，以碧溪为主、拦鱼渠为辅，设有划船、戏水、亲鱼等亲子互动项目。看着孩子们和父母在划船、戏水互动的过程中，加强了彼此之间的情感交流，父母也在情不自禁中表达自己的爱意，其乐融融的情景让人心暖。

从游船停泊的码头边，拾几级台阶而上，便是家风文化馆。台阶是石砌的，护坡也是石砌的，格外养眼。家风文化馆设在陈氏祖厝福安堂，占地3000多平方米，共78间房，已有百年历史。门口稻秧碧翠，俯瞰碧溪蜿蜒，一派田园风光。2016年，村民意识到家风传承对素质提升的重要性，便自发将福安堂筹建成乡土记忆馆，把收集到的生产生活器具和侨批侨信在馆内展示。2018年，县、镇有关部门投入资金，将乡土记忆馆完善升级为永春县家风馆。2020年，泉州市、永春县有关部门将家风文化馆提升打造为"我爱我家——家风家训文化园"。

与一拨外地访客同时走进馆内，深深为丰富的馆藏所感动。馆内设四大展区48个展馆。室内体验区主要包含华侨文化、家家有礼、家有规矩、我家有宝、顿悟堂等功能区。通过场景再现、实物展示、互动体验等形式，集中展示永春的华侨文化、优秀家风、传统礼仪、民间习俗。步出福安堂，以农田、古厝、溪流等自然、人文景观构成的室外体验区，让游人流连忘返，而展示"孝、悌、忠、信、礼、义、廉、耻"等"八德"文化和耕读文化的景观墙，于寓教于乐中提升教育效果。

人文景观的深度挖掘是文化旅游的关键所在，外碧村境内有古官道、古树、古渡口、古窑址、古廊桥址、抗倭古寨、宋代摩崖石刻、古牌坊，触发外碧人的创新灵感。特别是五台山古官道林木茂密，朱熹、李开藻等先贤曾写下诗句，还有海拔900米处的百德泉，适合年富力强的游客徒步探秘。经过筹措，青云古官道徒步探秘区很快生成，如今是访客喜爱的特色旅游项目。

　　食宿是旅游的重要硬件。在文化园周边，一座座民宿、奶茶店和旅游综合服务中心等配套建筑巍然而立，满足前来接受家风教育、红色旅游及乡土研学的社会各界人士的需要，每年为村财增加近10万元的收入。

　　"一轴五区"因项目多样、特色鲜明被人们津津乐道，外碧村也凭借产业兴旺而乐业宜居，2021年被确认为"福建省乡村振兴实绩突出村""福建省第二批省乡村振兴治理示范村"，2022年，又获得"泉州市侨乡文化名村"等荣誉称号。随着"农文旅"的发展，助推村民增收增富，100多位村民直接参与乡村旅游经营。全村建档立卡贫困6户21人，也于前几年全面脱贫。因了村财增收，村里还为70周岁以上老人提供"免费午餐"，让村民们得到了实惠。

▲ 外碧村碧溪

采访归来，我与陈新剑有几次电话交流，他自2021年10月起担任村里的"一肩挑"。陈新剑对外碧的村情是熟悉的，他谈古瓷窑、古渡口，谈古官道和历史人物，谈农林资源的发展、开发，还谈到兴办乡村旅游的文化追求，我对外碧村的"农文旅"元素有了新领悟。陈新剑高兴地告诉我，乡村文化旅游为外碧带来实实在在的变化，2022年村财收入101.28万元，2023年1月至5月，吸引5万多人前来研学、团建和旅游，力争超越全年创收114万元的目标。

当我问起外碧村今后的打算，陈新剑这样回答，目前正在实施梨树脚栈道工程、挑水潭护坝工程、交通驿站、加莲埔角落护岸工程等项目及配套设施建设。下一步，将进一步优化资源，完善项目配套设施，将农业、华侨文化、康养等元素深度包装，通过市场化运作，促进农业、文化和休闲旅游有效结合，合力推动外碧村经济发展驶上快车道。

外碧村的乡村振兴已取得不俗的成绩，我从它的发展历程中感受到一种力量。我热切的目光，将默默注视外碧村创业者勇往直前的脚步！

聚沙成塔，共同发展
—— "兔子小镇"的乡村故事

古 道、咏 樱

一

人间最美四月天，癸卯年春的一个下午，奉福建省乡村振兴研究会之命，我前往邵武市下沙镇屯上村采访。天空中飘洒的柔柔细雨，不疾不徐，有如云雾；路边的田园里，一片金黄色的油菜花随风摇曳，飘逸着乡野中别样的风韵。

走进洁净的村中，一道风景映入眼帘。但见村部外墙上画了一只穿了小红衫的大白兔，下面着几个彩色大字"邵武下沙——兔子小镇"。

定然是一个有趣的故事，这只可爱的兔子顿时引起我们的好奇心。前来相迎的驻村第一书记张敏强见此，笑了笑言道："这'兔子小镇'的由来啊，与屯上村党支部书记、村委会主任龚春生有着密切的关系。一会儿他来了，你们可以好好聊聊。"

正在说话间，只见一位身板结实、步履稳健的汉子出现在面前，他就是深受广大村民信任的村支书兼村主任龚春生。从2006年至今，连续六届被选举为下沙镇屯上村党支部书记。他不仅仅是个人种粮、种烟大户，亦是带领村民走上致富路的带头人。

得知我们的来意，龚春生略微思索了一下，言道："作为一名村支书，我的想法很简单，就是要让村民们富起来。"他说这话时坦诚自然，眼中闪烁出一种谦和而坚定的目光。

二

屯上村原先是一个贫困村，2006年龚春生任村支书时，村财收入为零，连村干部的工资都发不出。每次龚春生迫于无奈去镇里要钱，镇领导就感到头疼，他亦觉得难为情，使口不如自走，求人不如求己。他在心中暗暗想道，人要硬气还是要靠自己。老话说得好，马行无力皆因瘦，人不风流只为贫。这叫有钱道真语，无钱语不真。屯上村若要硬气，自己必须富裕起来。

但怎么致富？谁也没个底。龚春生对众人言道："近水知鱼性，近山识鸟音。咱们农村没有别的，只有土地，那咱们就向土地要钱。"

当时烟叶算是一个增收的项目，但一些农民不愿意种，怕不挣钱。2004年，整个屯上村的烟叶种植面积不到7亩。龚春生动员了半天也没人响应，他心里很清楚，大家的眼睛都在盯着他看。俗话说："力微休负重，言轻莫劝人。"最有说服力的方法就是自己带头以身作则。这一年，他靠种烟叶挣得了上万元。

耳听为虚，眼见为实。这下不少村民坐不住了，也开始尝试种烟叶。一年下来虽然十分辛苦，但他们从种烟叶中尝到了甜头，挣到了真金白银。在龚春生的带领下，2008年，屯上村的烟叶种植面积达到了50亩，当年种烟收入累计达到了 100 多万元。

兔子的故事则要从 2017 年前说起，当时屯上村财政收入主要来自高速、山场建设征地，来源单一不稳定，每年只有 10 万元左右。虽说种烟叶之后，村民的手头宽裕了一些，可是，距离村里走上致富路的目前还差得很远。要致富，就得动大手笔、整出大动静，以大变求得大富。

这一年，龚春生带领村"两委"到青岛康大兔业考察。在这里，众人耳闻目睹，了解到法国伊拉肉兔生长速度快、饲料转化率高、屠宰率高、繁殖性能强等特点，于是大家觉得养兔可行。三个多月后，福建康大兔业发展有限公司落户屯上村。随即，有的村民进了

▲屯上村"乡村振兴产业园"，总面积 100 亩

公司上班，一个月拿到了两三千的工资；有的村民在专家的指导下学会了养殖技术，开始发展家庭小规模肉兔养殖，取得了令人满意的效果。

尝到招商引资甜头之后，村委们利用村集体所有的土地、闲置房产等资源资产进行综合利用开发，又引进了万丰模具项目。该项目总投资 1000 万元，可安置就业 30 多人；随后浙江义乌润洲玩具有限公司也接踵而至，建起了两条玩具生产线，安置劳动力 200 多人，人均月收入 2000 元以上。2021 年，屯上村又引进华圆（福建）福新材料科技有限公司，把闲置的 6 亩土地出租给其建厂房、仓库及新产品研发中心。建设年产 3 万吨聚羧酸高性能减水剂生产线，项目建成投产后，产值达到 3000 万。

当然，龚春生更看重的是农业种植这个根本。他说："从古至今，农民对土地有很深的感情。种植是农民的根本，这一点我们绝不可以放弃。"

2018 年，在屯上村党支部谋划牵头下，联合了屯上、下沙、洛田等三个村 36 户贫困户参与，成立了富生旺中药材种植合作社，流转土地 178 亩种植互叶白千层。通过开展对农户种植技能的培训，共同参与经营管理等一系列措施，提高了农户们的自我发展能力；2021 年，村集体流转 100 多亩土地，交付鑫茂源果蔬种植农民专业合作社种植生姜。这项措施使得村财收入每年增加 10 余万元，村民也从中领取到土地租金。屯上村有了经济效益，旧貌换新颜，一些在外打拼的村民也开始回归。种葡萄、百香果、辣椒等水果蔬菜，建设集观光、采摘、旅游为一体的现代化农业种植基地。

路遥知马力，事久见人心。龚春生由个人致富典型，成为振兴乡村的带头人，他得到村民们的一致拥戴。2018 年，他被授予"福建省劳动模范"光荣称号。在他的带领下，屯上村逐渐成了一个明星村。2019 年，屯上村党支部被南平市组织部评为"金星村"；2020 年，被评为"省级乡村振兴试点示范村"；2022 年，被评为"省级乡村治理示范村"；2023 年，被评为"第二批省级乡村振兴试点示范村"。

三

2021 年 8 月，张敏强下派到屯上村任驻村第一书记。他是邵武市公安局一个 85 后的年轻人，长得国字脸，浓眉大眼，说话声音洪亮，行事果断有魄力。下派伊始，他虚心请教，摸遍了村子的情况。他与龚春生以及村"两委"商议后，确定了乡村振兴工作开展的新思路。他在屯上村烧了三把火，把屯上村民的心点亮了。

第一把火：从制度入手，用制度管人管事。张敏强说："没有制度做不成事，我们要制定完善村干部绩效考核机制和基层党建、乡村治理等多项制度，让接下来的工作开展有序、办事有力。"

第二把火：在村委会办公楼外面的场地上，建造了一块大屏幕，播放的是屯上村的发展视频。张敏强说："这绝不是搞形式，通过屏幕，村里介绍的内容可以时时更新。阵地焕新，干部有劲。村部是村庄的核心和灵魂，必须要有一个现代的姿态。"

第三把火：是联合周边的几个村子共同振兴。张敏强说："屯上村财政节节攀高，让村民们欢欣鼓舞。但要进一步发展，让村集体经济突破百万元大关。"他综合屯上村非农用地多、农业产品多、交通车辆多的三多优势，计划在全市建立起首个乡村振兴村级产业园。张敏强的设想是："产业园打造农副产品仓储保鲜冷藏库，其冷链仓储能力达5000吨，补齐周边村生姜、葡萄、肉兔等生鲜仓储冷链短板。他争取到下沙镇党委的大力支持，联合各村探索'聚沙成塔，抱团促发展'的共富路径。按照投资自愿、退资自由、强村担险、合作共赢的原则，以党支部主导、公司经营、企业承租的模式，吸纳了周边5个弱村，通过强村带弱村，抱团齐发展。这个产业园通过招商选资，入驻了一批稳定的、优质的项目，每年仅场地租金就有50万元收益。而且这种模式可持续，能为一代代村组织创造稳定的收益。"

2022年，屯上村财收入终于破了100万大关。看到这激动人心的数字，村民们一致称赞张敏强："他每天都在村里转悠，把我们的小事放在心头上，随叫随到。有这个驻村书记，我们放心！"

如今，屯上村的人居环境越来越好，村民的幸福感和自豪感在不断增强。这些年，屯上的各方面建设都走在镇里的前列。张敏强说："我们聚沙成塔，跨村联建，目的就是大家一起发展，共同富裕。"

四

采访结束时，雨已经停了，空气格外清新。远山、田野、村庄相互映衬，那只大白兔朝我们摆了摆手，好生活泼可爱。我们心想：屯上村能有振兴的今天，有大白兔的一份功劳。当年若不是遇上大白兔，难有今日的兔子镇。碰到了便是缘，遇到了就应该感恩，这就是屯上人不忘初心的纯朴之情。

与大白兔相遇，仅是当年屯上村脱贫致富的一个起点，而聚沙成塔，抱团富裕，则是屯上乡村振兴的新内容、新征程。我们相信，在不久的将来，屯上村的田野休闲兔子小镇，定然会成为乡村振兴一道靓丽的风景线。

一个乡村记忆馆的构想

戎章榕

原定要去采访的安溪县城厢镇经兜村，2023年5月1日上午，将举办一场乡村记忆馆展纲的讨论会。获此信息，直觉告诉我，这是乡村振兴的一个亮点。于是我立马联系，不请自到，买了当日7:07的动车票前往泉州，赶在9:30前参加。

在经兜村部会议室里，几个人围坐在一面偌大的显示屏前，由厦门一家从事文化主题展馆的公司提供展纲，大家一边认真观看，一边陷入沉思，随后讨论，畅所欲言，其气氛热烈不亚于室外初夏时节的气温。

厦门航天思尔特机器人系统股份公司创始人孙启民率先发言："乡村记忆馆应当先在定位再下功夫，找到村民情感的共鸣点。"爱景节能科技（上海）有限公司董事长孙云川接着说："经兜村目前有两家有关空压机上市公司，怎样从一个打铁村发展成为空压机制造大村，这需要充分挖掘。"武汉科技大学国学中心终身客座研究员孙少敏补充道："经兜村全村单姓孙，而'孙'的汉语拼音与英文的'sun'书写相同，展馆设计可以从太阳中寻求灵感。"安溪县委史志研究室副主任倪伏笙则认为:"展馆空间只有300多平方米,而目前展纲有5个部分,各个单元需要提炼特色、突出重点……"

作为乡村记忆馆的主要操盘手,经兜村党支部书记、村主任孙开明看到发言踊跃的场景,听到既有肯定又有否定的声音,内心十分欣慰。是的,这件事需要有肯定、否定、否定之否定的回合,没有否定就没有质变,就没有否定与肯定的统一,就不能把展馆设计得出新、出彩,达到他梦想的一种境界。

作为"不速之客"的我,发现那天讨论会有两个特点:一是在五一假期。后了解,之所以这样选择是利用乡贤返乡之际,充分听取乡贤的意见,这表明开明书记之"开明";二是参会的人中,孙姓的居多。后了解,经兜村全村单姓孙。当然,这两个特点还蕴含经兜村崛起的秘籍,容我文后揭示。

漫步经兜村,道路白改黑,网线均入地,春有油菜,夏开荷花,花田无言,花语有声。山无高下皆流水,树不秋冬尽放花。如果说再

▲ 春天油菜花田

现了朱熹当年游学至此的赞叹"三山齐出包内外，两水交流汇归中"，那么，村容整洁、雨污分离、安居乐业才是经兜人心目中的理想家园。在改变村容村貌的同时，村财也实现了稳步上升，2021年村财收入约46万元，2022年约54万元。老百姓年人均收入也超过5万元。

谈及经兜村的变化，村民们无不伸出大拇指夸奖村带头人孙开明。2015年，孙开明当选经兜村委会主任；2018年再次当选党支部书记、村主任。由于出色的业绩，他光荣当选为第十四届福建省人大代表、第十四届中共安溪县委委员，这就应了那句老话："有为才有位！"

来采访之前，省里有关部门公布了500个省级乡村振兴示范村，经兜村名列安溪县之首。对此，孙开明说，这是赶上了乡村振兴的好时代，他就任村书记不久，经兜村就列入了省级乡村振兴试点村，四年培育期，一年200万资金，极大鼓舞了全村干群的热情，撬动了在外乡贤的资金注入。尽管他也是一位在兰州打拼25年的回归乡贤，但他谦逊地说，个人的力量是有限的，集众人之力，则无不胜也。他只是一个穿针引线的"信使"，引入了乡亲乡情之水，搅活了家乡的两条溪流——经兜溪和洋当溪。几年下来，经兜村投入建设资金超出了1.1亿。

乡贤在经兜村的发展中不可或缺！想当年，在外经兜人做生意风生水起，人的腰包越来越鼓，故乡却是越来越破，让每每回家的乡贤"看在眼里，疼在心上"。于是，早在2009年，经兜村乡贤创立了"草根"慈善会——狮渊慈善会，纷纷出钱出力，到目前为止筹集资金4000多万元。

从四年前的乡村振兴试点村，到即将实施乡村振兴示范村，将此作为推进乡村振兴的重要抓手，通过可看、可学、可复制的路径模式，

▲ 经兜村村貌

形成示范带动效应，带动全省乡村全面振兴。

当初安溪县有 30 个乡村入选试点村，如今只有 13 个进入示范村，这对于全县 400 多个乡村来说，是荣誉，更是动力。如今经兜村已经拥有 5 张国家级的名片：全国美丽宜居示范村庄、全国乡村治理示范村、国家森林乡村、全国生态文化村、中国美丽休闲村庄。省级荣誉则更多，经兜村拿什么给参观、学习的人留下更深的印象呢？

"仓廪实而知礼节，衣食足而知荣辱。"党的二十大报告指出，建设宜居宜业和美乡村。孙开明理解，从美丽乡村到和美乡村，一字之别，内涵迥异。靠什么和美？很大程度上靠文化。文化是一个国家、一个民族发展中最基本、最深沉、最持久的力量。与其说他们是在建

造一个乡村记忆馆，不如说他们是在打造一个乡村文化新地标。留住记忆才能留住乡村，同样，振兴文化才是振兴乡村的重要着力点、最终落脚点。

　　为此，他们早在2016年制定经兜村建设规划时，将村史馆列入其中。后来觉得村史馆内涵偏窄，就改为乡村记忆馆。2021年投入资金200万元，2022年年底完工。这是一栋非常有特点的环形建筑，外立面是闽南独有的出砖入石，并镶嵌了老旧空压机，配上一句寓意双关的标语"在生气，更在觉醒"，旨在保持经兜人奋发向上的精神。为什么设计成圆形？当初只是根据地形出发，半径是10米，建筑面积刚好是314平方米，巧合构成一个圆形。这暗合了孙少敏提议的"太阳"

▲ 乡村记忆馆

内涵，更寓意着今后全村3700多人，守望相助，抱团发展。

我在文前提到的那场会是利用五一假期，其实，在孙开明日程表中哪有什么节假日！乡村记忆馆主体建筑落成不久的一场会，足以说明大家是同心勠力谋发展。

2023年正月初三，气温骤降至3℃，凛冽寒风从镂空小窗钻了进来，出乎孙开明所料，距离"乡贤议事会"开始时间8∶30还有10分钟，村史馆内预备的110个席位已座无虚席。从2015年开始，乡贤议事会年年如期举行，2023年已是第七届，参会乡贤从最早的几十名增至如今的100多名。

村民参与度越高，对乡村记忆馆要求也就越高。乡村记忆馆不算新玩意，但要办好、办出特色、成为亮点并不容易。"器以载道，物以传情。"老物件、场景还原、多媒体、沉浸式参与……那么，未来经兜村的乡村记忆馆，经过讨论、走访、思考，在孙开明心中已有了一个初步的构想——

乡村记忆馆要留住孙氏族姓的源流史。树有根，水有源。经兜村是千年古村，公元954年，从河南光州固始县祥凤里沿山村，迁徙至安溪县长泰里狮渊一带（故原村名叫狮渊）。这支孙氏孕育了兵圣孙武、亚圣孙膑、吴国国君孙权、药王孙思邈、革命先行者孙中山……这些历史人物在推进中华历史和文明演进中，功不可没。慎终追远，是为了继往开来。

乡村记忆馆要记录经兜乡贤的创业史。经兜村不仅是人文渊薮，经兜人更是"经营显才俊，兜里藏乾坤"。20世纪六七十年代，经兜村仅是一个"打铁村"，从此"与铁结缘，以铁嬗变"。从打铁为生到创办企业，走出的千余名乡贤创办企业达百余家，主营空压机、机器人、智能制造等产业，尤以空压机为最，占国内市场份额近四分之一。回顾艰苦创业，汲取奋进力量。

乡村记忆馆要展示传统文化的流变史。小乡村，大文化。中国是农业大国，孕育了悠久灿烂的农耕文化。农耕文化是中华优秀传统文化的重要源头。从耕读传家、父慈子孝的祖传家训，到邻里守望、诚信重礼的乡风民俗，都蕴含着中华文化的基因密码，彰显着中华民族的思想智慧和价值追求。乡村是中华文明的源头和根系，复兴传统文化需要与乡村振兴同步推进。

乡村记忆馆不仅是承载过往，还要昭示未来。就在五一节的那场会上，孙开明也在反思自己。应当请村里年轻人一起参与讨论，乡村的未来是属于年轻人的，只有年轻人更多地参与才有希望。这是他组织上的欠缺。

  乡村振兴，文化要铸魂，人才是关键。只有人，才能赓续传统、传承文脉、开拓事业。2023年5月3日，来自祖国各地的经兜青年乡贤汇聚家乡，122名首届会员共同见证了"狮渊青年联谊会"的成立，旨在薪火相传，为乡村振兴贡献青春力量。这是孙开明深谋远虑的又一举。

洲头盛开文旅之花

陈崇勇

在南平市延平区炉下镇斜溪社区村村部会客室的墙上，悬挂着一幅用广角镜头，从闽江上空俯拍沿江南岸的巨幅彩色照片，斜溪社区村如诗如画的全貌，一览无余。画面的中心是洲头一片深秋红色的落羽杉林，如一弯新月，斜插江中。左侧是一道碧绿的库湾，汇入闽江。湾上有一座桥，连接两个崭新的村落……

斜溪社区村党支部书记陈秀庆就在这幅彩照下接受采访。斜溪社区村是库区移民村，20世纪90年代，由于建设水口水电站，作为库区重点淹没村，实施整村搬迁，安置库区移民2300人。2017年前，斜溪社区村因生猪过度养殖，臭气熏天、水流泛黑，污染很严重。在南平市打响集中整治畜禽养殖污染"攻坚战"的背景下，党员干部带头，群众跟上，村里的养殖场全部拆除，生态环境得到有效的治理。山青了，水秀了，但怎么发展生产又是一个大问题。

斜溪社区村下辖4个自然村，全村677户，总人口2221人。距延平区城区25公里，乘坐高铁，到福州仅需50分钟。村庄背靠青山，面朝闽江，种植有百香果、水蜜桃、橙子等经济作物。库湾里养殖有草鱼、青鱼、鲢鱼等水产鱼类。除了便捷的交通、优越的自然生态条件，斜溪社区村还有渔文化、李侗文化、茶洋窑文化、龙舟文化等丰富的文化资源。按照延平区委、区政府的统一部署，斜溪社区村明确了以乡村休闲旅游为主导产业，通过招商引资吸引如福建洲头生态旅游有限公司等的优质企业投资入驻。村里盘活闲置资产，转租开发。经过几年经营，已成为延平区周边游的网红打卡点，并先后获得"全国文明村镇""省级村庄治理示范村""五星级示范村""延平湖国家水利风景区洲头度假区"等称号。

陈秀庆站起身来，指着照片上的景点说，桥头左边，是曾福道自然村，也是我们现在所处村部的位置，前面就是照片上的洲头落羽杉林，现在是绿的，等到秋天杉树红了，就和这张照片一样，美极了。边说他边走到窗边，将洲头的那片落羽杉林指给我看。桥的另一头是主村斜溪自然村和水井后自然村，福建洲头生态旅游有限公司就在桥边，那里有洲头游船可以坐，有生态餐厅可以吃，有幸福客栈可以住，有茶洋窑文化馆可以玩泥巴。主村的库区移民文化活动中心里，还有南平市首个数字乡村振兴综合服务平台。照片最左边的位置是大排自然村，村头那棵千年古榕树的位置就洲头古渡，是古代方圆几十里的人走水路上延平、下福州的必经之地。相传南宋时期，朱熹的老师李侗应福州知州汪应辰的邀请，到福州讲学，就是从这里出发。

斜溪社区村还有一座现代码头位于村口，是举办龙舟赛的绝佳场地。2018年初夏，陈秀庆组织村里的年轻人，划着2条36人的传统龙舟，一条金龙，一条银龙，在江上训练。6月中旬，一场别开生面的龙舟赛，在码头前宽阔的江面上展开。邻近乡村的5条彩龙也前来参赛，七龙汇聚，一决雌雄。一时间全村老少倾巢而出，村边江畔站满了观看龙舟比赛的人群。只见斜溪社区村的金龙劈波斩浪，在乡亲们的呐喊助威声中，冲过终点，获得第一名……

听了陈秀庆声情并茂的介绍，我不禁产生了"按图索景"的冲动。

来到库区移民文化活动中心内的斜溪村融媒体应急广播室，驻村第一书记李成政为我演示了斜溪社区村乡村振兴综合服务平台的各大功能板块。他颇为自豪地说："村里安装了41个摄像头，实现了重要节点全覆盖，可以对村里发生的事件和状态进行实时跟踪处理，让乡村治理变得更加智慧高效。村民还可以通过'E数村'手机小程序了解村务、党务、财务公开情况，将村内大小事务'一网打尽'。"在"秀美斜溪——智慧广电乡村工程"主页面的右下角，有一个"观鸟台"的图标。从这里点入，可以看到位于大排自然村的一个由村民王崇年在闽江河谷边上，搭建起高约3米的观鸟棚。近年来，随着生态环境的改善，在斜溪社区村栖息的鸟类众多，其中，

▲ 延平区炉下镇斜溪社区村

就有被誉为"中国最美的小鸟"的蓝喉蜂虎，每年初夏到这里来栖息、繁育后代。为了一睹蓝喉蜂虎的风采，捕捉精彩的瞬间，来自本省乃至江浙的一些爱鸟人，会在立夏前后专程赶到斜溪社区村住下，架起"长枪短炮"长时间地在岸边守候拍摄，然后将拍摄到的美图，发到网上、微信朋友圈中，与全国爱鸟人分享。下个月就是蓝喉蜂虎回来的时候了。李政成无意中念叨的一句话，撩得我心痒痒。

徘徊在洲头古渡那棵闽江流域最大、最古老的千年榕树下，远远地眺望着江对岸的山丘，我知道山后面就是茶洋窑遗址，如果现在去，还能看到些什么呢？正在遐想时，忽然一阵电闪雷鸣，瓢泼大雨倾盆而下，雨幕阵阵横扫，很是壮观。大雨倏地停止，我看到雨后的闽江江面上水雾迷离，好似一幅国画中的氤氲氛围。此时抬头，对岸远远地传来一阵呜呜呜笛声，有辆绿皮火车隆隆驶来，让人感慨。自从有了高铁，我已经很久没有看到这样的场景了。刚要离开，又有一群游客来到榕树下拍照，发朋友圈。我上前询问。他们是福州的，刚从延平开车到这里，特意来看古榕树。他们的老爷子曾在炉下镇工作过，也常到斜溪村，和好些年长的村民认识，现在年纪大了，走不动，就委托儿孙辈到村里游玩时，替他找村中的老人叙叙旧，再拍些照片带回观赏。

离桥头不远的怡然心苑，是福建洲头生态旅游有限公司的所在地。接待我们的是头戴鸭舌帽，身穿黑运动衫的江歌总经理，很有文艺范。他带我走进苑内的茶洋窑陶瓷文化馆，迎面是一幅设色水墨《延平茶洋古窑图》，画风、书风我很眼熟。再看落款，果然作者是年逾八旬的闽北著名画家郑开初，也是我的老领导。见画如人，让我感到很亲切。仔细观看展厅内的布置内容，大门右侧墙上的展板依次是："茶洋窑（简介）""茶洋窑陶瓷文化馆遗址方位图""御物'灰被天目'——茶洋窑"等。展馆的左侧则摆放现代茶洋窑作品和制作体验区。一圈走下来，此展馆的布局合理，动线清晰，充分利用了原有的粮库空间。

进入由老宅重新装修成的公司办公区域，靠左边的一间是会客室，有二十几平方米。室内悬挂一盏茅屋造型的白色吊灯，质地并不十分透明，在灯光照耀下显现出些许"泥痕"，再投到后墙的灰褐色的仿古山水画上，光线又弱了许多。右边墙上用铁钉钉着一个咖啡色的木框，框内一张已经有些褪色的白纸上，用毛笔抄写的"斜溪村一九九六年双学双比竞赛活动计划"，而左边桌上则放一块绿色边框的"妇代会工作任务"。近门左墙上钉着一个多宝格，有的格中放一只大的褐色茶盏；有的格中放一只灰白色的茶壶；还有的格中放着一只葫芦瓶插着一枚绿植；特别是有一格中放一大一小两只黑盏，边框倚靠着一位温润如玉的小沙弥雕像，他的左腿盘坐，右手放在右膝上，悬于框外，一脸舒适，在射灯的照耀下显得特别生动。室内还有一张办公桌，上面放一台电脑，桌前放着一个乐谱支架、一个麦克风，墙边有斜靠着两把吉他……总之，在这间不大的老房子内，物品陈设的基调古色古香，但也掺杂了许多现代的元素，主人将它们安置得如此协调，很是用心，也很见功夫。

江总泡好茶，大家坐下来一起闲聊。陈秀庆祖上是斜溪村的大户人家，说起一些的陈年往事，感慨颇多。像太婆的藤编箱子被烧掉，阁楼上的古书没有保存下来等等，都很可惜，否则这里可以展示有故事的老东西会更多。李政成接到炉下镇办公室打来的电话，说明天有一批市政府邀请的香港联谊总会会长一行十几人，将来斜溪观光旅游，正在接洽如何接待的事宜。江总说，因为是移民村，老房子很少，为此，公司特地从在别处移来一座原拆原盖、明清风格的老房子——"飞来屋"拓轩楼……

　　茶过三巡，我听说江总有一副好嗓子，就提议他展示一下才艺。江总没有推辞，随手拿起一把白色的吉他，在弦上弹拨几下，找准音调，开始弹唱。随着江总低沉、浑厚的嗓音在室内缓缓地流淌，我们安静地聆听，默默地附和着他的节拍……眼前的一幕，不禁让我联想起斜溪社区村的乡村休闲文化旅游事业，正是由以村支部书记陈秀庆为代表的村民一方，通过提供场所、人工，以及本土的文化资源，打好基础；以下派村支书李成政为代表的下派单位，通过引进项目、资金，做好协助；以江总为代表的洲头文化旅游公司带来先进的经营理念，并负责具体的运营，把散落在斜溪社区村各地，如同一粒粒珍珠般的自然、人文资源用一条乡村休闲文化旅游的主线贯穿成一串璀璨的文旅"项链"，呈现在来此休闲、观光的游客面前。

　　匆匆的采访，短短的一日游收获满满，转眼又到了离别之时，我在心里默默地祝愿洲头的文旅产业如花般盛开得更加灿烂。

驻村记

张玉泉

记得我去仙游县钟山镇南兴村报到的第一天,村委会蒋副主任告诉我,南兴村支书都没人当。我问他此话怎讲,他说镇里有时通知村干部去开会,会议结束之后,附近几个兄弟村的支书就呼朋唤友去店里吃一碗十块钱的卤面,只有我们的村支书老蒋趁人不注意,骑着他那辆哐啷作响的自行车溜回去。下次再开会,别人问他去哪儿了的时候,由于没有撒谎的习惯,他面红耳赤半天回答不上来。

"为什么老蒋没有一起去吃卤面?"

"村财没钱,也不给报销,他自己又穷得叮当响。"

蒋副主任讲这事的时候,有点儿不好意思。

驻村不久后的一天,乡村老年协会的五个老人家来到撤并之后的由一座学校改造成的村部。这是一座危房,脚踩在木质台阶上,会发出咯吱咯吱的响声,像一个人对某种承重的坚持,听起来既有年代感,又让人揪心。

"你们听说了吗?王大鲁的儿子今年报考了莆田学院,那么好的成绩,太可惜了。"

"对低保户的学费有照顾吗？"

说完他们又转移到演社戏的话题上去了。

"听说钟山村这次请了莆仙大剧院的戏班子下来演，我们很难有座位了。"

"听说不方便接送，蒋凤把她儿子寄到她娘家去读小学了。"

我听了半天，有点丈二和尚摸不着头脑。他们走的时候，我把他们送到楼下的操场上。操场上左右两边各有一个锈迹斑斑篮球架，像两个在时间里默默矗立的老人。此时，几只小鸡正围在底下寻找食物，不时发出咯咯的叫声，夕阳的光芒打在它们油亮的身上，配上旁边的五位老者，像极了一幅活的油画。画中的那个老协会会长很温暾地开口了。

"张书记，我们能否跟你商量个事？要是你觉得为难的话，就当

▲ 南兴村道路建设

我没说。"他的眼里透着一丝渴望又不安的光。走在前头的四位齐刷刷地转过身来，眼睛全定格在我脸上。此时我脑中一直在想着给油画起一个有意境的名字。

"你说你说。"

"说来也不怕你笑话，我们村的确穷，贫困户又多，特别是孩子上学的费用成大问题。很多成绩好的孩子为了节省费用，宁可报考近一点的差一点的大学，也不去远一点的好一点的大学。每逢开学前，那几家贫困户都得到处筹借学费。"

我终于搞明白了几个老人家的意图了，用专业术语来说，就是南兴村需要教育扶贫。后来我向市直五个对接单位筹措了30万元，成立了南兴村奖教助学敬老基金会，同时，给村里修建了一个戏台。戏台刚盖完，柱子上红色的油漆还没干，莆仙戏就上演了。那时正值寒冬

腊月，在海拔 600 多米的南兴村，晚上接近 0℃。戏演到 10 点的时候，台下空无一人。为了调动村民坚持到底的精神，村里用卖花菜赚来的钱，买了电饭煲、微波炉、小冰箱、电吹风等礼品，用抽签的形式给坚持到最后的人作奖励。此招特灵，从此台下老人孩子，座无虚席。

有一年暑假的一个周末，我带儿子回了一趟岛上老家。老家门口有一块扁平的类似办公桌面的天然礁石，小时候吃晚饭时，我和两个哥哥经常端着碗，碗底下夹着一个小碟，碟子里滚动着几粒数得清的花生粒，就盘踞在礁石上，一直吃到漫天繁星。不知是母亲想重温一下我们儿时的记忆，还是见到孙子回家特别高兴，她提议："我们晚上把桌子和椅子都搬到礁石上吃饭。"说完，她一手拎着一张塑料椅子跨出了门外。我儿子见状，和几个侄儿也七手八脚地搬起来。摆弄妥当后，母亲开口了："尾仔说说，驻村干了些什么事。"她用眼光扫了下几个孙子，继续道，"让大家开开眼界，以后也懂得怎么做事。"我恍然大悟，清了清嗓子，说："我去村里当第一书记。"顿了一下，"我说给你们说说。我刚去驻村时，三个月都没干一件实事，为此还被领导批评了一顿。你们知道我干什么去了吗？我在做调查研究。我驻的南兴村属于山区，全村 1468 人，有一半人出外打工。整个村除了 800 多亩水田，就是 5000 多亩的山地。南兴村海拔 600 多米，都说山高水更高，可这个村里就是缺水。尤其是干旱季节和过年时，水龙头挤不出一滴水。村民只好去镇上买桶装水，很节俭地用。"

"这么说都快赶上中东了。"儿子插了一句。

"呵呵，中东缺水是没办法，可我得想办法。我带着两个村干部去爬山，当然主要是去查探水源。其实山上水源倒是挺丰富的，但都顺着一条条山涧流到山下，一去不复返了。经过反复研究比对，我和

▲ 南兴村村口

村"两委"决定在一个水流较集中的地方修筑一个小型水库，并请市水利局的专家去现场查看，做了一个详细方案。我把这个方案报给我们单位领导，领导出面组织召开扶贫现场办公会，一下子筹到了138万元。水库开工的那一天，村里的男女老少齐刷刷地都拥到山上，有的运水泥，有的扛石头，有的拉水管，大家干得热火朝天。"

我顺势把口袋里的手机掏出来："你们看，这里还有我拍的现场照呢。"

"这个不是非洲黑人吗？哈哈。"我儿子指着一个戴着草帽，正蹲在山沟里刨土，仰起头时黝黑的脸上露着两颗黑眼珠的村民笑道。

"别笑别笑，你爸以前勤工俭学开摩托车拉客时，比这更黑呢。"

我顿了一下，"我再讲个电的事吧。"

"南兴村还没通电吗？"大侄儿张辉问道。

"电是通了，但开水煮不沸腾，饭煮不熟，知道是为什么吗？"

"电压不够呗。"

"对了，自从南兴村把一半水田流转给利民农业集团，把全部山地租给台湾的一家大型甜柿公司之后，随着两帮人马与各种机器设备的入驻，村里原来的变压器供电远远不够。为了换个更多容量的变压器，我经常往镇长办公室跑。那个钟镇长也是个实干家，带着我跑了好几趟县电力公司，县电力公司再报给省电力公司。大概过了三个月，一台全新的变压器给我们村免费换上了。"

我想当时要是不去解决这两件事，也许这个村十年之后还是这样子，因为这样子已经十年了。如果一个地方连用水供电都无法保障，那这个地方还怎么脱贫与发展？那我下去扶贫的意义何在？所以从某种程度上来说，驻村这项政策还是很有必要的，它更贴近贫困村的窘困，聆听每一个贫困户发自心底的声音，解决一些关乎民生的燃眉之急的问题。

驻村结束后的一天，我又回到老家，给小孩子们讲南兴村规模化种植花菜、投资钟山漈兜水电站技改项目、投资九鲤湖景区建设项目、发展水稻鱼养殖项目、购买"三合院"并出租的事，还重点给他们讲了南兴村先后被评为"全国乡村治理示范村""省级乡村振兴试点村""省级美丽乡村示范村"以及南兴村支书被选为省人大代表的事。

巧手打造"小桂林",乡村振兴展宏图
——丹岩村"乡村蝶变"绘新景

陈海容

丹岩村位于漳州市长泰区西北部,距县城 40 公里,东邻岩溪镇顶山村,北连安溪县龙涓乡,南与正达村相连,是省级生态村、省级乡村治理示范村、省级乡村振兴实绩突出村、国家级生态优美行政村。近年来,丹岩村借力乡村振兴的东风,充分发挥山水美的生态优势,巧手造美景。美丽乡村建设的生态之美、产业之美、人文之美,撬动乡村振兴新引擎,勾绘出一幅实施乡村振兴战略的美丽画卷,用全域生态化的理念开启了一场"今非昔比"的乡村蝶变。

环境整治,穷山村变身"小桂林"

"千里莺啼绿映红,水村山郭酒旗风。"这首诗用来形容丹岩村,最是恰当不过了。踏入丹岩村,这里风光旖旎、景色宜人,一个个浑然天成的景点扑面而来,祖国大江南北的美景逐一呈现,让你一点都看不出这迷人的山光水色是近年丹岩村开展环境整治时打造的

▲ 丹岩村村景

聚沙成塔 乡村有约

成果：有江南水乡"小桂林"，有瀑布群景观，有大胆创意"喊泉"项目，有山姆碑夜光漫道，还整理提升黄西坑水库、百樟林、古民居等景点，汇聚而成生态观光、文化游览、民俗体验于一体的农村旅游产业新业态。

如果你是初来乍到，你肯定想不到丹岩村旧貌的"脏、乱、差"：农村生活垃圾乱堆乱放，房前屋后处处污水横流，颓墙伴着杂草丛生，村中的黄土小道一遇下雨就泥泞不堪，行走都无从下脚。外出务工的年轻人逢年过节回家都待不了几天，更不用提走亲访友的亲戚朋友，更是连连摇头。如何让贫穷偏远的丹岩村焕发出山乡独有的魅力，如让农民享受改革开放的红利，走上富足生活的道路，成为丹岩村几任班子迫在眉睫的任务。

早些年，由于村民上山过度开采砍伐树木，村庄的生态环境体系受到严重的摧残，山村的水土流失极为严重，一下大雨，溪水便泥沙滚滚浑浊不堪。"绿水青山就是金山银山"，为了保住这绿水青山，丹岩村"两委"制定了封山育林的村规民约，与每户村民都签订山林管护合同，严格执行"十不准"的封山育林制度，鼓励民村种植毛竹、松树、杉树等经济林，既有效提高植被覆盖度，减轻了水土流失，又促进了村民增产增收，恢复和保护了这一方青山绿水。

建设基础设施要投入大量资金，改造村容村貌也要大量资金。贫穷偏远山村的发展道路要往哪里走？基础设施建设的资金要从哪里来？近年来，村"两委"班子铆足干劲寻找着发展的机会。得知实施旧村复垦项目既可以整治村庄面貌，又有上级专项经费，村"两委"班子抢抓机遇，先后3次实施旧村复垦110亩，共筹集项目资金4500万元，统筹用于村庄环境整治及基础设施建设，持续加强水系

▲ 古厝

环境整治，做活做强"水"文章。2016年，村集体投入资金600多万元，沿鲤鱼溪修建生态护岸，充分保留河道类型、护岸现状、河岸植被和水流蜿蜒曲折、宽窄不一的自然形态，整合融入田园、古树、古厝、古庙等乡村元素，有效保护鲤鱼溪周围生态环境。2017年，村里再次投入380万元资金对鲤鱼溪进行二期修建，经过综合整治，河道拓宽了，防洪能力提高了，水质和生产条件也得到了改善。建设安置小区3个，安置群众114户，建设乡村公园1.7万多平方米，亲水漫道2.4公里，硬化农村道路11.5公里，危桥改造3座等，既解决了"钱从哪里来"的问题，又改善了人居环境。

如今，丹岩村每家每户的农舍都重新粉刷墙壁，绘上一幅幅充满了生活气息的艺术彩绘。村民们还在房前屋后种满了错落有致的瓜果蔬菜，瓜藤在自家围起来的篱笆上攀爬结果；水泥地上嵌着漂亮的鹅卵石，唤醒游客对家乡的记忆和眷恋，亲身体会乡风乡俗，感受乡味乡情，留住浓浓乡愁。

特色农业，助力村民增收致富

为了助力村民致富，丹岩村加快发展特色现代农业，通过进行农业补贴、帮促流通、联系专家技术指导等多种措施，培育壮大蔬菜、育苗、花卉等特色产业，不断引进特色农业种植，鼓励村民发展特色花卉产业和芙蓉李产业，增加村民增收致富的渠道，引领农业转型升级，实现以产业振兴带动乡村振兴的目的。

早春时节，漫山的李花洁白如雪，吸引众多的游客前来观赏花季，可谓是"忽如一夜春风来，千树万树梨花开"。初夏时深红硕大的果子挂满枝头，累累的果实压弯了树枝，可口美味的芙蓉李又吸引大批游客采摘品尝。这一片片的李园，源自丹岩村"两委"不遗余力地推动村民种植芙蓉李，并且成为如今丹岩村重点扶持的产业之一。同时，芙蓉李种植成本低，管理简单，价格又稳定，是低投入高产出的水果。丹岩村6组有一户村民由于缺乏发展技能，发展动力不足，再加上家人患病，家庭一贫如洗。种植5亩多的芙蓉李后，年产量达到2万多斤，增收达2万多元，走进丹岩村，放眼望去，漫山遍野的芙蓉李树格外引人注目，果林间，忙于采收的农户喜笑颜开。丹岩村的芙蓉李还上了2020年度省级"一村一品"示范村名单，赢得了社会的赞誉。

丹岩村拥有森林覆盖率85%的资源禀赋，依托这一优势大力发展"花、果、苗、药"等林下经济。打造了本地最大的多肉王国"万众花卉基地"，培育绿宝、冰城等多肉植物 300 多种，各种盆栽绿意盎然、生机勃勃。珍珠芦荟、十二果、玉露、楼兰等大大小小、形态各异的多肉植物更像是奇珍异宝，让人目不暇接，赞不绝口；旧村复垦 30 亩土地推广紫米种植技艺，试点多肉与朱顶红的组合盆栽模式，提升产业效益。走进丹岩村大森林花卉的盆栽种植温室大棚，仿佛走进了浓缩的大自然。试点推广药食同源种植基地七指毛桃 400 亩、试点引进金线莲种植 80 亩，并适度开展土鸡、土鸭、鹌鹑等林下养殖。同时，在果蔬种植户中大力推行和实施农业生态修复工程，注重科学管理，增加有机肥的使用，减少农产品的污染，推进畜禽粪污资源化利用，让蔬菜水果回归绿色本源，让乡村增加绿色魅力。

丹岩村还通过扶持农业合作社和家庭农场建设，发展采摘园、参观基地，加快推进黄西坑万众花卉果蔬专业合作社的成立和长泰区鲤鱼溪家庭农场建设，提升农产品的附加值，实现村有主导产品、户有增收项目。仅 2020 年，全村就发展芙蓉李产业 1000 多亩，帮助群众增收 150 多万元；发展多肉、樱花等特色花卉 410 亩，帮助群众增收 190 万元；发展黄金百香果等传统农业 85 亩，帮助群众增收 40 万元。

"乡村旅游+"，让风景变出"钱景"

一个个看似随意拈来的景点，那么恰到好处地镶嵌在山村间：清澈的鲤鱼溪水环绕丹岩村，依托清澈的溪流，在从青山间积聚出一泓清潭，在青山古树间悠悠流过，小桥流水、凉亭水车，一派闽南的"桂林山水"；雨水充足时，下游的溪水漫过水坝一跃而下，形成几十米长的月牙形瀑布,阳光下水雾氤氲,颇为壮观;沿着鲤鱼溪蜿蜒而上,老榕树依然挺拔,像撑开一把伞护着小村庄;更深处的群山里,100多株老樟树形成独特的"百樟林",犹如置身奇幻森林;溪流潺潺,涓涓细流汇聚在黄西坑水库,碧水连天中倒映出水边的座座青峰,天地间只此青绿,恰可洗去一身的凡尘。

良好的生态环境,旖旎的田园风光为丹岩村带来人气的同时,也带来了一波又一波的商机。为发展乡村旅游,丹岩村提出了建设"醉美坂里,清新丹岩"的口号,融合本地特有的红酒文化、农耕文化等元素,依托丹岩古民居及原生态山水资源,开发"闽南古厝""星空、望野"主题等特色民宿;打造了"小桂林"、黄西坑水库、百樟林、

▲ 百樟林

古民居等多个景点，开发集自然风光、人文体验、主题游乐、农学研训、运动拓展、养生休闲等多功能于一体的特色旅游，并串联成"一日游"精品路线，让游客感受不同乡村风俗，唤醒浓浓的乡愁。2021年，丹岩村推出"喊泉"项目，让游客肆意呐喊放飞心情；投资160万打造山姆碑夜光漫道，将一条偏僻的村间小路打造成夜光漫道，吸引众多游客来此小憩漫步。

通过这些年的努力，丹岩村不遗余力地推行"两山"理念，提出"让乡村治理有价值"的口号，探索美丽乡村的旅游发展规划，结合"乡村振兴+全域旅游"深度融合的一体化发展思路，在美化乡村的同时，也让百姓的腰包鼓起来，绘就一幅村美、民富、产业兴的乡村振兴新图景。

花式生活，火热电商

叶 子

一提起漳州高新区长福村，若听说哪个女孩嫁进该村，邻居眼里都会发出艳羡的光芒："好福气啊！"众所皆知，长福村经济搞得好，村民的腰包都是鼓鼓的，村里"大脚"的人特别多！（"大脚"喻指挣得好的能人）长福村一年四季鲜花盛开，是全国有名的花卉集散中心地。自从漳州南环路建成后，长福村村民抓住有利时机，从自家庭院花圃搬来自种、自雕的花卉盆景，形成国道百花一条街，招揽南来北往的顾客。行走在百花长廊，不禁感叹奇花异草争妍斗艳，万紫千红做客八方。长福村人在北京、上海、天津、广州、成都等国内各大城市建立四通八达的花卉营销网点和基地，积极推进电商运营，通过直播带货，注入文化内涵，将君子兰、蝴蝶兰等打造成长福村 IP，解决传统线下营销范围窄小的缺陷，同时也让美丽的花草走向全国四面八方，产品畅销全国各地，远销欧美、中东、东南亚、日韩等 20 多个国家和地区。

随着近年来"互联网+"商业模式的不断发展，百花村乘势而上，家家户户都建起了小花圃，将线上销售与线下经营紧密结合，全村发展电子商务约 500 家。目前，长福村花卉交易中心共有商铺 1500 个，约 10 万平方米；花卉大棚 1000 个，约 5 万平方米；大型苗木基地 300 场，约 1 万亩。2021 年市场交易额 20 多亿元，出口交易额近 2 亿元，是全国第二大花卉生产交易市场，拥有传统和现代花卉 2000 多种。花农们园艺之美、之巧、之秀着实令人赞叹不已：你看，那苍劲的松树衬上奇异多姿的石头立显出天地生趣；潇洒的翠竹下卧着两枚俏丽的贝壳；千姿百态的盆栽咫尺之间别出心裁；俏丽的红梅吸引人驻足。从桂花树边走过，你不由得深深地吸了口气，陶醉地清幽的桂花香中……

在众多电商忙碌的身影中，有个叫庄垂俊的中年人。泉州德化人庄垂俊与长福村结缘，是因为他早期做花盆生意。养花需要花盆，

▲ 长福村也称百花村

当长福村的花店老板向他购买花盆时，庄垂俊看到了商机。卖盆栽比卖花盆的利润空间更大，他当机立断，到长福村租下店铺做起了电商。电商对庄垂俊来说是一个完全新鲜的行业，他组织了一个电商团队，聘请了几个年轻人，运营、客服、中控、直播、美工一条龙。年轻人气盛，野心大，不久，年轻人带着整个团队另行组建公司，只剩下一个客服。庄垂俊欲哭无泪，面对突如其来的釜底抽薪，他整个人都蒙了。运营岗位的后台数据分析非常重要，因为当今世界是一个大数据时代，每个人都是透明的，哪个客户喜欢什么样的盆栽，电脑都会归类，甚至连这个客户用的是什么型号的手机，消费能力大概在哪一个层次，后台都一清二楚。经过深入研究归纳分析，运营商会向客户推销最适合客户的产品。运营跑了，就像一间房子

▲ 鲜花盛开

被抽掉了大梁。

没办法，既然电商人才奇缺，身为老板的他首先就要成为电商人才！庄垂俊把客服调到运营岗位，被逼上梁山的他带着手提电脑一个人跑到杭州阿里总部去学习电商知识。起初，他真是两眼一抹黑，生意从线下做到线上，线下是实体，而线上看不见摸不着。比如电商最基本的专业名词SKU庄垂俊都不懂。SKU，即库存进出计量的基本单元，可以是以件、盒、托盘等为单位。阿里的工作人员马上看出他是外行，但庄垂俊很快熟悉了电商的一系列专业术语，比如以前线下交易的客户在电商中被称为人群。购买盆栽的大致有八大人群：小镇青年、小镇中老年、都市银发、资深中产、精致妈妈、新锐白领、都市蓝领、Z世代等。阿里的老师很欣赏庄垂俊的勤学好问，得知他做的是关于苗木花卉的售卖，鼓励他说："农村市场正逐渐成为电商掘金的下一个蓝海市场，加油干，你会成功的！"听到"蓝海市场"4个字，庄垂俊一脸茫然。后来他才学习到蓝海市场是指当今已经存在，却少有人关注、利润丰富的产业，可以供创业者大展拳脚。庄垂俊还学习了线上营销推广渠道和技巧，什么搜索引擎优化（SEO）、社交媒体、内容营销、付费广告、联盟营销等等，层出不穷的专业术语弄得他眼花缭乱，也更激发了他的斗志。

学成归来以后，庄垂俊迅速学以致用，学设计出身的他对产品本身有独特的领悟能力，他的乔威绿植旗舰店、艺韵绿植旗舰店的触角遍及天猫、拼多多、京东、抖音、快手、视频号各大电商平台。不到两个月，他公司的日销量就达到了"十万+"。我吃惊地问：那你们的快递是怎么做的？"

庄垂俊说，他有个30人的仓库打包团队，如今的打单软件非常先进，自动设置分门别类，自动打印，快递打包完成后交给快递公司，一切都非常高效。受新冠疫情影响，长福村曾经封村两个月，店租、员工费用、税收压得庄垂俊喘不过气来。公司努力寻找每一个潜在的客户，但快递在很多城市寸步难行。有时快递到了客户所在城市，却因为封城而被退回，面对一整车被退回来的盆栽，庄垂俊的心在滴血。花草娇贵，一来一回在路上折腾，回来的时候基本只剩下个花盆，而所有的损失都由庄垂俊承担，每一天都是煎熬。将近1000个日日夜夜，庄垂俊硬扛过来了。如今经济复苏，一切又重新走向正轨。

庄垂俊感慨地说，电商变化发展太快，你今天做得好并不等于你明天就会做得好，做电商就要不断地学习。平台升级很快，不同时段有不同需求，早期大型绿植很受欢迎，因为城市到处都在建设，如今大型建设基本完成，现在市场更多需求的是室内的绿植装饰，如居家装饰、办公室装饰等，因为这涉及千家万户。目前广受欢迎的小盆栽有茶花、桂花、吊兰、清香木、兰花、杜鹃、君子兰、塔松等。他们公司还有一个成功的秘诀就是：注重售后服务，耐心解答客户关于养护花草及产品更换的问题。

长福村以苗木优势特色产业为依托，突出名、优、特、精，创新"地标+公司+基地+农户"的运作模式，延伸农业产业链条，将花卉苗木生产和乡村旅游结合，把庭院经济转型为互联网经济，几乎人人电商，花卉长廊华丽变身为致富长廊。庄垂俊只是长福村众多电商当中普普通通的一员，电商是这个时代的幸运儿。为推动花卉产业规范化、规模化发展，长福村党委抓住乡村振兴的契机，多方奔走筹措1亿元资金，一栋高16层、总面积约为2万平方米的花卉交易大楼终于建成，这是长福村的地标。花卉交易大楼预期打造成一个集交易、科普和花卉文化展示等为一体的花卉产业综合体，通过引入花卉电商、园林园艺和花卉科技研发等，形成产业链开发，进一步树立品牌形象。目前招商活动正处于启动阶段，前路漫漫，未来可期！

　　行走在长福村，看到的是一派热火朝天的景象。有的工人正在为大棚花卉浇水，有的在修剪花木，有的在包装即将网售的鲜花，有的正在将运往外地销售的花卉苗木装车，每个人都忙忙碌碌，一个人恨不得有两双手。还有三三两两的花商和散客，有的在选购三角梅，有的正端详榕树盆景的虬枝……在这里，你觉得幸福像花儿一样绽放，满园春色关不住。

遇见和美乡村

山海聚力　气象万千

中国碳票第一村

黄莱笙

出了将乐县城往东,顺着金溪河行 15 公里,河面安详如镜,倒映着一座蜡炬形状的翠绿山峰,大名叫蜡炬山,小名叫回头山。民间传说,将乐人恋乡,出外闯荡世界时,行至此地,总会回头深深地凝视层峦深处的家园,所以叫回头山。回头山下有一个村庄,叫常口村,居住着 246 户,共 1062 人,是一个典型的大山深处的森林村庄。1997 年,时任福建省委副书记的习近平同志来到这里,环视常口村美丽景象,说:"青山绿水是无价之宝,山区要画好山水画,做好山水田文章。"此后,常口村牢记嘱托,依靠生态振兴乡村,频频传出创新之举。党的二十大召开期间,2022 年 10 月 18 日晚,福建省委新闻发言人向中外记者讲述了常口村"出售空气"的事例,爆出了一个冷门。

森林氧吧的供需机缘

许多人感到迷惑,空气满世界都是,常口村凭什么能卖?

空气是地球大气层中的混合气体,主要由 78% 的氮气、21% 氧气、

▲ 常口村小广场

0.94% 的稀有气体、0.03% 的二氧化碳和 0.03% 的其他物质组成。科学研究表明，在这些构成里，氮的意义主要是用于工业品，氧是人体生命所需，二氧化碳是植物命脉。这些组成比例不是一成不变的，当二氧化碳的占比过分增加时，温室效应就出现了；当氧气含量居高时，优质空气就产生了。常口村的空气售卖，就是在氧气与二氧化碳的变数之中发生的。

大凡售卖，皆有供需双方的市场缘分，而空气从公共物品向交易商品的华丽转身，当然有特定的市场条件。常口村的空气售卖成因，出自村庄自身的天然属性和经济可持续发展带来的社会属性，一边是常口村的供给侧优势，一边是企业发展的需求侧，两侧适时对接，就有了常口村售卖空气的机缘。

我们先看看常口村空气供给侧的天然属性情况。常口村所在的将乐县连续多年居于全国深呼吸资源百强榜首，是"美丽中国·深呼吸第一城"。常口村森林覆盖率92%，远高于全县平均值，林间溪涧纵横，全境都是森林氧吧，其负氧离子含量大大高于世界卫生组织规定的清新空气标准浓度。人们都知道，陆地最活跃的空气造氧体系是森林生态系统，森林植物通过光合作用吸收二氧化碳、放出氧气，把大气中的二氧化碳固定在植被和土壤中。据测算，常口村森林蓄积每增长1立方米就可以吸收固定二氧化碳1.83吨以上、释放氧气1.62吨以上。这处得天独厚的森林秘境，终将一方水土的天然属性养成了空气交易的供给侧优势。

我们再看看常口村空气需求侧的社会属性情况。这个需求侧，是在全球经济发展可持续诉求背景下，由一系列制度逼出来的市场行为。联合国为了控制全球温室气体排放量，制定并由绝大多数国家共同签约了一系列气候变化框架公约制度，落实相应的强制执行措施，我国也参与并履行。强制性制度规定，温室气体排放大户在没有条件以造林方式消化二氧化碳并增加造氧功能的情况下，应当出资购买森林作为空气补偿。于是，就有了企业购买空气的交易现象，为森林村庄创造了新的市场机遇。常口村适时接纳了这个社会属性的需求侧，让全村森林氧吧弥漫的新鲜空气变成了经济收入。

时势造英雄，机遇是给有准备的人创造的。站在回头山下回眸常口村森林之路，每一片树叶都宛如一首无字歌，吟唱着无尽的氧吧传说。

把空气卖出去

卖空气说起来虚无缥缈，常口村操作起来却是实实在在。

他们拧住了一个字眼"碳"。

当今经济社会发展，已经离不开"碳"。"碳"和"炭"常常被人们混淆。其实，这两个字是完全不同的概念。"炭"这个字我国已经用了2000多年了，东汉许慎《说文解字》说："炭，烧木余也。"可见"炭"是多孔性物体，指固体材料。而"碳"这个字我国却用了不到百年，是20世纪初从西方传入而创造出来的。在传统的"炭"字旁边加了一个"石"，所表达的意思就完全不同了，"碳"指的是非金属性化学元素，以多种形式广泛存在于大气和地壳生物之中，生物体内绝大多数分子都含有碳元素，碳的一系列化合物更是生命的根本。因而，在科技年代，生物的生命本源用"碳"来表述，"碳"是一个更加广泛使用的生命性字眼。

2021年5月18日，常口村"青山绿水是无价之宝"广场，一场别开生面的颁发仪式隆重举行，三明市市长把一张编号为0000001的林

▲ 常口村村头

业碳票颁发给常口村村民委员会，碳票上清楚标记着：常口村3197亩林地，在过去5年期间，林木所吸收的二氧化碳为12723吨。央视第一时间报道说，这是全国首张林业碳票。同时，常口村一些村民也获得了碳票。随后，众多主流媒体把常口村称为"中国碳票第一村"。

所谓碳票，即林地林木的碳减排量收益权凭证，相当于这片林子的固碳释氧功能可以作为资产进行交易的"身份证"。它是以林木生长增量为测算基础并依据计量办法换算成的固碳量记录凭证，是具有收益权的实物载体，并以"票"的形式发给林木所有权人，可收储流转交易、可作金融质押贷款、可作资产继承。

随着第一张碳票的发出，大山深处爆出了接二连三的新鲜事。

福建通海镍业科技有限公司收购常口村民委员会林业碳票2723吨。

福建金森碳汇科技有限公司收购常口村民委员会10000吨、村民陈金远4415吨等碳票共18294吨。

碳票的金融现象接踵而至。兴业银行三明分行开出首单林业碳票授信贷款，授信福建金森公司以碳票质押贷款额度500万元。

碳票资产传承的故事也跟着出现了。一些村民嫁女儿，碳票成了珍贵的嫁妆。

碳票捐赠也出现了。金森公司从所购常口村碳票中拿出50吨"二氧化碳当量"捐赠给全国林草碳汇高峰论坛，用于抵销论坛所产生的温室气体排放量约41.8吨，实现论坛活动碳中和。

首批碳票发出一年后，常口村进行了碳票收益首次分红，以现金方式发放给全体村民，每人分得150元。村民十分高兴，不砍树不卖木头却能用林木赚钱。次年，常口村进行了第二批碳票发放。

▲ 回头山

"双碳"也是乡村振兴风向标

乡村是基层，但不是低层，基层也能够有上乘作为。常口村因地制宜的碳票之举，创新意义直通国家"双碳"战略层面，又如"一石击开水中天"般造福低碳生活。"双碳"指的是"碳达峰""碳中和"，是国家发展战略。碳达峰是指二氧化碳达到峰值。我国承诺2030年前，二氧化碳的排放不再增长，达到峰值之后逐步降低。碳中和是

指企业、团体或个人所测算的直接或间接产生的温室气体排放量，通过植树造林、节能减排等形式来抵消，实现二氧化碳零排放。我国承诺2060年前实现碳中和。常口村的"双碳"追求，宛若立起了一座乡村振兴风向标。

  高，优，美，实，这四个字如铃铛一般让风向标发出脆耳的声响。

  高，是政治高度，是学术高端。常口村牢记总书记嘱托，生态文明建设成果累累，引来了经济投资。福建省旅游发展集团在常口村斥资近亿元建设"两山学堂",打造多功能的"绿水青山就是金山银山"教育实践基地。全国林草碳汇高峰论坛开设常口村现场,以"发挥林草碳汇优势,助力实现双碳目标"为主题,探讨碳汇经济高端学术。

优,以"双碳"为导向,优化产业结构。常口村充分挖掘森林生态价值,强化"生态+"与"+生态"理念,大力发展生态工业、文化旅游、大健康经济、林下经济等低碳产业,培育独特的双碳文化、双碳产品、双碳旅游品牌。

美,打造森林特色美丽家园,展开美丽的水墨常口画卷。全国乡村建设工作会议走进常口村,赞叹美丽乡村建设的低碳版本,对他们坚持生态美、打造村容美、致力生活美、注重乡风美的低碳建设充分肯定。

实,把民生置于生态之中来建设,让"双碳"追求造福村民。美生态,鼓口袋,低碳红利滚滚来。集体收入倍数增加了,福祉落在家家户户。每年,村财收入总会拿出 26 万元以上用于老人低碳生活。

从空气售卖到碳票交易再到双碳发展,常口村探出一条乡村振兴的新颖路子,他们在村部挂了一面横幅"笑口常开",倒过来念就是"开常口笑"。

善美元格：建设美丽乡村，铺展幸福画卷

叶 红

意犹未尽。

到过元格村一次，你一定还会想去第二次。

这里古树参天，风光旖旎，四季草木葱茏。这里有 200 多年油茶种植和采摘史，出产的茶油色泽金黄、口感醇厚，远近闻名；这里民风淳朴，文化底蕴深厚，是清光绪二十四年（1898）进士和远济桥倡议修建者陈景韶的故乡，其故居至今犹存……这里就是隶属于福州市闽侯县的元格村，一座地处竹岐乡西部，毗邻鸿尾乡的美丽乡村。

近年来，元格村大力实施乡村振兴战略，不断提升乡村的生态价值、美学价值和人文价值，加快农、文、旅融合，推动乡村振兴。元格村先后被列为福建省美丽乡村试点村、福建省乡村振兴示范村。2023 年 2 月 17 日，由福州广播电视台、县委文明办、县农业农村局、县融媒体中心联合主办，竹岐乡人民政府承办的"大美首邑，四季闽侯"乡村振兴全媒体直播第 12 站在元格村举行。观看直播人数超 50 万人次，共同见证了乡村振兴带来的幸福时光。

在湖光山色中，开启悠悠慢生活

闽侯鸿尾乡旧称"穆源"，元格村因位于鸿尾和竹岐之间，先民便将此处取名为"源岬"。在福州方言里，"源岬"与"源格"谐音，故又称"源格"，后更名"元格"，村名由此而来。古村人口不多，总计 245 户，885 人，环山渐次递升，山涧汩汩奔流。

这里以传统农业为主，农田、林地、园地、水域占总用地面积的 98.3%，森林覆盖率高达 75%，是省级生态村。它较好保存了传统风貌、街巷肌理、民风民俗等，每一座房屋都显得古拙、朴素，散发着悠悠古韵。

作为入选第二批"国家森林乡村"名单的村庄，古树是元格最重要的地理标志。一株古树，就是一段聚合的岁月、一曲缩写的生命、一处精神的家园。

村中源心湖畔，有一株 429 岁的古枫树。这株明万历年间的枫树苍劲古朴，凝重端肃。每年秋天，便会吸引游客纷至沓来。该树树高 20 多米，枝繁叶茂，直冲云霄，需抬首仰望或远观，方能一窥全貌。树干直径超 2 米，要三四个成年人才能环抱。其高壮的身躯中，仿佛流淌着亘古恒久的"血液"，让人尊崇敬畏。风吹涛起，顿生雅韵，仿佛有百十架琴瑟一起奏鸣，似潮音，如天籁。风影游弋，碎叶参差，无数年华的缩影，徐徐映现，很容易让人发思古之幽情。

村里老人自豪地告诉我，在面积 15 平方公里的元格村，除了古枫树、古樟树外，还分布着 3 处油杉林，平均树龄已超过 150 岁。其中，最大的一株油杉王，树龄 569 岁，树干直径达 6 米，冠幅 25 米，高 20 米，气势恢宏。村里人都像爱护自己一样爱护古树，把它们视为寄托乡思乡愁的圣物，世代相守，不离不弃。

▲ 俯瞰元格村

　　天朗气清，惠风和畅。穿过古树林，漫步环湖栈道，踏上水上廊亭，观游人垂钓，真是心旷神怡。在古树的掩映下，半月形的台子上，村民们正三三两两聚在一起，有的唠唠家常，有的打着太极，观山赏湖，谈天说地，一派和谐之景。在元格村你会发现，"慢"是这里的主基调，慢行、慢娱、慢生活、慢运动，使人彻底远离喧嚣、放松心态、记住乡愁。但是，这种"慢"，并不意味停滞，而是在悄然间缓缓流动着勃勃生机与活力。徜徉于村庄，随处可见道路洁净平坦，房前屋后干净整洁，路边两旁绿树成荫，远处山峦起伏，在蓝天白云的映衬下，这里犹如一幅美丽的山水画卷。

谁能想到，如今的美景，过去却是另一番景象：房前屋后堆放的生活垃圾，临时搭盖的狗窝、鸡棚，随处可见的"牛皮癣"小广告……真可谓"室内现代化，室外脏乱差"。这一切现象，随着"整洁闽侯"行动的开展而得到极大改善。村里专门配备了三名保洁员，定时定点清理垃圾。借着这一"东风"，村"两委"干部率先带头开展了一场村容村貌治理行动，并带领村民积极投身到乡村建设之中，修建了集中广告栏，铲除了"牛皮癣"小广告，不断推进村内污水处理设施建设，实行村干部包街巷、党员包户、群众"门前三包"的工作机制，将卫生环境整治任务和责任落实到每家每户。

村容村貌大幅提升，公共文化服务也在同步跟进。为此，元格村新修建了孝廉文化长廊、登山道，新修建了源心湖，开辟了亲子采摘园；同时，还因地制宜建设了文化公园、打造了以"清风微语"森林阅读为主题的"鸟巢书屋"，不仅为村民提供了健身纳凉的好去处，更成为村民们的精神家园。

在传统文化里，感受精神的滋养与熏陶

"这座'孝女坊'，述说着一段令人感动的故事，承载着一种不朽的精神……"在孝女牌坊下，元格村驻村第一书记王立强意味深长地对我说。

提到这块牌坊，就不得不提起陈景韶和他的夫人。这对100多年前的乡贤，是元格村人口中心中永远的骄傲。陈景韶，地地道道的元格村人。清光绪二十四年（1898）进士，授江苏丹徒知县，旋调丹阳知县。光绪二十六年（1900）后，迁任江西南道上海村木捐局、吴淞沙钓船

捐局总办。其任职期间，都能把地方治理得井然有序，并从自己不多的俸禄中拿出大部分接济穷苦百姓。宣统元年（1909）升任福建兴化知府（未赴任）。辛亥革命后回福州定居，并潜心研究明史，著有《明史随笔》《吴中草情》，均已失传，好在所修的《源格陈氏族谱》传世。

陈景韶乐善好施，热心公益。光绪十八年（1892），他带头捐资在大目溪的石北溪上建造了一座木质亭桥，被称为"远济桥"。此桥地处侯官县出境古道西路要冲，是通往闽北四府的必经之路。旧时无桥，往来行旅必要赤足涉溪，那里涧深流急，每遇山洪，多有险情。该桥的建成，为方便西路交通，保证行旅安全起到了重要作用。如今，百余年过去，斯人已逝，但他捐建的这座风雨桥仍默默横亘于险沟深壑之上，任泉声喧后、虹影照前。那高悬桥头，陈景韶亲自题写的桥匾时时提醒教化南来北往的行路人："士以济天下为己任，苟利于物得为则为之，而岂独一桥哉。一桥其济天下之见端也。任天下事者，苟皆以建桥之心为心，则天下何远而不济哉……"

陈景韶的夫人王氏，天生聪慧，是远近闻名的孝女，其"割臂救父"的感人故事在民间广为流传。《闽侯县志》《源格陈氏族谱》等也都有详细记载。据悉，为旌表其善举，1897年，光绪皇帝下旨修建了一座牌坊。遗憾的是，20世纪70年代后，由于历史原因，牌坊被拆除，"圣旨"牌额、匾额等石雕、石刻构件陆续散落民间。

2022年4月底，元格村联合县融媒体中心发布"征集令"，通过微信、抖音等网络平台全网寻找失落的"圣旨"牌额等旧构件。该征集活动得到了群众的热烈响应，至当年7月，牌坊坊额、石柱、石狮子、孝女坊葫芦顶底座等构件相继"失而复得"。经过半年多的建造和打磨，这座"历经苦难"的孝女坊终获"重生"，并为元格村乡村振兴注入

▲ 明万历年间种植的古枫树

了文化力量。

村"两委"干部顺势而为，主动谋划，他们将孝女坊、陈景韶故居、孝文化步行道、元格村登山观景道等资源盘活利用，全力打造独具特色的文旅休闲度假地。同时，广泛听取社会各方意见，加强校地合作，与福建江夏学院签署合作共建协议，进一步扩大宣传力度，挖掘孝女坊存在的孝道内涵，打造"闽侯孝道第一村"的文化品牌，积极促进农、文、旅融合，以文化助力乡村振兴。

为了让中华传统美德代代相传，使孝道文化真正做到家喻户晓、深入人心，2022年福州传统节日"拗九节"当天，村里特地举办了以"行孝"为主题的系列活动。评选出雷玉春、许曾兰等最美孝女和孝媳，由她们带领村里的孩子们走过孝道(孝心古道)，穿过孝门(孝女牌坊)。在牌坊下，孩子们聆听孝道故事，在心中撒下"孝"和"善"的种子。走过孝道、穿过孝门的孩子们深受孝道文化的熏陶。在主会场舞台，使用元格村的特色农产品——茶油，为村中老人梳头，献上一碗拗九粥。同时，爱心企业还为老人们准备了红围巾和爱心礼包，并祝愿长辈们健康长寿，幸福绵延。这项活动深受村民们的欢迎，社会反响相当强烈，多家媒体争相报道。

"100多年来，元格村涌现出许多孝老爱亲的故事。我们今天宣传孝道文化，并赋予其新时代内涵，就是要让这种中华优秀传统文化不断发扬光大。"王立强说。

如今，在元格，存孝心、做善事、当好人，早已成为大家共同的价值取向。孝悌、礼义、仁爱、勤俭……这些传统美德都体现在村民日常生活的各个细节之中。在社会主义核心价值观的浸润下，每个普通人都有可能成为典型、成为榜样。他们身上散发人性的光辉，引导社会向善的力量，促进大家共同托起这座村庄的文明新高度。

传统产业焕发生机，百姓走上幸福致富路

源心湖畔，有一座新建成的古法榨油体验馆引人注目。这是元格村为普及油茶文化，以文旅助推油茶产业发展和乡村振兴而推出的一项新举措。通过"非遗+旅游+研学"的组合模式策划实施，目前已成为网红"打卡地"。活动现场，演示者通过烘烤、碾碎、过筛、锅蒸、制饼、上架、挤轧这7道主要榨油工序，展示了原汁原味的古法榨油全过程。在楔头敲击的一声一响间，体验者仿佛穿越了历史，回到遥

远的过去。

元格村油茶种植和采摘历史悠久，最远可上溯到清朝，至少已有200多年的历史。当地茶籽采集采取人工的方式，一粒一粒采摘下来。每年的霜降节气，家家户户便开始采摘茶籽，茶籽采摘回来后要放置阳光下暴晒。待茶籽爆开后，手工分拣，继续晾晒一个月有余，到冬至前后榨油作坊就开张了，浓郁的香气久久飘荡在整条街道上。从老式捶打到全自动榨油机，大家共同见证了这一传统手艺的发展，更见证了彼此挑着一桶桶茶油走向美好生活。那橙黄的色泽，是幸福，是喜悦，是岁月流金。

袅袅凉风动，阵阵油茶香。山还是那片山，油茶树还是那些油茶树，只是在日渐提倡饮食健康的当下，曾经作为乡野之物的茶油，如今已成为"香饽饽"，山货卖出好价钱。凭借气候和环境的优势，元格村的茶油色泽金黄，口感非常好，远近闻名、供不应求。

"村里的油茶林面积从最初的200亩到如今的3000多亩，规模仍在不断扩大，村民们的生活也是越过越红火。油茶林每亩收益在1000元左右，村内最大的油茶种植户每年收入就能达到6万元。全村靠此收益近300万元，这也成为村民收入的一项重要来源。"一位村干部欣喜地告诉我。

除了茶油，这里还有橄榄、茶油熏鸭、蜂蜜、地瓜粉、蔬菜瓜果……随着这些农特产品受到越来越多消费者的青睐，不仅带动了当地村民增收致富，也为元格村乡村振兴注入了新动能。

第二次走进元格，正值草长莺飞的暮春时节，蝴蝶在草丛中飞舞。天色蔚蓝，百花吐艳，杨柳含烟，油茶林里翻滚的是一部"田园耕读史"，是寻常百姓家热气腾腾的生活。人们的表情兴奋，笑容纯净，神采飞扬。

我不由得停下脚步，想在这青山绿水间，与诗情画意的元格村来几张美丽的合影。镜头切换的刹那，一只可爱的小黄狗蹦蹦跳跳地进入画面，依偎着我，轻轻地亲吻着我的背包，自我陶醉、自得其乐。摄影师毫不犹豫地按下快门，定格了充满温情的动人一瞬。也许，这就是元格村自然生态之趣、人文和谐之美的生动写照！

　　善美元格，山美、水美，人更美，连那只憨态可掬的小黄狗也是美美的。

　　一切都是幸福的模样。

古村复苏的故事
——走进厦地

筱 陈

女儿发来短信,邀周末一起去屏南厦地村,说那里有一个网红书店,想去看看。我允了,自驾近两个小时,从福州出发去了离屏南县城七八公里远的厦地村。车在高速公路上行驶,我心里却在嘀咕,书店开在乡村,有人光顾吗?

下午4点多,我们到了厦地,最想造访的当然是书店。车子穿过一条窄小的土路,停在村边的停车场。我问一位游客,书店在哪里?他指了指不远处说,那就是书店。顺着他指的方向望去,一片青绿的稻田边上坐落一座土墙老屋。我心里顿时起了疑问,这就是书店?眼睛平望,透过玻璃,几位年轻人坐在窗边低头阅读。顺着石阶走过一段小径,进了书店大门。书香气迎面扑来,土墙边月季花开得正旺,添了几分温馨。由古厝活化改造而成的书店,既有传统老宅的韵味,又有现代书店的气息。在老宅天井改造而成的阶梯式听课区域,有几个孩子正坐在阶梯上随意翻图书,四周摆放着图书和一些艺术品。拾级上了二楼,有一处吧台,为客人提供饮料。在几张方桌或是长桌边,几个读者一边品着饮料，一边翻阅着图书。我望着窗外，一片绿油油的稻田，目光顺着稻田延展，错落有致的古民居映入眼帘，夕阳映照稻田之上，民居之间，有几分辉煌，又有几分沧桑。走上三楼，从高处欣赏老宅，它巧妙地利用了原来的残垣断壁，与新建的钢梁相结合，既保留了老屋古朴的韵味，又洋溢现代的气息。

好惬意啊！我慢慢地体会它成为网红书店的缘由：久居于城，回归田园、回归自然，体验耕读，放松自我，这样的日子一定很享受吧！

走出书店，我联系上了厦地古村保护开发团队的联络员。一照面，让我有些意外：一个看上去有些弱不禁风的女孩，操着一口外地口音。

"你不是本地人吧？"我问。姑娘自我介绍说："我叫晓怡，从广东过来的，在这里已经有7年时间了。"

"你怎么认识厦地呢？"我又问。她笑了笑说："我是通过网络招聘作为森克义社的义工过来。"她对我谈起了这个义工团队，谈到程美信老师，给我发来了程美信老师的文章《从家园意识中觉醒》。我认真阅读，文章中，程美信老师写道："2015年夏天，因为拜访朋友

▲ 游人留影古村青绿间

▲ 错落的老厝吟唱着古韵

第一次来到屏南。屏南的自然生态环境非常好，让我惊讶的是这里还保存着许多完整的传统村落。"那年8月，他再次来到屏南，在走访了屏南众多古村之后，选择了厦地古村作为修缮保护的第一个对象。之所以选择厦地，他在文章中说，他看中的是这里保存着比较完整的明清时期村落格局和建筑风貌。这个村落启基于元，成形于明，鼎盛于清。20世纪末，村民纷纷搬迁到村庄上游造房建屋，加上外出经商务工，学校撤并浪潮，老村逐渐空心化，只剩十几位老人生活在老宅中，老村处于荒废状态，我们边走边聊。我又一次回望田园，有些游客在稻田摆拍，把自己的身影融入田园之中。这田园好美！这片田也是我们乡村修缮的一个组成部分。这100多亩地原由各家各户种植，多是种各种蔬菜，田地不规整，看起来比较零乱。团队通过村委会把这100

多亩田租用过来，适当整理，每年种上一季稻子，一季的油菜花或是紫云英。晚春或是夏时稻田一派青绿；秋时，稻子成熟，秋阳映照，一片金黄；水稻收获后，几只老牛悠闲地在田地里啃着小草，透着秋后的意境；冬时，种上油菜，油菜花在风中摇曳。她说，田园是乡村延伸部分，也是留住人的重要方法。

一队女孩列成队走在田园里，寄情这处田园。早在唐时，就有山水田园诗派，"故人具鸡黍，邀我至田家。绿树村边合，青山郭外斜"。脑海突然有这样的想法，从事乡村振兴的人，应当读一读唐诗宋词，在中华诗词中汲取乡村振兴的营养，寻找乡村的韵味。

晓怡领着我顺着石阶参观他们改造后的老厝，站在路口，举目仰望，老屋顺地势而筑，溪石砌起的护堤既扩大了土地面积，又保证了地基的安全。风雨侵蚀，不少护堤长着绿绿的青苔，与种在屋前的花草相互响应，沧桑中也有些浪漫。

村里的屋子多是木质结构。晓怡说，初来时，这里的许多木屋已经到了坍塌的边缘，柱子歪斜，近乎荒废。但美信老师看上的恰恰是800多年古村的历史韵味。他们的团队是奔着乡村复苏来的，目的是把这些老屋修缮起来，不是以商业化为前提。修缮好后，才来考虑如何开发业态。走进幢幢已经修缮的老屋，木窗、土地、木柱，充满老屋的气息。走在村中的小道上，一条小涧从高处往下，小溪中央怪石嶙峋，溪水蜿蜒潺流，小潭处，几尾小鱼游动，潭中小石长着菖蒲，给人一种自然率真的感觉。走在石块铺成的乡间小路，凹凸不平，经年累月的厮磨，有些石块油光可鉴。晓怡告诉我，他们在修缮时，绿化后山荒坡；拆除溪流小水坝，恢复自然活水；撬掉水泥硬化巷道，还原石头老路。他们所做的，就是把乡村的历史底蕴揭示出来。

古村修缮的路并不平坦，但这个团队不改修缮初心，如今，行走在村落之中，映入我的眼帘的是古韵展颜、风姿绰约的美丽村落。

一个外来的修缮团队如何处理与村民的关系呢？村委会出面与村民协调由村委会把近乎荒废的老宅旧屋承接过来，再交给团队修缮。在修缮过程中，遇到什么问题，只要与村委会商量，由村委会与村民沟通，这样，处理关系就变得十分简单。即使是100多亩的水田，也是由村委会与村民签订转让合同。

村民对古村复苏支持吗？"支持啊！"晓怡说。村民看到自己濒临荒废的老宅得到修缮，重新焕发生机，心里当然高兴了。他们说，团队做了他们自己无力做的事。而我们呢，就是秉持修缮老宅、保护农民家园、保存乡村古韵的心愿，这一点，与村民的心愿高度契合。

老宅修缮后，如何利用？我在村落中转悠，咖啡馆、图书馆、影像馆、画室已经开业，民宿也吸引了不少游客在这里落脚。走进一家湖南妹子开的咖啡屋，布置颇具特点，昏昏暗暗的光线，墙上一串风铃，叮叮当当，在碰撞中发出轻轻的响声。在门口不大的平台上，随意地摆放着一张方桌和两把铁艺靠背椅子，墙边的鲜花任性地开着，室内的窗台上边，一位游人品着咖啡欣赏着窗外的风景。这里真是个发呆的好地方。晓怡告诉我，就是要把这儿打造成一个可以发呆的地方，一个让生活节奏放慢的地方。人们在这里或是捧着一本书悠闲地读着，或是几个朋友围坐一块儿聊着天。夕阳将落时，看看古老村落的斑驳、欣赏一下村中袅袅炊烟；烟雨时，撑着一把油纸伞，走一走雨巷，看一看烟雨笼罩的田野……这样的生活，很有诗意。

眼下的厦地，已经成为一个网红村。借助自媒体的传播力量，厦地一下子名声大噪，吸引了十几万游客慕名前来。过去人说，"酒香"

还怕巷子深，如今，有媒体的加持，"酒香"已不怕巷子深了。

在村里，有一个森克义社，它原本只是一群在厦地古村跟随程美信老师学习艺术和拍电影的年轻人的小聚合。随着与古村联结的深入，这拨年轻人开始"不务正业"，利用各自所长，达成在古村乡镇展开公益工作的共识。于是，旨在"思而有行，行而思远"的森克义社得以诞生。他们一直关注儿童教育，除了每年为当地乡村学校开展义务教学或艺术活动等，2018年，为了更好地深挖厦地书乡文化，以新颖的方式传播古村文化及教育价值，他们成功开展了"童行厦地"教育项目。我们相信"抚养一个孩子，需要一个村庄"，推行家庭远行，"闲育"儿童。我去的时候，他们正在开展"童行厦地"第六期的活动，22个小朋友跟着晓怡学做比萨饼。她说，这个项目从最初自我运营转变为逐渐开放，他们期望"厦地古村"成为游学及度假闲育基地。

有些走出去务工的村民回到了厦地，他们把老宅修整，开起了民宿，办起了餐饮，古村正在苏醒。

▲ 先锋书店内景

我在厦地待了两个多小时,夜幕降临时,因为这里的民宿已经客满,只好另寻他处。那晚我头脑中一直思考,厦地古村的苏醒给了我们什么启示:乡村建设需要一批有情怀、懂乡村的人,乡村建设要突出体现乡村风韵,把乡村建设与田园景色一体打造,体现乡村的特色。

第二天清晨,天色微明,我们又去了一趟厦地村,又一次走进那片田野,走在村落的石阶上,晨雾轻漫,几声狗吠、几声鸡鸣,村落渐渐苏醒。

前垵问海

刘志峰

第一次去前垵村，朋友就把我带到问海文创园。这个在网络上火热的问海，早就是我心儿向往的地方。没想到的是，由此我还结识了意气风发、豪情壮志的前垵村党委书记、村委会主任陈腾飞。村主干当选党代表、人大代表，被评为"优秀共产党员""劳动模范""领头雁"不稀奇，稀奇的是，陈腾飞还当选中共惠安县委委员。"既然村民、党员们信任咱，领导上级支持咱，咱就决不能辜负领导和村民的期望，当一天家，就要干好一天，为全村造福。"这是陈腾飞经常挂在嘴边的一句话。

陈腾飞告诉我，问海文创园是 2016 年 10 月在高雷山上建起的，位于崇武半岛海岸线的制高点，以闽南传统红砖文化和现代建筑元素相结合为设计理念，融入惠安石雕元素，辅以东南亚风情，打造集文化艺术展览、旅游休闲、民宿餐饮于一体的文化旅游服务度假村。因其绝佳的环海位置和时尚现代的装饰风格，吸引了全国各地的年轻人甚至许多明星慕名而来，成为《姐姐们的爱乐之旅》《执行局》等综艺节目及电影、电视剧的拍摄地。运行几年来，已成为惠安最具文化创意的旅游景点、旅游品牌和全国"网红景点",节假日高峰期每天接待游客量达 2000 多人次,年接待游客量近 30 万人次,极大地带动了崇武古城的文化热度。问海民宿创始人王向明是惠安本土人,也是一名传承惠安石雕文化的雕塑大师。问海民宿的落地即是他传统艺术中延伸出的一件新时代的艺术品。

在海边,我看到一块刻着"问海"二字的石碑。陈腾飞介绍,这是崇武的石雕作品,是用一块石头雕出来的,字是经过磨光的,产生出明显的色差等艺术效果。他还指着下面的礁石说,这里雕刻了 99 只乌龟,意为"九九归一",寓意我们期盼宝岛台湾早日回归祖国。

这一天,在问海,我在陈腾飞和朋友的热情招待下,一边感受海浪拍岸的起伏之声,一边在习习海风中品尝融入前垵人"讨海文化""讨海智慧"的海鲜大餐,听着陈腾飞和他带领村"两委"、村民们的"问海"故事。

▲ "问海"石雕

陈腾飞说,"问海",既是一个海的问题,也是海的答案。他们正是要以海一样的广阔心胸、海一般的拼搏精神,在新时代的乡村振兴路上,发挥依傍台湾海峡的地理优势,促进农、文、旅融合发展,壮大集体经济,犁出一条属于自己的航线。

前坂村地处惠安县崇武半岛南部,陆域面积3.5平方公里,海岸线曲折绵延,长达3.8公里,簇拥着极具观赏性的金色沙滩、峭壁岩群。全村有24个村民小组1879户7740人。其区位优势明显,东与崇武古城接壤,西临青山湾,南朝大海且坐拥有"全国最美八大海岸"之称的西沙湾和历史上对台前沿阵地的高雷山。近年建设的雷山湾更是充满了浪漫诗意,与青沙湾、西沙湾、半月湾构成了惠安四大海湾。先后获评"福建省先进基层党组织""福建省乡村振兴示范村""福建省乡村振兴实绩突出村""福建省金牌旅游村",被确定为"泉州市美丽宜居村庄培育对象"。2022年,前坂村集体经济收入达387万元。

前坂村是个传统的小渔村。之前由于渔业发展滞后等原因,曾一度呈现"脏乱差"的景象。近年来,村"两委"把抓整治作为工作的重中之重,一方面是规划建设了新安自住小区,整改拓宽了环村路,真正做到村容整洁、道路通透。另一方面依托渔村渔港风情和临港自然资源,规划加强生态环境保护,充分开发利用旅游资源,以问海文创园为辐射,加大对高雷山的环境整治,大力推进高雷山渔港经济和休闲旅游区建设,在高雷山入口处建成大型停车场、渔港海鲜小渔市和渔船服务区,在高雷山旅游区东侧建设纯天然的闻海海水游泳馆,办成了过去许多想办却没有办成的大事。

陈腾飞介绍说,问海文创园、闻海海水游泳馆就是在原来破败的旧餐馆和村民乱搭乱盖饲鸡养鸭的杂地上建起来的。以前周边乱倒垃圾及建筑余渣的现象经常发生，这里几乎是个大垃圾场。他们探索通过租赁、入股、承包等方式，对闲置的固定资产进行二次开发、资源整合，发挥集体资产经济效益，集体打包租给第三方经营管理。现在2个停车场，同时可供200辆小车停放，一年收入近15万元；渔市一年收入9万多元。此外，他们村还开展"四荒地"整改，整合土地资源，发挥土地资源效益。位于前垵工业区的"四荒地"整改后出租给了周边石材企业，年租金收入约190万元。近年来，基本上实现了户户通水泥路，整合旅游环线。对生活垃圾实行集中收运工作，做到日积日清。对景区景点统一做了标识和说明，旅游产业与生态环境建设相互促进提升。不但打造了具有乡村文明气息又宜居宜业的人居环境，提升村民的幸福感，还增加了村财收入。

现在的高雷山渔港经济和休闲旅游区，已开发建设的项目，除了问海文创园、闻海海水游泳馆，还有雷山海鲜体验馆、"缘海渔舫"沙滩体验馆、高雷山渔村特色商业街、渔民作业体验区、高雷山小渔市等。一批"夜经济"项目正在策划生成。主动融入崇武镇全域旅游全面升级和高质量发展的大格局，着力打造"一馆一市一条街"经济圈，推动活力乡村多元化发展。仅一条高雷山渔村特色商业街，就投资500万元，建设规模7600平方米，建成体验式餐屋和特色茶室，每年可为村集体增加30多万元收入。在他们擘画的蓝图中，还计划投资282万元建设规模3680平方米的海滩公园及沙滩露营区，计划投资560万元建设规模2100平方米的雷山下渔村民宿区。可以预期，前垵村在不久的将来，将给海内外游客开拓出一方更新更美的碧海蓝天。

在前垵村，闽南文化生态保护区惠安县展示点、泉州市非物质文化遗产保护单位雷山宫、志心寺、上帝公宫、太子爷宫分布在乡村的各个角落，宗祠寺庙保存完好，特色建筑相对集中。这些也成为前垵村规划乡村旅游路线、整合利用的乡土资源。

陈腾飞带我们走进全国少有保存完整的渔村礼堂——前垵渔民礼堂。该礼堂于1959年竣工，1967年遭到破坏，1978年成为鱼产品加工厂。1985年重修，作为影剧院售票放映。1998年后关停。这里承载了前垵人太多儿时的记忆、故乡的记忆，成为前垵村标志性建筑。2012年，前垵渔民礼堂启动保护性重修和改造。2018年，以崭新庄重的面貌重新出现。先后投资350万元，已打造成为群众聚会、休闲散步等文体娱乐活动场所，极大地丰富了村民的精神文化生活，提升乡风文明水平。

2023年6月7日，《中国社会报》以《福建泉州以多元创新实现社区善治》为题，头版刊发报道泉州市大力推进城乡社区治理体系、治理能力现代化，在社区人才队伍建设、"五社联动"等方面持续发力开展多元创新。前垵村的典型做法受到了极力推介——

"惠安县崇武镇前垵村开设了'党员直播间'，不定期开展党员直播活动，让党员群众、侨亲乡贤、企业家等了解并参与村里的各项重要工作。经过集思广益和民主协商，该村对高雷山南岸杂乱无章的渔货堆放场进行整改，建成规模约7600平方米的特色商业街，投入运营后每年可为村集体增加36万元收入；对临海的垃圾填埋场进行整改，引入第三方打造问海文创园、闻海海水游泳馆等旅游项目，在改善环境的同时增加了村集体收入，带动了村民就业。"

文中还介绍前垵村着力完善公共文化服务网络，充分发挥村社名人、非遗传承人的作用，面向村民开办内容丰富、知识实用、形式新颖的文化类课程，并设置文化墙、文化长廊全面展示村社风采、人文风貌、榜样典型的经验。提及前坡村渔民礼堂已修缮改造成村综合文化服务中心，其中百姓书房藏书 5000 多册。

  2023 年 5 月份，前坡村"党建+"邻里中心、前坡村新时代文明实践站在百姓书房开展"书香润童心 阅读伴成长"全民阅读主题活动。老师和志愿者带孩子们来到百姓书房，先帮助他们选择一本喜欢的图书进行试读，再引导他们分享自己最喜欢的书籍类型。孩子们踊跃发言，有的喜欢科幻类的，可以更清楚地了解到科技的奥秘之处；有的喜欢文学类的，可以很好地提高自己的写作水平；有的喜欢动植物类的，可以知道动植物世界的奇妙现象……之后，在"采蜜集"上记录下来。前坡村将以百姓书房为阵地，通过开展不同主题不同形式的读书活动，丰富村民精神文化生活，激发村民健康文明、奋发向上的精神风貌，积极培育和践行社会主义核心价值观，让百姓书房成为乡村振兴的加油站。

云寨：从穷山村到"绿富美"的蝶变

刘少雄

桐花若雪映湖碧，云寨如诗闻雾香。

正是桐花绽放、乍晴还阴时节，我们沿仙女湖畔走进云寨村，层峦叠嶂、雾岚罩峰之下，水光潋滟、湖波倒影之间，排列整齐的客家民居映入眼帘：白墙、灰瓦、青砖、木窗、楼阁……信步青山碧水间，一步一景画中意，好迷人的现实版"世外桃源"啊！

云寨，位于武平县城区东北部，是梁野山下的小山寨。这里山势险峻，平均海拔600米，雄山、飞瀑、幽谷、古树，构成了这里独一无二的自然生态环境。

云寨，原名叫云磜。磜，意为粗石。这是一个具有代表性的客家古村落，全村居住人口600多人，主要是邱、钟两姓，两姓分别聚族而居，距今已有500多年。

"有女莫嫁云磜郎，石多人穷山路长"。曾几何时，这个地处深山腹地的小山村，因为山峦的重重阻隔，在公路不通的过去，几乎成了被人遗忘的角落。直到20世纪末，这里的百姓还是靠上山砍树、打猎维持生计。因偏远落后、环境脏乱差，许多村民被迫外出谋生，最少时仅有 100 多人留村。

在宽敞的农家别墅里,村支委钟天平和我们聊起了家常。抚今思昔,讲起当年交通不便带来的艰难困苦,这位 46 岁的客家汉子感慨万千。

"20 世纪 70 年代以前,我们村只有一条石砌路,沿着山背通往山外。村里为耕田买回的拖拉机,都是从石砌路抬回来的。那时,我们出入大山,全凭肩挑手提,晴天一身土,雨天一身泥。村里每人仅 1 亩多地,大多是山田,地瘦、水冷、亩产低。那时,老百姓的日子过得很辛苦啊,靠养几只鸡鸭换点日用品,赶圩都得去十多公里外的县城。"

▲ 梁野山下仙女湖

这样清苦的日子一直延续到20世纪90年代。让钟天平记忆最深的是去县城卖米。1993年，年仅16岁的天平，和母亲挑着五六十斤的担子走两个多小时的山路进县城，走到山下时，早已浑身湿透。五六十斤米其实卖不了多少钱，只能换一些猪肉、食杂、日用品等回家。

交通不便，给云寨人带来的痛苦可是数不胜数。村里有病人需要急救，只得用担架抬着走两三小时的山路，赶到山下县医院去治疗。

一位大叔罹患脑出血，错过了黄金时间，没有救活；

一位孕妇难产，抢救不及时，失血过多去世；

一位村民胃出血，抬到医院时已救治不及……

这样的惨痛记忆，实在让人不堪回首。

因为穷，云寨人走到山外经常受人欺负，那时跟外村人打架是常有的事。

为了摆脱困境，1997年，钟天平的父母借了一笔钱，在县城附近买了一块70平方米的地皮，盖了幢两层楼的砖房，靠卖掉一拨拨猪崽，将债务还清后，日子才慢慢好起来。

大约是2001年，钟天平投资2万多元开了家农用车修车场，每年可创收四五万元。

"云寨村的变化，始于2011年。随着梁野山景区的开发、公路的拓宽，村民们的观念也发生了变化。"钟天平说，他是2013年从县城回到村里的。那时，刚好修车场要征迁，他发现回村里发展也很不错，就申请了180平方米土地，盖了现在这座三层的"洋房"，他和兄弟合建，各人一半。

那时，他欣喜地看到村里的道路已经拓宽硬化，梁野山景区的旅游蓝图也规划好了，景区指挥部就设在山脚下的东云村。

"真正让村子发生翻天覆地变化的，是2016年1月开工建设、2019年7月投入使用的云寨水库。"

2018年，水库开始蓄水，云寨水库拥有了一个美丽的名字：仙女湖。

2019年，环湖栈道建成，整座小村面貌焕然一新，美如仙境。

2020年，先后投入200多万元增加了知青馆、自驾游宿营基地。

2021年，在仙女湖边，投入50多万元开发了50亩红花脆桃基地。

2022年后，又增加了太空舱设施和五彩月亮景观，形成了仙女奔月的美好意境……

从过去仅有观云寨瀑布到如今走木栈道欣赏仙女湖，乡村旅游的不断升级给云寨村带来了翻天覆地的变化，原本冷清的小村子成了网红景点。返乡创业的老板、青年、农民也多了起来，为助力乡村振兴、推动农业农村发展提供了示范。

从前"养在深闺人未识"的云寨村，而今成了闻名遐迩的网红打卡地，络绎不绝的游客让这个小康村有了不一样的烟火气。

云中有山寨，风景似桃源。倚傍于梁野山麓的云寨村，得益于林改政策，全村森林覆盖率达92.2%，空气负氧离子浓度最高时，达每立方米9.7万个，是世界卫生组织规定"空气清新"标准的3倍。云寨村"绿色氧吧，清新云寨"的定位，更是吸引着众多游人来体验。

"来武平，我氧你。"在闲聊中，钟天平还说了一件云寨村"氧"人的趣事。厦门年逾古稀的黄老先生夫妇，几年前来到云寨村，就被这里的好山好水好空气给迷住了。在这环境舒适、风景秀丽、空气清新的云寨村住上一段时间后，老先生的支气管炎老毛病居然奇迹般地痊愈了。从此，老两口每年都要来到这户叫"水云轩"的森林人家住上好几个月。他还专门给"水云轩"添置了冰箱和橱柜，出钱让房东将水井的水拿去权威部门检测。

依托良好的生态优势，云寨村以建设美丽乡村为抓手，全力打造智慧旅游＋民宿度假＋农产品推销＋研学开发等四位一体的云寨特色示范村，真正实现"宜居""宜旅""宜业"的美丽家园。村里大力实施基础设施提升和村庄美化工程，随着村主干道拓宽，环村道路硬化，亲水体验区、迎宾广场、休闲长廊、农家书屋、知青馆、老年活动中心等相继建成，村庄面貌焕然一新。与此同时，村里还大力发展林下种植，并把村中特产与餐饮、民宿等紧密结合起来，形成一条生态产业链，实现了人人有事做、家家能致富的局面，将生态资源优势转变成了经济优势。

早在2015年,云寨村就成立了森林人家休闲农业专业合作社,将云寨的客家特产、美食打造成品牌,制定了标准,购物、吃饭都是统一价格,靠口味和良性服务竞争,给游客更好的旅游体验。

钟天平告诉我们,从2006年村里兴办农家乐,到后来经营森林人家,再到如今发展旅游民宿,村民们切身体会到了发展乡村旅游给大家带来了巨大效益。如今,靠经营民宿和森林人家,平均每户年创收十多万元。

这几年来,云寨村先后入选农业农村部中国美丽休闲乡村名单,文化和旅游部、国家发展和改革委员会第二批全国旅游重点村名单,被福建省乡村旅游服务质量等级评定委员会评为"四星级乡村旅游示范村",被福建省文化和旅游厅与福建省住房和城乡建设厅列为全省首批30个"金牌旅游村"之一。民宿、餐饮、旅游休闲等产业的迅速崛起,为云寨村注入了新的生机与活力,铺开了一幅乡村振兴的美好蓝图。

"山间碧水流诗韵,桥上风光入画屏。"如今,徜徉在云中桥,漫步在云寨村,处处诗情画意。就连路边的围墙都是用书法题写的漫画"三字经":"常看书、多读报,新形势、跟得牢,旧观念、常更新,合潮流、受欢迎……"许多民宿也取了非常雅致的名字:轩茗居、水云轩、云水涧、益香居、客来居……我们寻访云寨村时,好几幢新盖的民宿正在装修中。

"回来这么些年,我每年纯收入有15万元左右,日子过得挺舒心的。"钟天平家有客房12间,最多时一天接待就餐的游客就多达22桌。

如今,村里218户,有大半的农家办起了农家乐、森林人家或民宿,

▲ 游客在云寨农家休闲

90%的人家拥有小车，全村有近300部小车。

谈到村里的沧桑巨变，来到钟天平家喝茶的邻居、69岁的退休老教师钟尚仁也忍不住插话："现在交通太方便了，进城十多分钟就到了，吃住行变化太大了！"

他还告诉我们，村里的医疗条件好了。有急病，打个电话，不到半小时，救护车就到了。社区卫生院条件大大改善。现在，村民的身体健康有了保障。65岁以上的老人，享受免费体检，疾病早发现，早治疗。村民的平均寿命大大提高，长寿老人越来越多。据统计，80岁以上的有20多个，90岁以上的有4个。

村民对教育也非常重视，大学生周建平、钟静、邱伟鹏、钟正文、钟东平等牵头设立了云寨村民间助学基金，家家户户自觉捐款。村里培养出了三四十位大学生和两位博士研究生。

▲ 仙女湖夕照

　　林权改革赋能乡村振兴，文旅融合助力百姓致富。从离开故土外出打拼，到重回故土发展创业；从守着绿水青山受穷，到绿水青山变成金山银山致富；从"有女不嫁云寨郎"的穷山村，到年接待游客80万人次以上的"生态美、百姓富"的示范村、小康村，云寨村走出了一条生态引领、产业为本、生活富裕的乡村振兴之路。

浦上行：乡贤助力乡村振兴

叶 子

在漳州市芗城区浦南镇双溪村宽敞明亮的人民大食堂里，村里的老人们正排队点餐。已打上饭菜的老人们团团围坐，一边吃饭一边闲话家常。谁家的儿子在浙江赚了上亿元，谁家的姑娘做了电商，谁家的老人收到儿媳妇孝敬的新衣裳……人民大食堂给双溪村的老人带来极大的幸福感。从窗户望出去，忆芗公园的大石头在阳光下格外醒目，"记忆中的芗城，回忆中的故乡"，北溪南畔是老人们毕生守护的净土，是无数外出乡贤魂牵梦萦的所在，乡贤们以故园情为针，以乡村振兴梦为线，共同织就"富美浦南 醉美双溪"的美好图景。

众人拾柴火焰高，人民大食堂的缘起还得感谢众多乡贤。梁日州在外经商，事业风生水起。有一次他回乡探望老母亲，发现老母亲早上煮了一锅稀饭，从早上吃到晚上。梁日州的眼泪差点掉了下来："我们这些大男人之所以在外打拼，就是为了家里的老人小孩能过上好日子。哪知老母亲却一日三餐吃稀饭配咸菜！老母亲把我孝敬的钱都存起来，舍不得花，过着类似于 20 世纪六七十年代的苦日子。这样男人们在外打拼还有什么意义！不行，这样生活质量太差了！老人家的身

▲ 老奶奶幸福用餐

体会垮掉的！得想想办法！"

对于梁日州来说，请一个保姆来照看老母亲、为老母亲做饭对他来说是轻而易举的事情，但村里像梁日州母亲这样的老人不止一个，子孙都非常有出息，建起了漂亮的乡村别墅，但老人家却守着一间老屋无法割舍。并非子孙不孝，子孙苦劝老人家搬进新房，老人家却喜欢自由自在，每天在老屋里烧着柴火饭将就……老人家的境遇触动了众多乡贤的心，他们在考察完浙江嘉兴商会的做法后，本着"老吾老以及人之老，幼吾幼以及人之幼"的朴素观念，决定在双溪村创办大食堂。创办大食堂不仅仅可以解决自己老母亲的吃饭问题，还可以一次性解决村里所有上了年纪的老人的吃饭问题。

说做就做，乡贤梁加辉慷慨捐资50万元协助建设幸福园，2017年又带头捐资在幸福园置办"爱心餐"，让村里60周岁以上的老人每月初六、十六、二十六这三天能够在幸福园免费享用"爱心餐"，双溪村"支部牵头，乡贤捐资"的养老模式雏形初显。2019年，由镇党委政府投资兴建、乡贤捐资保障运营的全省首个公益性人民大食堂正式落成，免费为村内60岁以上的老人提供一日两餐，乡贤梁华国、梁加辉各带头捐款10万元用于大食堂运营，带动100多名乡贤为大食堂捐资保障，众人拾柴火焰高，梁氏宗亲会长为大食堂捐赠了空调，镇农商银行为大食堂捐赠了桌椅，乡亲们踊跃捐赠米面、紫菜、马铃薯、菜包等爱心物品。大食堂门外的红色宣传栏上印着献爱心捐资名单，他们的名字将永久刻在双溪人的心上。双溪村开启了养老模式的全新尝试，打造了乡村养老"新样板"，孔圣人"老者安之"的人生理想在新时代创新之举中取得了突破性进展。老人们笑得合不拢嘴："衣来伸手，饭来张口，以前想都不敢想！我们享福喽！"

干成一件事情是不容易的。大食堂落成之初，到食堂吃爱心餐的老人并不多，稀稀拉拉的三两个，让人看了心里着急。老人有一种旧思想：到食堂吃免费午餐会丢孩子的脸，好像家里孩子不孝，家里没饭吃似的。另一种思想负担是，只有家里有捐赠大米、食油、钱物的老人才敢到大食堂吃饭，这样可以吃得理直气壮，不然吃人的嘴短，拿人的手短，怕被人说自己占便宜。更有眼红乡贤的人说怪话，说乡贤捐赠大食堂是为了给自己脸上贴金，是"风神"，是"捻大炮"，总之是虚荣心在作怪……还有因为众口难调，有人爱吃咸，有人爱吃淡，嫌弃食堂伙食水平不高的……

做了调查研究后，乡贤们不怕打击，不怕别人说闲话，努力做老人们的思想工作，具体情况具体分析，打消了老人们的思想负担，到大食堂吃爱心餐的老人越来越多，双溪村上了60岁的老人大概有270人，来吃饭的基本维持在80人左右，大食堂至今已成功运营4年。如果哪一天哪个常来吃爱心餐的老人没有来，大家就会关心他是不是生病了，还是外出了。人民大食堂的成功运营得益于村里的天时、地利、人和。天时是搭上了乡村振兴的快车。有了好政策，"好风凭借力，送我上青云"；地利是双溪村有双溪、山边两个自然村，大食堂刚好建在两个自然村的中间地带，不偏不倚，有利于老人出行；人和在于乡贤群策群力。很多人都有心为村里做事，但东一榔头西一棒子，缺乏组织领导，乡贤站出来牵头，很快拧成了一股绳。

大食堂由村里的老人会管理。会长梁加法是梁加辉的哥哥，家境富裕的他本可以享清福颐养天年，但他每天早上都坚持到大食堂打扫卫生。双溪村的大食堂也许是众多乡村食堂当中成本最低的了：食堂里只有镇上请来的掌勺师傅领取工资，其他人全部是义工。因为老一辈人吃过苦，出门创业打拼成功后都会反哺家乡，回报桑梓。这种无私奉献的精神互相感染，大家争相效仿。大食堂的义工有30人，负责择菜、打饭等工作，共分为5组，每组6人，一组值班2天，风雨无阻。食堂精心安排四菜一汤，尽量变换花样，让老人家吃得高兴，吃得放心。

有一个感人的细节：村里打扫卫生是有工资的，而到大食堂帮忙则是无偿劳动。村支书何鸿辉感慨地说，有一次村里急需人打扫卫生，他找到某位妇女，妇女却对他说："不好意思，你找别人吧，今天轮到我到大食堂做义工。"多好的村民！责任在身，他们选择了义务劳动，而不是去做有偿的打扫卫生工作。乡村振兴，既要"塑形"，也要"铸魂"。双溪村历史悠久，"孝""善"之德代代流传，乡民见贤思齐，崇德向善。在乡贤们的示范带动下，孝老敬亲、乐善好施的文明乡风愈加深入人心。

大食堂后厨的厨具闪闪发亮，窗明几净令人赞叹。我问何书记："大食堂是怎么做到如此整洁的？"何凰辉憨厚一笑："我是个退伍兵，部队的食堂整洁明亮，我是按部队的标准来要求大食堂的。"一个村庄的领头雁太重要了，何凰辉退伍后原本在派出所上班，上级看中了他的能力，希望为乡村输入年轻的新鲜血液。派出所工资比村支书高，他毅然回村挑起了重担，完全没有做生意等其他副业，全身心都扑在工作上。他说："一年到头没有一天是节假日，一年到头天天也都是节假日。"是啊，再苦再累，只要忙得有意义，日子有奔头有干劲，天天都是节假日！

大食堂边上就是配套的双溪乡村菜园。原本包产到户，由老人、种菜能手、党员干部自主认领种菜，保证大食堂菜源供应，本着"老有所养、老有所依、老有所为、老有所乐"的宗旨，既满足饮食需求，又能排遣留守孤独。双溪乡村菜园里的菜长势喜人，茄子穿着可爱的紫衣衫，马铃薯在地下默默地积攒着力量，尖尖的辣椒挂满枝头，香菜独占一片天地。机缘巧合，春天生态科技股份有限公司看中了这块肥沃的土地，承包了这块菜园，统一管理，村里也多了一项创收项目。浦上行发展有限公司也积极在双溪村寻找机遇，共谋乡村发展。

北溪水缓缓流过，竹林掩映青山苍翠。当清晨的第一缕阳光照在红底金字的"日昇楼"牌匾上，双溪村一派欣欣向荣的景象。这个曾

▲ 双溪乡村菜园的春天

经被人打趣"宁当双溪一头牛，不做双溪穷媳妇"的山村，积极探索新时代"乡贤+"工作模式，以乡贤理事会、老人协会、和谐促进会为平台，探索出了一条乡贤服务乡村振兴战略的新路子，实现了从"空壳村"到乡村振兴样板村的蝶变，在新时代乡村振兴的大潮中涅槃重生。双溪村"乡贤+"的乡村振兴发展思路源于乡贤梁华南的一个提议。梁华南原是漳州市运输管理局的局长，退休后回到家乡积极投身于乡村振兴建设。梁华南意识到用乡情牵线，凝聚乡贤"智囊团"是双溪村发展的重要机遇，大力提倡发挥乡贤资源、财源优势，实现乡贤资金回流、人气回聚。振兴双溪，是所有双溪人的共同愿望！

  正月初五双溪村过节，乡贤们无论在外多远都会赶回家乡团聚。所有乡贤齐聚一堂，共叙乡情谋发展，各抒己见，各展所长，为双溪建设提供新思路、新创意。以梁华南、梁加辉、林德明、庄来盛、庄来保、梁华国、梁荣艺为代表的外出乡贤慷慨捐资，建言献策，盖房铺路，成为乡村振兴的好帮手。今日的双溪村，沥青路宽敞整洁，红色琉璃瓦的联排别墅鳞次栉比，到处绿意葱茏、鸟语花香，人民大食堂里老人欢声笑语不断，月瑶池内鲤鱼随着芗音欢快地游动……双溪村及时搭上了乡村振兴这趟快车，在村委、乡贤和全体乡亲的共同努力下，成为福建省乡村振兴试点示范村、全国乡村治理示范村。漫步村庄，不由得被村里的那座二层"迷你"土楼吸引，双溪村引进了"双溪缦谷"文旅项目，准备将土楼打造成特色休闲民宿集群。双溪村党支部书记何凰辉展望前景信心满满："之后双溪村的文旅项目一定会为乡村振兴注入源泉动力，有了梧桐树，一定会引来金凤凰。"

  春天来了，陌上花开，浦上行繁花似锦。

山水无言喜今朝

——长汀县河田镇露湖村、伯湖村的乡村振兴故事

杨秋明

闽西长汀，千年汀州府所在地。在这片人文鼎盛的土地上，近几十年来，上演着一幕幕山乡巨变的精彩华章。

位于河田镇的露湖、伯湖是两个相邻的村庄，它们都是因"湖"而得名。据说，历史上露湖、伯湖跟河田的其他地方一样，山清水秀、绿柳成荫，大小河湖星罗棋布，令人流连忘返。不知从何时起，由于社会动荡、自然灾害、人口急剧增长等因素，森林、植被遭受严重毁坏，水土流失连年加剧，山崩河溃，满眼都是赤裸裸的红土。尤其到了夏天，地表气温高达七十几度，酷热难耐。山光、田瘦、水浊、人穷，是这片山岭、这片田野、这片村庄的真实写照。老百姓穷困潦倒，纷纷呼吁政府能够有效治理，还人民绿水青山。

公 仆 林

水土流失的绝地反击，始于 20 世纪 80 年代。

1983年4月，时任福建省委书记的项南初次来到河田视察。当他看到支离破碎、不着绿色的山体时，深感痛心与震撼。那一年，省委、省政府把长汀列为全省水土保持试点，开展治理工作。项南经过深入调研，总结出了《水土保持三字经》：责任制，最重要；严封山，要做到……

从1983年至1999年，河田通过人工植树种草、封山育林等措施，初步控制了水土流失的势头，但仍有百万亩水土流失区亟待治理。

1999年11月27日，时任福建省委副书记、代省长的习近平，专程到长汀调研水土流失治理工作。他充分肯定了长汀人民锲而不舍的治理精神，同时也对远处那些仍裸露着红土的山头感到忧虑。在习近平同志的倡导和推动下，省委、省政府连续10年将长汀水土保持治理

▲ 稻田画

工作列入为民办实事项目，每年安排专项资金给予扶持。

　　2000年初，长汀开始在露湖村山头建设青年世纪生态园。5月，时任福建省省长的习近平托人专程送来1000元，为生态园捐种一棵香樟树。2001年10月13日，习近平再次到长汀调研。当他看到自己捐种的香樟树已长得枝繁叶茂时，欣然为它培土、浇水。6天后，他再次作出批示："再干八年，解决长汀水土流失问题。"榜样的力量是无穷的，樟树右侧原本荒凉的山坡，很快种满了香樟、风荷、玉兰、桂花等树木。这些树木由国家有关部委，各省参访团，老将军、各军区、武警部队官兵，省、市、县各级各部门领导种植或委托捐种。这片树林也因此被称为"公仆林"。在此影响下，露湖人民掀起了新一轮的种树、种果热潮。

　　露湖人民遵照习近平同志的指示，发扬滴水穿石、人一我十的精神，数十年如一日坚持植树造林。如今，露湖共有耕地1455亩，林地12400多亩，被列为国家森林乡村、全国妇联基层组织建设示范村、中国美丽休闲乡村、省级乡村振兴试点村、省级高级版"绿盈乡村"……露湖村真正实现从"火焰山"到"绿满山""花果山"的嬗变！当地人民不仅改善了生存条件，更从山上收获了财富，吃上了"生态饭"，日子也渐渐红火起来。

粮　安　天　下

　　习近平总书记说，中国人要把饭碗端在自己手里，而且要装自己的粮食。这句话对于河田镇伯湖村1969年5月出生的傅木清来说更是深有体会，因为他从小就吃够了没粮食的苦。所以他一直有这么个心愿：希望年年都是丰收年！

"三天日头晒裂田，一场洪水黄泥田。"在20世纪80年代以前，河田的生态环境就是这样的。经过20多年水土流失治理，到21世纪初，河田的生态环境有了明显改善。为了圆一个"种好粮"的梦想，2006年冬天，外出打工小有积蓄的傅木清决定回乡创业。他和几个乡亲一起，在河田、三洲、濯田、四都、红山等乡镇连片承包流转耕地，种植优质稻，并于2007年在全市率先注册并成立长汀县远丰优质稻专业合作社，和当地群众一起抱团种植优质稻。2012年，傅木清投资350万元，在全省建立首家工厂化育秧中心，打造集工厂化育秧、炼苗棚、全程农业机械化机库、新型职业农民田间培训学校、农机维修服务中心、优质稻加工于一体的水稻产、供、销一体化"农业综合服务中心"。

一系列的敢为人先，圆了傅木清一个又一个梦想，同时也带动了一方百姓共同致富。2009年以来，远丰优质稻专业合作社共扶助支持了200多户贫困户脱贫，有些还成了自主创业的生力军。他这个领头羊，也因此荣获"全国种粮大户""全国农机大户""全国20佳农机理事长""全国科普惠农兴村带头人""全国农村创业创新优秀带头人""全国科技乡土人才"等国家级荣誉。

令人惊喜的是，就在这片昔日水土流失极其严重的土地上，傅木清创造了一项全省最高纪录。

2022年10月31日，在河田镇供销农场，龙岩市农科所高级农艺师徐淑英挥动着"福香占"现场测产记录表，激动地向现场的干部群众和观看网络直播的网友们宣布："'福香占'水稻品种，单季平均亩产干谷670公斤，创下该品种在福建省的最高亩产量。"听着这个数字，傅木清笑开了花："我知道产量会很高，但没想到能创纪录。"

"福香占"是中国科学院谢华安院士团队选育的水稻新品种，荣获第三届全国优质稻米食味品质鉴评（籼稻）金奖。谢华安在现场听到测产记录，向傅木清竖起了大拇指："你们示范得非常成功，机械化和绿色生产结合得非常好，施肥恰到好处，种出了绿色粮食、生态粮食，这样的'有福之米'，老百姓可以放心吃、安心吃！"

傅木清用汗水树立了"绿水青山就是金山银山"的新标杆。每到金秋十月，在河田塅万亩晚稻田野上，就呈现出一幅丰收的图景。为了提高稻田的观赏性，傅木清与时俱进地种植"稻田画"："乡村振兴　生态长汀"、"喜迎二十大　建设新长汀"、十二生肖图案等，吸引了众多摄影爱好者和游客前来观看。

傅木清的微信昵称是"粮安天下"，谈及下一步打算，他信心满满："不久后，我们将成立农业生产全程机械化服务中心，引进'滴滴农机'智慧农业模式，助力农业机械化普及，让农业增效、农民增收。"

新 农 人

在全国种粮大户傅木清的影响下，三位大学毕业生回到伯湖村创业。他们用自己的智慧和汗水，让穷乡僻壤成了游人向往的乐园。这三位青年，正是新农人赖斌、兰建春、傅桥。

伯湖村是开国中将傅连暲的故乡，属革命基点村，有着敢为人先的优良传统。2016年底，在时任伯湖村党支部书记傅木清影响下，"大棚种植三剑客"赖斌、傅桥、兰建春三方共同出资返乡创业，注册成立福建新农人生态农业有限公司。赖斌，2014年毕业于福建农林大学，任"新农人"董事长，2022年当选龙岩市第六届人大代表；兰建春，2014年毕业于福建农林大学，任"新农人"总经理；傅木清的儿子傅桥，2014年毕业于福建农业职业技术学院，任"新农人"财务总监，2022年也当选为第六届龙岩市人大代表。

新农人公司充分发挥大学生创业、致富能人带动优势，组织成立符合贫困地区发展的生态循环农业产业，发展"一村一品"特色产业。三个年轻人既分工又合作，各尽所能、尽展才华。经过逐年发展，如今新农人已完成建设生态葡萄园、休闲农庄、绿色观光长廊、农家乐、科普教育基地等项目。公司现有基地320亩，已经建成智能温室大棚30亩。种植葡萄品种7个，共20亩，辅助种植红心火龙果、台湾蜜枣、桑葚、茂谷柑等果蔬，实现全年有产品上市供游客采摘。

▲ 丰收的笑脸

让新农人兴奋的是，他们的创业还能带动村民就业，帮助贫困户增收脱贫。2017年9月开始至今，由镇村两级统筹，新农人公司引入"伯湖村激励性扶贫葡萄种植项目"，累计带动45户贫困户脱贫，户均年增收2万余元，帮助贫困户销售农产品100多万元，解决了大量闲散农民就业。

2021年，赖斌家乡羊牯乡白头村换届选举，乡领导动员赖斌返乡参加选举，带动更多乡亲们发展。通过选举，赖斌顺利当选为白头村党支部书记兼村主任。2022年，他把自己的设施农业带回到乡里，成立福建汀兴农业生态种养专业合作社。短短一年，合作社种植优质稻150亩、烤烟120亩、西瓜红蜜薯15亩、台湾红心火龙果5亩，实现产值100万元，利润45万元。仅此一项，白头村村集体经济增收2万元，带动村民增收20余万元，合作社社员分红20多万元。

我们欣喜地看到，新农人放飞新梦想，同时也为乡村振兴注入了一股清泉。

明溪离欧洲有多远

黄锦萍

如果没有到三明明溪县采风，怎么也想象不出一个只有十几万人口的小县城，居然有 1.43 万人在意大利、匈牙利、俄罗斯、阿联酋等 56 个国家和地区做生意或定居。从明溪到欧洲，多么遥远的距离啊，但明溪人并不感到遥远，明溪人早已把欧洲当成自己的第二故乡了。

步入明溪欧侨小镇，有一种时空交错的感觉。这里接待客人的礼仪不仅泡中国茶，也泡意大利现磨咖啡；村里的大妈都背着意大利名牌包去打麻将、跳广场舞了。这种"名牌"对城里人来说都算奢侈，那么明溪小县城是怎么做到的呢？

一个人开启欧洲模式

四面环山，重峦叠翠的明溪县是福建省西北的一个山区县，和福建许多沿海侨乡不同，这里并没有悠久的"以海为田、过洋为生"的历史，明溪人是在很短的时间里，通过陆地，穿越了辽阔的亚欧大陆，陆续来到欧洲。

明溪县能够成为"八闽旅欧第一县""海西内陆新侨乡",必须记住一个人的名字,他的名字叫胡志明,是第一个"吃螃蟹"的人。胡志明原先只是一个普通的菇农,但他不甘过贫困生活,一门心思地想着走致富路,1989年他终于等到了机会。28岁的胡志明受改革开放国际移民潮的影响,与弟弟胡志新通过亲友的帮助,到意大利一家老乡开办的皮革厂打工,每个月收入高达数千元。他把出国打工赚钱的信息传回沙溪,引起很大轰动。1990年,胡志明介绍16位沙溪人去意大利。从此,沙溪人效仿胡志明兄弟,帮助乡亲出国。雪球越滚越大,从兄弟姐妹,发展到同乡朋友,从沙溪延伸到全县各乡镇乃至周边县市。1993年,胡志明用打工淘到的第一桶金办起了工厂,有能力为明溪老乡做事了。许多明溪人刚到意大利人生地不熟,胡志明像亲人一样把他们接到家中,为老乡免费提供食宿,找不到工作的,就在他的工厂里做工,尽可能地解决老乡们的困难。胡志明成了老乡们心中的"欧洲之星"。

自从胡志明开启了欧洲模式,明溪涌起了经久不息的"出国潮"。他们依托人缘、血缘、地缘,以"传帮带"的方式,通过旅游、探亲、定居、访友、商务考察等途径,前赴后继地出国打拼。30多年光阴匆匆而过,最早一批在欧洲出生的"明溪娃"如今已过而立之年,他们在欧洲成家立业,有了第三代。

到沙溪乡采访时,一路上都是绿色的田野,欧式建筑一片一片的,独栋的、联排的、双拼的别墅群从绿丛中冒出来。我问乡党委王书记,沙溪乡出国的人都去了哪些国家?书记指着墙上的世界地图说,插着小红旗的地方全是。世界地图上的小红旗红彤彤一片,五大洲都有,85%的人集中在匈牙利、意大利和俄罗斯。

匈牙利地处欧洲大陆的地理中心，是中国与中东欧国家开展"16+1合作"的主要国家之一。在过去的30多年里，明溪人对两国，乃至亚欧两大洲之间的商贸活动起到了重要的作用，他们是"一路一带"倡议的先行者和实践者。随着我国"一带一路"倡议的推进，旅外乡亲的获得感逐年增强，欧中经贸往来更加密切与便利，前程向好。

"欧侨小镇"欧洲范儿

在一片新建好的"欧侨小镇"里，"原生山水、醇欧风情、悠享生活"的乡村景象跃入眼帘。在这里，一栋栋颇具欧式风格的精致洋楼错落有致；蓝莓基地、柑橘基地点缀了满山苍翠；欧侨小镇公园让你不出国门就能领略异国风情……来明溪，逛侨乡，喝咖啡，购欧品，成为新时尚。

沙溪村地处深山，从前，羊肠小道泥泞难走，破旧土坯房灰头土脸，是远近闻名的贫穷村。如今，昔日穷困潦倒的山沟沟成了村民向往的幸福地。作为整村迁建型美丽乡村，沙溪村合理安置迁建人口，充分挖掘侨力资源，致力于做好生态文章，联排迁建住房、旅游侨乡主体公园、农特产品研发交易中心、各类种植基地等一幅幅乡村建设新图景在青山绿水中渐次铺展，宜居宜业宜旅新农村逐渐建成。

从"路隘林深苔滑"到"风展红旗如画"，从"贫困村"到"新侨村"，这是沙溪村的一场"惊艳蝶变"。随着走出山门的农民越来越多，拓宽了农民的眼界，也提高了农民的素质，改变了农村常见的脏、乱、差现象，家庭卫生条件和绿化水平不断提高。留在沙溪村和梓口坊村的村民，用外汇建新房100多幢，沙溪村成了华侨新街。王书记自豪地说，

▲ 沙溪村

中国银行最喜欢沙溪乡了，这些年来，明溪出国人员每年往家乡汇回6000多万欧元，人均寄回资金10万元人民币，这是出国挣外汇振兴乡村的另一种方式。

在梓口坊村挂职的第一书记陪我参观了墨绿色屋顶、错落有致的"欧侨小镇"后，带我进入村里的咖啡吧。这是一座用原木打造的咖啡吧，散发着木头的芳香。村书记黄俊赟是福建省人大代表，是农民信赖的代言人。他打开手机让我看，远在欧洲打拼的儿女们在视频上，随时都能看到父母在乡村养护院里的场景，衣食住行、医疗保健全都有人照顾，他们放心了。明溪离欧洲有多远？其实只有一个手机屏幕的距离。

"落叶归根"有情怀

因为不甘贫穷，所以出国打拼；因为挣钱辛苦，所以珍惜财富；因为思乡心切，所以落叶归根。

明溪人在异国他乡艰苦创业，绝大多数都是从打工"练摊"开始的。每天十几个小时的工作，收入微薄，工作不稳定，思乡心切，艰难日子随时需要应对。意大利明溪商会常务副会长李勇说，现在老外都说中国人好，吃苦，肯干，敢创业，有韧性。明溪人凭借着穷则思变、敢拼敢闯的客家精神，经过30年的资本积累，逐渐实现了由打工族向老板的华丽转身。

我采访到的余清波28岁去意大利打拼，13年间以打工为生，小儿子在意大利出生，如今已经回乡创业。余清波是幸运的，虽然很辛苦，但在意大利挣到钱，而且顺利回国继续创业。他说刚回国时很不适应，中国国情全不懂了，他花了五年时间才慢慢弄明白。他是转型比较成功的一个，现在为县里做绿化美化工程。

近年来，明溪县委、县政府深入贯彻中央决策部署，牢记党的嘱托，持续推动侨乡特色优势转化为发展优势，深入实施"三侨回归"工程，推动侨胞回归、侨资回流、侨智回援，走出一条具有明溪侨乡特色的发展路子。2022年3月，"指导明溪县建设欧洲进口商品交易中心"被写入国家发改委出台的《闽西革命老区高质量发展示范区建设方案》。在吸引侨资回归的同时，还支持经济实力强、群众威望高、敢闯敢试的华侨返乡竞选村干部，发挥其"视野广、人脉丰、理念新、实力强"的优势，带领农民发展生产、增收致富，为加快乡村振兴注入新能量。

在梓口坊村，我看见公园里有一尊"落叶归根"的雕塑，底座上是一棵大树的根须，雕塑是三片金色的叶子，叶子上的叶脉刻得非常清晰，站在雕塑前多看一会儿，就能看出其中的含义。反哺家乡是在外打拼的客家人的一种习惯、一种传统，更是一种文化、一种传承，也是客家人身在异国他乡的信仰与念想。

在沙溪村，经过长时间的文明熏陶，这里的农民说话不那么大声了，垃圾不随手乱扔了，买食品也看保质期了，礼仪风范和生活观念的改变，使农民学会了绅士风度，对女士彬彬有礼，说话轻声细语。这些文明行为不是金钱能够买到的。如果在村庄里遇到来自匈牙利、俄罗斯的外国人，村民会用英语打招呼，他们是来中国做客的外国友人啊，也是他们的生意伙伴和朋友。这些外国朋友的家里，不知不觉地也多了中国元素：精美的瓷器、吉祥的白玉如意、东方美人茶、大山里长出来的土特产，这些都是明溪人与欧洲人友好往来的见证。

用天上的繁星当护照，以诗歌作向导，坐一趟梦想的飞机云游，就到了遥远的充满异域风情的欧洲。如果你不信，就到明溪"欧侨小镇"走一走。

双岭村：厦门现代农业的典型

郑其岳

厦门市集美区灌口镇西北部，有一座风景秀丽的越尾山，清峻峭拔，云雾缭绕，山腰上隆起两条山岭——龙公岭和龙母岭，构成"虎卧越尾，龙藏双岭"的地貌特征，形成山脚下"双岭村"名字的由来。全村面积约7.5平方公里，下辖13个村民小组，324国道穿村而过，总人口6719人。

近年来，双岭村坚持以发展现代农业为主、乡村休闲养生旅游业为辅的产业发展思路，充分发挥滨海城市"后花园"、交通干道沿线等区位优势，依托丰富的田园山林资源和知青文化资源，形成了一批优质的现代农业品牌，如禾祥西生态新农业基地、古樾山庄、龙谷山庄、中泉源山庄和金玲珑葡萄园等，并着力打造集生鲜烧烤、果蔬采摘、农耕体验、亲子研学、户外拓展为一体的多样化田园乡村旅游，整合串联全村资源，以点带面形成资源互补，打响乡村旅游品牌。

一

阳春季节，万物萌发，正是春耕采收的好时节。位于厦门市双岭村的禾祥西生态新农业基地的大棚小番茄迎来丰收，每天采收达一万多斤。

走进"禾祥西"的现代温室大棚，一串串红彤彤、金灿灿的果实累累而挂，让人喉头生津。采摘、清洗、分拣、装盒、打包，数十名工人各司其职、有条不紊、争分夺秒地工作着。

基地创始人方照告诉笔者：园区内主要种植小番茄，还有少量的草莓和蓝莓等，小番茄主要分为玉女番茄和金黄色番茄两种，产品除了在厦门"元初"等高端超市销售，还销往广东、浙江、江苏等地。

据了解，小番茄为无土栽培，通过智能化设备每天定时定量给作物输送"营养液"。与土壤栽种比较，这种方式更显便捷高效，还能避免一些植物病害的发生与蔓延，提高了番茄的产量和质量。

通过和方照交谈得知，2015年他从厦门大学工商管理专业毕业。身为90后的方照毅然决然卖掉父亲留给他的房子，和厦门大学药学系毕业的徐飞一起联袂结伴，筹集1000多万元的资金，来到集美灌口双岭村租地，创立了禾祥西生态新农业基地。

当笔者问到为何选择农业这个项目，他说基于五方面的原因：一是不安分守己的秉性所致，在大学就读期间，他就利用电商经营大学生所需物品，赚了一些钱。二是自己出生于农村，对土地有一种特殊的情感。三是认为农业生产现状仍趋传统，有待提升，蕴藏较大的商机。四是父亲在厦门大学生命科学院任职，对农业技术有所研究，能提供更多的技术支撑。五是各级政府相继出台了对农业有关的政策扶持。

厦门市思明区有一个颇具名声的"禾祥西"商圈，之所以选用"禾祥西"作为商标名称,他们有一番考虑:"这个地方商业气息浓厚,比较小资,与自己追求的现代农业相吻合。"

企业坚持走新型农业发展道路,专注于番茄垂直线细分领域,通过技术引进和自主创新相结合,摒弃"靠山吃山靠水吃水"的简单思维和发展模式,积极利用高科技推动农业产业转型升级,进一步推进生产科技化、标准化、智慧化,将技术切实转化为现代农业的有利竞争优势。

企业先后整合100余户农民出租的闲置土地300多亩,推动农民每户每年增收1万多元。企业优先录用双岭村村民,吸收上百名农村劳动力,并为农户传授病虫害防治等农业技术和互联网营销手段。

俗话说,万事开头难。方照和徐飞的创业过程,曲折坎坷,可谓一波三折。

2016年9月15日的中秋节,正是他创业的第二年。超强台风"莫兰蒂"在厦门登陆,狂风暴雨,造成极严重的危害。刚刚投资1000多万元的大棚等设施损毁殆尽。方照和伙伴欲哭无泪,痛心疾首,还是咬紧牙关,东借西挪,又筹集一笔资金投入,重整旗鼓再出发。

俗话说,漏船偏遭连夜雨。2017年,又遭遇极端低温天气,种下的小番茄和草莓等冻死冻伤大半,产量几近腰斩。

好在技术方面并未出现较大的问题,经过不断实践调整,2018年以后,他们取得了不俗的成绩,小番茄和草莓接连喜获丰收,特别是小番茄,一般在八九月种植,11月挂果到翌年的五六月,采收期达到六七个月,比传统种植仅有3个月的采收期延长了一倍。

进入2020年,新冠疫情严重影响产品销售,他们加大了线上销售力度,在一定程度上化解了三年疫情造成的危机和损失。

如今"禾祥西"企业一切都已步入正轨，旅游采摘、亲子体验蔚然成风。平均每周售出上百张采摘体验门票，最高峰日客流量达到1500人次，带动周边餐饮、旅游、农业等产业发展。

二

站在古樾山庄的山门望向越尾山，发现山体像一尊弥勒佛一样，仿佛庇护着山脚下一方热土与子民。

庄主蔡福圳是一位80后的年轻人，属于土生土长的双岭村人，跟父辈一样与泥土结下了不解之缘。长大后他凭借聪明才智，进入厦门市区上班，收入不菲，但他始终放不下对土地的眷恋之情，崇尚"一分耕耘，一分收获"的理念。2008年开始，28岁的他，不顾家人的反对，回到家乡搞农庄。

他主打节假日经济，集种植加工、餐饮、研学、旅游为一体，经营模式以庄园经济的形式为主，营造休闲农庄的循环经济，做一、二、三产融合，盘活闲置土地200多亩。

庄园尤如一只小麻雀，五脏俱全：农耕种植文化区、瓜果蔬菜采摘区、生火煮饭区、驾驶区、手工坊、科普教育、农乐园钓鱼台等。

通过采访蔡福圳和一组组照片的还原，笔者可以看到，在绿意盎然的采摘区，蔬菜水灵，瓜果飘香。父母手把手地教幼小的孩子采摘蔬菜瓜果，亲情浓烈。在农耕种植文化区，许多中小学生们不停地忙碌着：有的挖地松土，尽管动作有些笨拙；有的弯腰插秧，泥水溅了满脸；有的收割金黄稻穗，稻穗衬托着稚嫩的脸庞；还有那些挑担比赛、推车比赛，野营射击比赛，更是高潮迭起，喝彩声不断。

▲ 双岭村俯瞰图

至于手工制作区，有绸布制成的鲜花，有泥土塑成的瓜果；在生火煮饭区，灶台新垒，烟囱冒烟，灶火或旺或弱，学生们有的洗菜，有的切肉，有的掌勺，现场略显手忙脚乱，却菜肉飘香。

至于农庄经营的偌大砂锅，几十个陶钵冒着热气，有鸡鸭牛羊肉熬得汩汩作响，也有菌菇酸菜混杂其间的窃窃私语。挂在空中的众多椭圆形灯笼上，标有猪杂汤、红菇番鸭汤、松茸土鸡汤、原味鹅、封鸭、灵芝炖水鸭母、猪肚鸡汤等等菜名，品类繁多，成为乡村美味佳肴的集大成者。

"莫兰蒂"台风的突如其来，同样重创古樾山庄，房屋坍塌，河水暴涨，摧毁了大半个山庄，经济损失达数十万元。同时，三年新冠疫情的影响，造成企业年年亏损。但蔡福圳不仅有"钢筋铁骨"的意志，还有"三头六臂"的能量，他在岛内市区的经营测量、餐饮、外卖等企业所赚的钱弥补了山庄的亏损。创业已磨砺出他的多面手，善于应对许多不利局面，如今企业已进入良性循环轨道。

企业同时为村民设立了"农夫集市"，村民可将家中的农产品带到山庄，由山庄统一收购，进行售卖，帮助大家拓展农产品的销售渠道，每年可卖出农副产品500多万元。

三

值得一提的还有位于越尾山上的龙谷山庄。这个创办了20年的山庄，40名成员大多是"娘子军"，那里有昔日"妇女耕山队"的血脉，也有女知青文化的基因，一群巾帼女子成为"绿林好汉"。

山庄依山傍水，绿树掩映，野花盛开，环境优美，是具有原始风

▲ 古樾山庄的特色罐煲美食

貌的旅游资源。目前，龙谷山庄拥有休闲娱乐设施5500多平方米，其中有三个会议室、一个山泉泡池、一条健身步道、一个农家饭庄、一个烧烤场等，还有用知青楼改造而成的有24间标准房的农家客栈。特别是农家餐厅利用生态食材，开发出的"阿嬷鸭汤""猪脚煲仙景芋头""爆炒野山羊肉丝""鲜烤五谷杂粮"已成为特色菜肴，让游客趋之若鹜，年接待游客5万多人次。

企业先后被厦门市妇联授予"巾帼农家乐示范点"称号，被福建省农办授予的"福建省休闲农业示范点"称号。

双岭村能成为乡村振兴的典型，归纳起来有三点经验值得借鉴：一是抓党建，促引领。积极引导青年，特别是大学毕业生回乡创办企业，改变传统农业的模式;二是创办现代农业,提升附加值。双岭村创办的现代农业,生产出符合市场需求的产品,能够打入高端市场,具有较高的商品附加值;三是结合现代的旅游特点,开展多种体验活动。在振兴乡村建设中,融入农耕、研学、亲子采摘等时尚旅游,带动了其他产业的和谐发展。

五云"蜜"方

陈秋钦

五云村究竟是什么样的村庄？为何这些年来声名在外？作为华亭镇人，当外人问起五云村，我竟无从答起！

没有调查就没有发言权。为此，我带着好奇走进五云村。

五云村的山清水秀自不必说，在三紫山麓，威武的官帽山峰下，就是世外桃源般的五云村，而真正让五云村声名鹊起的却是"四季蜜"龙眼。一提起四季蜜，大家就不由得想到"创始人"——林美和。

当年，神州大地到处都唱起了《春天的故事》，各地都涌起了改革开放的春潮，争先奔往致富的道路，可五云村穷得直不起腰，一条坑坑洼洼的土路伸向山的外面世界，唉，五云村呀，在发展经济的战场上，着实是个失败村。

五云村的林美和是位农林专家，他学术有专攻，研发了四季蜜龙眼，2018年村里聘请他当技术顾问，月薪500元。一切似乎沿着美好的方向发展。

可是命运似乎喜欢开玩笑，令人措手不及。2020年，四季蜜还没成熟，林美和就离开了人世。林美和的不幸去世，留下一个难题，四季蜜的培植怎么办？他有两个儿子，一位是油漆工，一位是水电工，并未传承父亲的手艺。

路在何方？乡亲们如霜打的茄子。大家一度想放弃，换成普通的龙眼品种，可这样不仅效益低，而且好不容易树立起的五云村第一张名片就没有了，大家就像父母面对自己的孩子早早夭折，甚感痛惜。

怎么办？老书记林玉满看在眼里，急在心上。不管怎样，难题自己攻关，路靠双脚走出来的。现在网络很发达，遇到问题可以在百度查找；还可以向农村农业部门咨询，向广西教授在线咨询。村民们也可以通过网络了解外部情况，及时得到了他们想要的知识和信息。

"如果四季蜜有了病虫害，就可以直接通过网络请专家诊断，指导我们怎样防治。"老书记有了自己的体会，普通的龙眼4月开花，5月结果，8月成熟，成熟期挂在树上不超过10天，而四季蜜龙眼6月份开花，7月份结果，12月份成熟，成熟期挂在树上可达一个月多。

四季蜜晚熟龙眼主要特色就是果子不大，果肉厚、脆、甜，受到广大消费者的喜欢，而且错开龙眼成熟高峰期，元旦前后上市。过了这个季节，气温过冷，龙眼受冻无法成长，糖分不足，肉质较薄，卖相不好看，上不了台面。"那销售没问题吗？"我有点着急。"现在的朋友圈非常强大，只要朋友圈一发，抖音一拍，供不应求啊！"老书记激动地说着，脸上不由得露出自豪的神情。

2021年，四季蜜一斤30元左右，收成6000斤，收入15万元左右；2022年，6月份雨季多，影响了花期，未达到预期的效果，减产过半，收入只有七八万。可在疫情时期，这笔收入，对于农民来说，也是及时雨啊！

2017年基地面积60亩已试产，2021年再扩大种植面积60亩。我们拭目以待……

百闻不如一见，老书记驱车带着我到基地参观。基地位于五云村中部半山区，海拔200米，三面环山，南面缓坡，雨量充沛，气候适宜，土壤排水性良好，远离工业区，没有污染源，十分适合晚熟龙眼栽培。

山上，一亩田地长着一大片龙眼，棵棵个子不高，但是长势茂盛，大人小孩站在树下即可采摘。神奇的是：在同一棵树上，居然可以一边开花，一边结果，果子统一穿着绿色的网袋，以防小鸟的侵扰。有的果子才长出颗粒状，见到我们害羞地低下头；有的长得高挑，精力旺盛，那气势要与天公试比高；有的硕果累累，压弯了枝头，好像不安分地想钻出网袋；有的密密麻麻，层层叠叠，似乎累得喘不过气来……我挡不住诱惑，未经主人允许，就忍不住采摘了一粒，剥开龙眼壳，露出晶莹透亮的果肉，隐隐可见红色的龙眼核。尝了一口，肉脆味甜。我们想怎么没有虫子，难道打了农药？如今，食品真的让人放心吗？老书记似乎看出了我的困惑，他笑着露出两排洁白的牙齿，说："放心吃，保证是纯天然的绿色食品。冬天结果，没有虫子，根本不用打农药，土地肥沃，任其自然生长。"

啊，五云村！山还是那座山，溪还是那条溪，村还是那个村，天下村庄千万个，为什么唯独五云村变化发展这么大？最根本的原因，乡村振兴靠政策。如今，蓝天白云下，路面绿树间，车水马龙人来人往，五云村的一片繁荣，道路上宽阔整洁，乡村恬静祥和……

2021年2月，福建省2018—2020年度省级文明村镇社区名单出炉，五云村上榜；2022年10月，福建省农业农村厅评定五云村为第二批福建省乡村治理示范村镇；2023年1月，司法部、民政部命名五云村为第九批全国民主法治示范村。

徜徉在五云村，环顾四周，放眼望去，但见此地处三紫山麓，俯瞰木兰溪流域，整洁的村落间，此起彼伏的红色琉璃瓦在阳光下闪耀着迷人的光芒。改革开放的春风早已给这一方水土送来了醉人的"蜜"方，从曾经的贫困村到现在的网红打卡地，这些散落在三紫山麓的村庄，不正像一朵朵蒸蒸日上的彩云吗？

载歌载舞三月三

陈崇勇

走在岭炳洋村绿荫浓密的畲族文化长廊里，阅读畲族的历史渊源，听下派村支书应清香介绍村里的情况，让我感慨颇多。从西汉开始的汉人七次入闽，改变了延平、闽北，乃至福建的民族结构，畲族从多数民族变成了少数民族，被边缘化。在主流的历史文化叙事中，已经很难找到畲族的相关记载。好在畲族在千百年来不断被边缘化、同化的过程中，仍保存有自己鲜明的民族特色文化。而延平区水南街道岭炳洋村距离城区约 20 公里，有 4 个自然村，总人口 1232 人，其中畲族人口 986 人，占 80% 左右，是延平区人口最多的少数民族畲族行政村。2010 年 10 月，岭炳洋主村受灾重建，建成了含有激情广场、畲族特色文化长廊等在内的畲族新村，2014 年被评为首批"中国少数民族特色村寨"。岭炳洋村是了解畲族文化的绝佳窗口。

如何充分发挥岭炳洋畲族村的特色文化，一直是村里的发展文旅融合、促进乡村振兴的重要抓手，而其中畲族文化的传承与展示是重中之重。岭炳洋村畲族特色文化资源丰富，有省级非物质文化遗产项目岭炳洋畲族山歌，市级非物质文化遗产项目延平畲族梳妆习俗等。

村里通过每年举办"三月三畲族文化节"来扩大知名度和影响力，打造以"文化畲族、宜居畲寨、生态畲园、艺术畲民"为一体的畲族传统民俗文化特色旅游村寨。

来到激情广场，"盘、蓝、雷、钟"四根图腾石柱高高矗立在广场的东南方，广场的西北面则站着三个女人。一个黑衣短发、年过半百，手扶婴儿车。另两个年轻些，一个身穿米黄色休闲装，一个身穿湖蓝色毛衣，在一起晒太阳闲聊。看到下派村支书应清香走来，她们打过招呼后聚在一起。三个女人一台戏，四个呢？她们无缝对接地商讨起十几天后将要举行的三月三畲族文化节这台大戏。三个女人都是"岭炳洋畲歌畲舞舞蹈队"的骨干，在文化节中表演多个节目……三月三畲族文化节，是畲族人的盛大节日，但普通的延平民众对此了解的并不多，我也一样，正好趁这次采访的机会补补课。

▲ 畲族人民唱山歌

应清香带我来到村部的畲族文化工作室，见到一位个头不高，头发花白，穿灰色上衣、蓝色裤子，貌似很普通的乡村老人，他就是省级非遗传承人雷茂发。雷茂发介绍说，畲族人能歌善舞，因为没有文字，把唱歌称为"歌言"，即以歌表言。一般称畲族山歌、畲歌，绝大多数是七言四句为一条。从前，畲族人在田间地头、山上林中劳动对歌，眼睛看到什么唱什么，现编现唱，歌词还会在脑子里变通。如男女谈情说爱，唱畲歌就是一个很重要的沟通手段。现在畲歌渐渐从日常的生产、生活中退出，转化为舞台表演性质的歌唱。只是给畲歌伴奏较难，因此一般都是清唱。他随手拿起靠在墙边上的锄头道具，示范起挖地的表演动作。接着他又说，像你这样的客人来时也要唱歌迎接："远路客人难得来，我们欢迎倒茶来。"他边说边唱起来，迅速进入一种兴奋的状态，而且中气十足，让我的耳膜忽然感受到一股股声浪的冲击，为之一惊。虽然我听不懂其中的唱词，但依然能够从悠扬、粗犷的唱腔中感受到岁月的沧桑！

雷茂发从旁边抽屉里拿出一本《延平畲族山歌集》，这是他历时多年创作、收集、整理"最延平"的、原汁原味的2864首畲族山歌，在2014年底印刷出版，是延平区首部较为完整的畲歌集。他又从中间抽屉里拿出一沓厚厚的手抄原始歌本，这是他近年来创作、收集的畲歌作品，又有数千首之多。他说，如果将来有机会重印畲歌集，再添加进去。桌面上还放着一张水红色的三月三畲族文化节的节目单，上面有一个节目是《畲歌：党的阳光照畲乡》，表演者畲歌传承人：雷茂发。看得出来，已经年近八旬的雷老仍在为畲族文化的传承表演而认真排练准备着。

岭炳洋村的畲族文化事业已经代有传人。从2013年开始，村民族小学持续开展"薪火相传·畲族文化进校园"活动，开设学畲语唱畲歌课程，雷茂发担任老师，让畲族文化的传承从娃娃抓起。经过多年的努力，畲族村的文化传承队伍已经形成梯队。像文章前面提到的在广场那位手扶婴儿车的女人陈金珠，就是畲族文化第二梯队传承人的代表，也是岭炳洋畲歌畲舞舞蹈队的队长。为了排练好表演节目，不管是刮风下雨，还是上了一天的班，她都带领队员在晚上坚持排练。一些年长的姐妹动作不到位，她就耐心地给予指导，直到教会为止，以保证演出节目的质量。虽然她现在已经年过半百，但在舞台上依然能够翩翩起舞。

村妇女主任魏兰英则是畲族文化第三梯队传承人的代表。早在2018年，她还是女村民代表时，村里将要举办三月三文化节，可会舞蹈的人不多，拟排练的竹竿舞跳不起来。村主任鼓励她说，你天天跳舞，要把村里的队伍拉起来。在一次村民聚会时，大家也说，兰英你去，我们都拥护你，支持你。在大家的鼓励下，魏兰英答应了。

俗话说，台上三分钟，台下十年功。竹竿舞也是如此。当音乐响起时，持竿者随着音乐的节拍，将竹竿一开一合发出有规律的碰击声；舞者则随音乐的节拍，一进一出，在竹竿分合的瞬间，敏捷地进退跳跃，潇洒自然地做各种优美的动作。竹竿舞看似简单，但真正跳好并不容易，特别是村民这样非专业的舞者。魏兰英只好带头一遍又一遍地示范，一个动作一个动作地纠正，很是辛苦。经过两个月的艰苦排练，竹竿舞终于完成。上台表演，观众的反映很好，4分钟的舞蹈节目，音乐动听、动作协调，成为三月三民俗文化节的保留节目。

畲族文化的发掘传承还得到延平区文化馆的大力支持。1958年，时任南平市（现延平区）文化馆馆长叶友璜就专程到岭炳洋村采风，对畲族山歌进行了保护性的录音。其中《劳动歌》《祖歌》等十多首收入《中国民间歌曲集成·福建卷》。2009年，岭炳洋畲族山歌被列入省级非物质文化遗产名录拓展项目，雷茂发成为省级非遗项目代表性传承人。区文化馆还指派专业人员，从谱曲、发音、表情、动作等方面协助雷茂发，每两周一次到村里的民族小学教孩子们唱畲歌，让畲歌得以代代相传。今年，为了三月三畲族文化节的顺利举办，区文化馆馆长徐巧红多次到村里现场指导节目的排练，对整场演出的节目进行统筹安排，还亲自撰写主持词，做了大量的工作。

在民俗馆内，有一张为解决临时用电问题的集资红榜值得关注。年初，下派村支书应清香和村干部带领志愿者，把民俗馆内部分地面水泥硬化后，村民自发捐款，共集资1160元，用于购买电线及电灯，并由会电工的村民义务安装好电路，极大方便了村舞蹈队在下雨期间

▲ 畲族文化长廊

的排练。一张小小的红榜，公开、透明，有出钱的，有出力的，收入、开支写得清清楚楚，是村民们齐心协力共襄盛举的一种方式，也反映出村民们对美好生活的向往和凝聚。

而这一张小小的集资红榜也从另一个侧面反映出岭炳洋村村财的窘迫。因为历史原因，当年林改分田时，把所有的山林、农田都分配给个人，村集体没有一亩田、一片林，村财收入几乎为零。因而虽然临时用电线路的安装只需1000多元，也只能由村民集资，村财却很难挤出资金提供更完善的设施。应清香在协调举办三月三畲族文化节活动，做好后勤工作时，对村财的困难有了更深的体会。她积极筹划帮助解决村财困难问题，利用自己下派单位市农业农村局带来的400万元项目资金，结合岭炳洋村地处城郊，交通便利的优势，拟在村集体用地上修建一座建筑面积近7000平方米建设仓储中心，用于出租，目前项目已在申报审批之中。项目完成后，预计每年可为村财增收10多万元。有了这份收入，就可以在支持畲族文化设施建设及技艺传承方面有更多的投入，为今后举办三月三畲族文化节创造更好的条件……

众人拾柴火焰高。转眼就到了农历三月三（4月22日），又是一个阳光明媚的日子，岭炳洋村的激情广场上挤满了欢乐的人群，身穿凤凰装的畲族演员们纷纷登台亮相，正式演出一个个精彩的节目……

少年红军文旅小镇——大田村

绿 笙

2023年4月15日，当我踏着石阶上的零星落叶前往大田村后山拜谒高传遴烈士英灵时，出村后山路边那棵威武的青杉碧绿如洗，无言伫立，如这座承接了烈士英魂青山的守卫。雨后晴空，正是暮春春笋疯长季节，破土而出的笋尖和已蹿出两人多高的春笋雨后拔节的声响深藏于山林之间。当然，在大田这片土地上，苏区时代枪声一直就在历史的天空回响，时时警醒人们历史相去不远，那些似被时间尘封的故事并没有逝去。现在，我伫立在高传遴烈士墓前，对着高传遴和那些牺牲在大田山水间的红军不朽英灵深深鞠了三躬。

苏区少先队，是中国共产主义青年团领导下的工农劳动青年半军事性群众组织，队员年龄为16—23岁，自1933年3月建黎泰三县少先队合编为建黎泰模范少先师以来，已先后配合建黎泰独立师打了几场硬仗。4月上旬，江西省军区司令陈毅到建宁前线视察工作时，专电向中央局、总司令部建议"努力扩大少先师，请改番号另编一师"，并提议调建黎泰军分区政治部主任高传遴任师政委，模范少先师加强了领导力量，人员也进一步扩大，对少先师工作提出明确目标。4月

21日，建黎泰模范少先师在新桥集体宣誓加入红军。

然而，正是少年红军们士气正旺之时，1933年5月15日晚，却发生了师长枪杀政委高传遴后叛变投敌的政治事件。当然，这个严重的事件没有动摇少年红军的革命信念，6月初，建黎泰模范少先师与建黎泰独立师一部合编为闽赣军区独立第1师，月底再次改编为红21师61团，继续在大田、新桥一带活动。革命的火种没有熄灭！后来，少年红军又编入东方军主力入闽作战，跟随红十军团北上抗日……

一进入大田村，村口的红军雕塑提醒我从这一刻就踏上一片红色的土地。瑞溪从峨眉峰奔涌而来，翻山越岭来到大田，也给了大田历史上的一个名字——瑞田。在那个风雨如磐的烽火岁月，这里是最早建立红色政权的区域之一，第四次反"围剿"期间成为泰宁最后一块完整红色区域。泰宁县委、区革委会（苏维埃政府）在大田建立党支部和革委会，大田成为红军主力纵横闽赣苏区的战略通道和军队休整、补充兵员之地。

此刻，瑞溪两岸迎风招展的"苏区模范少年先锋师"和"工农红军少共国际师"两面军旗，在猎猎作响中诉说着当年的少年红军故事。走过显然新建的"红军桥"，随行的当地乡政府领导告诉我，当年这座桥是一条简易的木头桥，两根硕大的木头架于河岸，少共国际师的少年红军们就从这座桥过瑞溪奔赴战场。

少共国际师，这是苏区时代与大田结缘的另一支声名显赫的少年红军队伍。它由中央苏区少年先锋组建而成，属中央红军。

历史似乎有意在大田制造这个惊人的巧合，前后时隔两年，两支少年红军队伍都在大田烙下深深的历史印迹，与少共国际师一样，建黎泰模范少先师的番号仅存120天。然而，这两支英雄的部队都在战火的淬炼中锻造出先锋少年、淬火成钢、信念坚定、英勇向前的可贵精神品质。史料记载，1933年5月，泰宁县提前超额完成中央局下达的创建少共国际师的任务，仅大田、溪口两区就扩大少先队组织190多人，编制成模范少先队两个连加入少共国际师。史料记载，大田籍革命烈士有54位，其中15位在湘江战役中牺牲。

正如当年少共国际师的红小鬼、开国将军肖华的诗所写："少年有志报神州，一万虎犊带吴钩。浴血闽赣锐无敌，长征路上显身手。"在大田流传着众多"带吴钩"虎犊少年的故事，红色邮递员廖庆良、勇跳"红军崖"的李火兴、年少的"老团长"杨功民、少年英雄叶开基、英雄虎胆邬兴汉，这些"带吴钩"的少年红军故事不仅留存史料里，成为流传于大田山水间的民间传说，而且展现在全国第一个，也是目前唯一一个以"少年红军"为主题的红色文化教育研学基地。

2017年10月，当大田村被三明市委党史研究室列入"中央红军村"起，大田乡党委、政府就开始在以红色苏区为底色的基础上谋划整个村的发展。依托大田苏区红色资源，

▲ 红军桥

大力建设"中央少年红军文旅小镇",围绕"一心一轴五区四节点"(一心:少年红军展览馆;一轴:中央红军村红色记忆;五区:游客综合接待区、红色革命文化展示区、红军农耕生产活动区、山地革命体验区、红色山林景观游憩区;四节点:大田区苏维埃政府旧址、红军革命烈士纪念园、少年红军礼堂、少年红军主题公园)总体布局,积极创建红色主题教育基地,保护红色文化资源、传承红色基因,做大做强红色苏区文化旅游产业。挖掘本地红色文化资源,向全乡百岁老人、老党员、老干部收集红色物件30多件,将少年红军文旅小镇打造与农村人居环境整治项目、旅游基础设施建设等重点项目紧密结合,把大田红色元素融入农房整治、路灯建设、景观提升和基础设施建设中。大田乡传承红色精神,开展"五访五帮五促"下基层大走访活动,完成路灯建设、污水管网改造、完全饮水等群众呼声较高的建设整改,创新集镇环境卫生保洁及垃圾清运模式,培育产业发展示范点,带动农户增收,增加村财收入。

走进整洁的集镇,只见一盏盏红军马灯悬挂街边,瞬间将我带入红色的情境之中。据乡领导介绍,大田乡的"红古绿"主题游、重走红军路、野外生存等体验项目正深入拓展,红军食堂、"红军粗粮"系列小吃、红色元素伴手礼等项目也在逐步开发中。同时,学校将红色文化融入校本课程,让青少年深切体悟当年的少年红军精神。而今,经过多年努力,一个以红色为底色打造的"少年红军文旅小镇"已初具雏形。围绕"中央少年红军"的主题,建黎泰模范少先师和少共国际师的故事正一步步从史料里走进现实,中国工农红军军旗雕塑、少年红军雕塑、少年红军文化主题墙绘,以及众多红色景观小品、文化景观长廊等文创项目,构成一幅宏大壮阔的图景。比如,"少年红军行军战斗"的主题墙绘就是以建黎泰模范少先师少年红军战斗为背景，结合大田苏区地理特点，融合山水林田等场景，以连环画形式生动再现少年红军奔赴前线，克服艰难险阻浴血奋战并取得胜利的故事。

就在这一刻，一组少年红军雕塑吸引了我的目光。这组少年红军群像共四人，一个扛着红旗，一个吹号，两个平端着枪。尽管少年红军因时代所限没留下影像，但我依然坚信当年建黎泰模范少先师和少共国际师真实的存在，因为他们一直鲜活地在史料里向后来人诉说着过往，他们坚毅的表情已被大田的山水铭记……

栩栩如生的少年红军雕像让我肃然起敬。这些"带吴钩"的少年红军高举红旗冲走向战场时，没有想到会为大田这块土地抹上最亮眼的"少年红"。铭记过往，是为了更好地走向未来，当我走进古色古香的"老街庭院"，似乎从中找到了答案。这条经设计师们精心构图打造的老街，整洁的街道处处突显出农耕时代古朴的乡村气息，那些石砌的墙，那些层层叠叠的黑瓦，以及陶土罐里袅娜生长的绿意，都在诉说着以红色为底色的大田努力让各种文化产生多元叠加的效果。那一丛绿植攀缘于黑瓦之间，悄然倾诉着步入新时代的大田正以一种五彩缤纷的面貌向前走……

在大田乡非遗文化传习所，我惊喜地与大田乡间顽强生长的乡愁迎头相遇。其中，蚯蚓灯、跳花灯、走马灯都列入了市级非遗保护项目。当人们在此沉浸式体验大田乡土生土长的非遗文化魅力时，对于那些过往的历史更有一种直观立体的认识。这一刻，从那条蜿蜒于墙边供人欣赏的蚯蚓灯，我感受到民间节日的狂欢。而别出心裁地将原来的供销社改造成"乡愁记忆馆"，则进一步集中展现当地的农耕文化、民俗文化、饮食文化，更有相去不远的供销文化。曾几何时，供销社的七尺柜台集合了人们对物资需求的梦想,针头线脑,一日三餐的盐油酱醋,供销社演绎的是一个时代的人间烟火。当大田乡的组织者将这些乡愁浓缩于小小的乡愁记忆馆时,我想,他们或许是在"大田少年红"之外,让人们品咂出生活的别样滋味。革命先辈们抛头颅洒热血,不正是为了后人的生活更加有滋有味吗?

大田村上墩自然村太和堂杨氏祖屋,凝聚了一个家族活色生香的生活。而这天因历史契机抹上这么一种特殊的红色,这座建筑古朴气派的老屋在岁月风尘中就有了更丰富多彩的意味,从它成为大田区委、区革委会(苏维埃政府)所在地、大田区革命委员会(苏维埃政府)驻扎地开始。

2023年4月15日,我走进太和堂大门,首先被左右两边墙上书写的大标语吸引住了。"苏维埃是穷人的政府;红军是工农自己的军队。""工农联合起来成立苏维埃政府;红军是中国民族和劳苦民众的救星。"当我仔细品味这些散发历史气息标语所蕴含的深意时,忽然想及此前刚领略过的非遗传习所和乡愁记忆馆,回望太和堂前展示的现代飞机、坦克、大炮,猛然理解了大田这个正以"少年红军文旅小镇"的姿态迎接八方来客的深层意味。在回望历史领略红色底蕴之中,让同样生长于大田的各种色彩组成立体的大田历史,让人们的生活更加有滋有味,这是这座行稳致远的红色小镇开放包容的最美姿态。

九仙花苑话变迁

——蕉城区九都镇九仙村的振兴故事

禾 源

他们是那场自然灾害的幸存者,他们是九仙村凤凰涅槃的见证人,他们是九仙村振兴的建设者,他们是同怀感恩共同唱起了"我爱畲乡好地方,高山泉水真清凉。泉水好吃讲不尽,吞落心头蜜共糖"的九仙人。

突如其来的灾难

1987年9月11日,天地昏暗,大雨滂沱,整整一天。这场雨让树木哆嗦,山体战栗,居住在山间九仙自然村的村民们一样感到心神不宁,寝食难安。可他们只能向天作揖,祈求风雨停歇。可就在这天夜里11点,一声巨响打破了夜的宁静,浑浊的黄泥水夹杂着山上的乱石滚落,大口大口吞噬着沿途的灌木和杂草,歇斯底里地张牙舞爪咆哮而来,茅寮、瓦屋有的被淹没,有的被掀向浪尖,上九仙村瞬间被山洪吞噬。

衢宁铁路蕉城区支提山站前广场管理委员会员工钟朱文说起这场灾难，悲从中来，他说："虽事过 30 多年，想起来依然心有余悸！当时真正是叫天天不灵，叫地地不应啊。到处是哭声、叫喊声，6 座房子被摧毁，31 人遇难。我家 15 人走了 10 人。当时我感觉天都塌下来了。还有一些村民说，这下要沦为乞丐了。"

关怀中重生

不可能会沦为乞丐，关怀总是战胜灾难。各级党委、政府对九仙村的灾情焦急上心，关怀迅速传导，汇聚到了九仙村，救灾、安置、善后处理，一件件，一桩桩，温暖了灾民的心，安定了灾难中的惊魂。政府引领着他们重建家园。建村没钱，财政拨出 10 万元；建村没地，山下云气村汉族村民主动将枇杷岗的 16 亩土地用于九仙村安置房建设，1988 年元旦，7 户受灾户 19 人迁入了新居。1988 年 6 月，习近平同志到宁德任地委书记，听闻九仙村正在灾后重建，春节前，他来到九仙村慰问受灾群众并了解他们的生产生活情况。当时慰问留下的照片如今就展示在九仙村的展示馆中。

村支部书记指着展馆中一处场景说，这个就是当年慰问场景的还原，习近平同志带来粮食，带来衣物，还说，上九仙要整村迁下来，那里不能住人了。他还嘱咐当地村民迁下来后，山上要植树造林，林多了，就不会再有泥石流。各级党委、政府便把九仙村畲民搬迁列入"造福工程"，云气村无偿提供土地建设九仙新村，至 1997 年，84 幢房子落成，安居落户 104 户、270 多人口，一个崭新的畲民聚居地就此落成，昔日低矮的茅草屋变成了宽敞明亮的砖瓦房，房前

乡村振兴福建故事系列　遇见和美乡村

种菜，屋后养鸡养鸭，畲族村民家中的烟火气又重新回来了。畲汉一家亲，云气村汉族村民慷慨让地成为一段佳话。

种植中发展

"植树造林，保护环境，重建家园"的寄语，是时任宁德地委书记的习近平同志两次进入九仙村走访慰问受灾群众时留下的。九仙村的畲民们，明白这句掷地有声话语的重大意义。他们从1989年开始，大面积植树造林，还留下谚语"树种山岗，竹栽湾"。村民说，年年种树，没有一年落下。如今九仙村后的支提山国家森林公园森林覆盖率高达94.35%。

九仙村的自古靠山吃山，他们说："砍柴扛竹换油盐，采茶养兔赚衣钱。"传统产业就是茶、果、蔬，可只能自给自足。可在1989年，地委书记习近平送了1万株茶苗后，这茶就有了万千前景，后九都镇又供给九仙村32

◀ 九仙村茶园

万株茶苗，九仙村茶园面积增大，这茶真正长了九仙人产业振兴的精神头。如今九仙村有茶园800多亩，村党支部领办专业合作社，吸收村内群众20多户以劳动力、土地、资金等形式入股合作社，目前合作社有茶园150亩。

村党支部围绕"生态农业+研学文旅+现代服务"产业融合发展，打造九仙村"九仙缘"公共品牌。实施"三改一提"，引入金牡丹、金观音、福鼎大白等茶叶新品种，实行无公害种植，推广"茶叶认筹制"，成立茶叶电商合作社，完善农产品产业链条，进而促进茶叶种植、加工、销售一体化发展。2022年九仙村农民人均可支配收入突破2万元，村集体经济收入连续两年突破50万元。

搬迁里腾飞

2011年，闽浙两省134位老同志去信请求将衢宁铁路项目纳入"十二五"规划并尽快立项建设，时任中共中央政治局常委、书记处书记、国家副主席的习近平为此作出两次重要批示。2013年11月，衢宁铁路项目正式立项；2015年9月30日，衢宁铁路宁德段开工建设。蕉城站点就建在九仙新村。2016年九仙村迎来了第二次整村搬迁，他们被安置到了高标准建设的现代化社区——九仙花苑。

这一次的搬迁是凤凰涅槃后的腾飞。九仙村以生态为平台，打造"山、水、林、园"和谐一体的宜居、宜业、宜游、宜科研的大平台。他们通过资源整合，把九仙畲村乡村振兴主题馆、云气诗滩、贵村传统古村落和洋岸坂村水土保持科技示范园科普馆等文化旅游资源打造了一个能助力腾飞的大平台。

▲ 九仙村"三月三"畲家文化节歌舞

　　九仙村有了这个大平台，便以科技和畲家风情文化锻造出腾飞的双翅。他们结合茶产业的发展，建立茶叶精加工生产全链条的同时，致力于农旅研学结合发展路子；还针对果蔬种植、安全生态水利建设等建立研学基地。2021年1月，国网宁德供电公司前来与其签订了共建协议，共同打造蕉城"九仙花苑"小区电力特色示范点，推进光储充一体化项目、能源服务站、5G共享铁塔等建设，成为智慧能源示范小区、乡村振兴样板，他们用激情书写着新的历史，科技为腾飞插翅。

　　助力腾飞的另一只翅膀便是畲族风情文化，九仙村为"中国少数民族特色村寨"，畲族人口占比超过65%，畲家文化代代传承。九仙花苑从大门石坊，到花苑墙上壁画，再到凤凰广场舞台等建设，都饱含着浓郁的畲家风情，通过三月三畲族歌舞节活动引流，通过畲族特色饮食产品开发拓宽产业渠道。建立畲村乡村振兴主题馆，全面展示畲族文化、畲族乡村振兴中历程，展示畲族文创产品等。畲族文化在活态中传承，在传承中成为九仙腾飞的一只翅膀。

　　凤凰腾飞，就要有扇动翅膀的动力；凤凰腾飞就要有能飞高致远的大脑指挥。九仙村腾飞的大脑与动力就在党建中，九都镇党委加强领导，创新性地走出"点、线、面"结合的立体化共建共治模式，建强中心村党委，发挥党建主心骨作用。九仙村支部在中心村党委的引导下，发挥村党支部战斗堡垒和党员先锋模范作用，认领经济联合社，探索推行"党组织＋经联社＋企业＋农户"的发展模式，凝聚村集体、群众、企业等各方力量，带动经济发展。例如：通过租用"九仙花苑"安置小区一榴（户）低层独院式住宅建设九仙农家乐餐饮示范项目，由党员能人领头承包经营，从而引领村民办好餐饮业，现已投产经营可容纳100人就餐规模的畲家韵味农家乐餐饮示范点。开展九仙村民宿改造项目，租用小区内闲置别墅进行民宿改造，既解决研学团队和游客住宿的问题，又增加村经济收入，还促成文旅融合的发展……

　　村主任说："如今九仙村天天都有客人来，真忙不过来。"

▲ 九仙花苑全景

是的，九仙村天天有客人。生意洽谈，项目落地，研学活动，水汶科考，畲家文化挖掘……一拨接着一拨。村里经营小杂货店的姑娘说，九仙全村220户，常住人口也就780多人，如今客人比村里人还多，真的是天天"三月三"。

我跟着村干部在九仙花苑里慢慢走着，看着别墅群一般的九仙花苑家家新舍，想起两度搬迁，九仙村确实是凤凰涅槃。从上九仙村到九仙新村再到九仙花苑，这一路走来，确实种下党建的初心，绽放着畲汉一家亲的芬芳。蓝蓝的天上，飘着白云，整洁的村道映着镇、村党员干部的身影，萦绕在田间地头的是清风，风中传来的是那首"畲家振兴铭党恩，反哺家乡情意真"的畲歌。

绿满乡村，农耕文旅谱新篇

陈海容

随着改革开放持续纵深推进，在长泰这座地处厦、漳、泉三地接合部的美丽的"田园风光生态小城"，经济发展如火如荼，田园大地如诗如画。这片美丽宜居的大地，有一颗璀璨的绿色明珠镶嵌其上，它就是漳州绿港园生态农业有限公司。

绿港园所在的陈巷镇雪美村，农业基础较好、土地流转好，农民专业合作社呈现出多个典型。绿港园就是其中的优秀代表之一，通过

▲ 2020年第四届绿港园田园朗诵会

推广"亲子、研学、农耕"三大名片,持续打造"田园+艺术"独特的企业文化品牌,获评全国青少年农业科普示范基地、省四星级乡村旅游经营单位。

"田园+"模式,激活新型农业

走进绿港园,你不经意间地一回眸,就会发现这里的四季芳菲正等着你来游览一番。

这里,种植着一株株高大的莲雾、一片片芭乐树、一排排玉米、一畦畦四时果蔬。远处有一排排大鱼塘,有"闽南都江堰"之称的十五户陂的河水环园流过。这里,还开辟出农产品种植区、童趣乐园、青少年农业科普成长营、休闲农业体验区等园区,提供绿色有机生活体验、亲子教育活动体验,让孩子在大自然中流露童真、体验童趣、收获知识。

成立于2014年的绿港园走过了9年的风风雨雨,取得如今的规模,并非一帆风顺。2015年正当绿港园的水果投产时,由于气候影响和栽培技术存在问题,莲雾预计年度可产5万斤,结果仅仅产出2000斤,其他农产品亦是如此。农业面临的自然风险、市场风险和技术风险该如何应对和规避?现代农业如何崛起?新型职业农民如何转型?面对农产品低产、产业链不完善、后续资金匮乏等困境,绿港园急需寻找一条突围之路。

为突破农业转型升级的困境,绿港园创办人杨全才三番五次请来台湾农业技术专家为农产品把脉问诊,还到全国各地遍访100多个农业基地学习先进的农业技术和管理经验,引进了一批农产品进行种植。一年来，杨全才反复思考着：打造什么样的景点，游客才能喜闻乐见呢？

正当杨全才苦思冥想转型升级时，一位小游客和妈妈的对话传入了他的耳畔。

"妈妈，猪长什么样子？"

"妈妈，为什么我们在家里吃的鸭子没有长羽毛，这里的鸭子都有长羽毛？"

一语惊醒梦中人，这些对话让杨全才察觉到中小学生在综合实践教育课程上的短板，中小学生缺少深入田间地头进行研学和实践活动。于是，他积极与各教育部门研讨中小学综合实践课程的设计和开展，将农业生产和亲子教育相结合，让学生在自然的田园中边学边玩。他理出了把文化和教育融入绿港园的产业升级发展，结合把绿港园建成一个融研学活动与实践体验、现代农耕与田园文化为一体的新型休闲生态农场的思路，以此缓解了单一农业风险大，投资时间与生长周期长的难题。

在杨全才的精心策划下，一项项有趣的游玩项目获得游客们的屡屡点赞，小猪跳水、奶嘴喂鱼、近距离喂羊驼、开心蹦蹦床……这些活动成为小朋友们的最爱，也成了网红打卡活动。

绿港园紧跟时代潮流步伐，将农时节气的感受、农耕科普的亲历、果园采摘的体验相结合，以打造集绿色农产品生产销售、农业科普教育、绿色生态餐饮、绿色果蔬采摘、亲子农耕、线上电商平台、研学旅行等项目为一体的现代体验式生态休闲农业观光园，既能提升孩童的农业知识，又能提升农产品附加值，让古老的田园农耕民俗和现代生态农业文明在绿港园得到传承和发扬，走出一条切实可行的转型之路。

开展农节活动，传扬农耕文化

从远古先民击壤而歌，到 3000 多年前甲骨文"年"字以人负禾表示丰收、收获之意，再到古代天子在春耕前举行的"籍田礼"，祝愿五谷丰登、六畜兴旺、风调雨顺、国泰民安的传统习俗一直绵延不绝。2018 年 9 月 23 日，首个中国农民丰收节经党中央批准、国务院批复，每年的秋分日被确定为中国农民丰收节，更具有划时代的意义。

绿港园把传统农耕与现代农业紧密结合，紧跟时代步伐，以举办丰收节，大力弘扬祈盼丰收、欢庆丰收的中华优秀农耕文化传统，彰

▲ 秋收割稻

显乡村价值，营造全社会关注农业、关心农村、关爱农民的浓厚氛围。一场场别开生面的农节活动在杨全才的策划下，有声有色地在绿港园大地上举行。绿港园连续举办了丰收节、开耕节、田野撒欢节等田园文化活动，还把二十四节气主题文化结合到田园诗会、暑期夏令营、非遗一台戏等活动中，在田园里打造了一道道诗情画意的乡村田园文化风景线。

开耕节又称"春耕节""农事节"，是农耕社会春日里最重要的一个仪式。开耕节之后，一年播种、耕耘、丰收的农事正式开始。为了让城里长大的儿童们能亲身体验农耕活动，每逢春耕时节，绿港园都会组织来自周边地区的几百名游客进行春耕亲子活动，在田里体验插秧等农活，让孩子们在绿港园里拿起锄头和镰刀，亲身体验劳作的艰辛和乐趣，品味农耕文化和田园生活，真正做到寓教于乐的体验式学习。风筝节也是孩子们兴趣满满的活动项目，通过举办风筝节活动，让孩子们了解风筝的历史、学习风筝的制作、体验放风筝的乐趣。

2018年以来，绿港园年年举办农民丰收节。农民丰收节除了载歌载舞欢庆丰收外，还将传承长泰非物质文化遗产的匠人们汇聚一堂，组织闽南传统戏剧如木偶戏、歌仔戏，现场技艺竹编、古琴表演等多个长泰本地非遗项目进行演出，与观众一同庆祝中国农民丰收节。

一场场农事活动吸引着众多游客前来体验，也让绿港园很快地声名鹊起。杨全才介绍，疫情前绿港园在春节期间日均游客量达1300人次，年游客总量达5万人次，在高峰时期员工达80多人，为当地的村民提供了就业机会，也带动周边同类农产品的价格提高了10%以上。

田园文化，绚丽多彩

绿港园高度重视农业与田园文化的融合，以生态农业为基，以文化为魂，以田园为歌，打造契合绿港园的文化氛围，推动田园文化活动更上一台阶。

说起田园文化活动，绿港园可谓是现代田园文化的先驱者之一。从 2017 年开始，绿港园致力于推广田园文化活动，连续 5 届举办以"秋天的赞歌"为主题的田园诗歌朗诵会，以田园和诗歌的名义，让诗歌的激情与田园的丰收喜悦碰撞，一场场田园诗歌朗诵会、田园音乐会、田园经典戏剧晚会，使绿港园田园文化活动更加多姿多彩，绿港园田园文化形成了"田园+诗歌""田园+音乐""田园+戏剧"的"田园+"品牌特色，田园文化活动也成为绿港园特有的企业文化名片之一。为打造绿港园"田园+艺术"独特的企业文化品牌，绿港园从 2021 年的秋季开始推出以"春之声、秋之色、夏之韵、冬之诗"为主题的田园四季文化艺术节活动。在迎接中国共产党 100 周年诞辰之际，绿港园启动了情境朗诵剧《走近谷文昌》创作和经典戏剧《于无声处》排演，首届"绿港园·田园戏剧"活动以此发轫，《蔡文姬》《于无声处》《蠢货》等经典戏剧搬上绿港园广阔的田园舞台。通过把经典戏剧带进田园的新尝试，让游客既能享受山水田园的乐趣，又能在稻浪翻波的田园上近距离感受国内外经典戏剧的魅力，推动绿港园田园文化活动跃上新的台阶。可以说，绿港园是"田园戏剧"当之无愧的拓荒者！

每次举办田园朗诵会，区委宣传部、文旅局、陈巷镇政府等地方党委、政府都给予大力支持，长泰区作家协会、古农农场商会、漳州南山书院、漳州"美丽人声"朗诵艺术团等社会群众团体参与精心策划，福建日报社、闽南日报社、漳州电视台、漳州人民广播电台、漳州新闻网等新闻媒体都专程进行报道，众多社会名流、朗诵爱好者以及热心的观众纷纷从四面八方赶到绿港园，参与和见证了绿港园田园文化活动的一次次成功举办。杨全才告诉记者："让人们回归田园，将文化艺术与农业生产结合，让爱国之情和爱土地之情交融，这是我的初心！"

经过多年努力，绿港园的田园文化活动打造了一道美丽的田园文化艺术风景线，真正实现乡村休闲旅游回归自然价值。我们期待着，绿港园田园文化之花开得更加绚丽！

耕海养海进行曲

杨国栋

一

天苍苍，野茫茫；浪涛飞，海水漂……

站在福建省连江县筱埕镇官坞村空旷辽阔的大海边，静静地观赏惊涛骇浪掀起千堆雪的壮观画面，一种豪迈与旷达在我心中油然而生。近40年前，我与友人曾经到过这里采访，看见贫困如同一条绳索一般，死死地缠绕在面如菜色的饥民们身上。20世纪80年代中期，官坞村还是一个远近闻名的贫困渔村，每年渔民人均收入仅为150元，村集体负债5.6万元，村民收入全靠种地瓜、海带养殖。官坞村当地民谣曰："有脚不踏官坞角，有女不嫁官坞男。"其实，官坞村的男人也是大汉，官坞村的海域也有黄金。经过一番奋斗打拼，官坞村一定会将贫困的落后帽子甩到这一望无际的大海里！

望着村前这片波浪起伏、汹涌澎湃、高歌猛进的大海，我和友人曾经问过村里的干部，难道官坞村就这样贫穷下去吗？难道认同"铁铺里的钻子——挨打的命"吗？不！村干部回答说，我们也是海耕者，我们也有大海一样的坚硬性格，也有大海一样的胸襟，应该培育大海一样的眼界，跟上时代发展的坚硬步伐，紧紧抓住这里盛产海带特产的优势，将海带做成村里最大的产业！

从这时开始，浩瀚无垠的大海养殖事业发展，已然成为官坞人生命中的隐喻，也是他们一生无法挣脱的情感濫觞。

有了坚强的信念和意志，还必须有一个符合官坞村实际发展的思路。这个思路，对担任村"两委"的干部们来说就是向家门口要经济、要效益的海上"海带战略"。

为此，村"两委"干部几经开会讨论、考察和论证，决定办一个海带加工厂，既能解决海带增值问题，又能带动海带养殖规模的进一步扩大。经过努力，1995 年海带厂终于办起来了。然而，村干部们在支部书记的带领下，将一包包加工好的海带投放市场之后，却没有几个人愿意购买。善于思考、不怕失败的官坞村掌门人执着地带上几位村民，进入省城各大宾馆、超市进行推销，依然一次次遭到拒绝。具有迎难而上的气质性格且永不言败的班子成员们并不气馁，只是改变了官坞村销售海带的方

▲ 官坞海带

式，采用招聘专业推销人员的办法继续进行推销。这就应了商场上那句名言：把专业性的活儿给专业人士去干。果然奏效。很快官坞海带传遍大江南北，不但占领了福州市场，而且还打到闽南地区及外省市场。

这时，官坞村人想到了那个时代的一个热门词：包装。果然，经过包装后的官坞海带，销量持续扩大，紧接着台商来了，港商来了，美、日、韩客商也来了，官坞海带风靡世界各地。官坞村仅海带一项，每年出口创汇达数百万美元。

二

栉风沐雨，破难前行，一路高歌，是官坞人风风火火干事业的特点；敢为人先，敢冒风险，敢于大胆拍板决策，则是曾经有过军旅生涯的村支书林哲龙那大海般性格的延伸。官坞村上了年岁的老人们记忆犹新，在那个新一波改革开放浪潮席卷神州大地的20世纪90年代初，林哲龙为了改良官坞海带品种，拍板决策，将难有发展前景的官坞海带苗，义无反顾地抛去，坚定不移地走进山东海域养殖海带的渔村，引进优质的种苗到官坞村。考虑到天候、气象和路途时间过长，会给引进种苗带来伤害与品质降低等影响，他决定出资50万元，包机直接将海带种苗运回官坞村，投入海带水域。跟随的村"两委"其他干部表示反对。他们说，购买海带种苗花费很多资金，现在包机花费50万元，村财如何吃得消？

面对班子成员的质疑，林哲龙耐心细致地做好思想工作，告诉大家这样做也是迫于无奈。娇贵的海带种苗如果在规定时间内不能放入官坞的大海，品质将受到严重的伤害。这就如同军队打仗必须占领战场制高点一样。只要保住了引进海带种苗的品质，投入生产后就有50万、500万、5000万、5个亿的回报。这本账怎么算都是划算的……

不理解的村"两委"干部听进去了。林哲龙又冒出一句："搞生产建设也好，做生意也罢，不能有'小农意识'，也不能有井底之蛙的短浅目光。"

敢为人先的村干部，还是在20世纪90年代初期，就开始谋划以大海海带养殖为主业，富有创意地开展多种经营，目的就是增加村民们的收入。于是，海洋开发公司、海带开发公司、海带研究机构等，应运而生；公司董事长、公司总经理、股份公司等新的叫法，不断冒出。

有了头衔就要敢于担当，勇于作为，干出成绩。在组织经营上，村干部经过多次讨论研究，进行了一次颇具特色的创新，被大家称之为"小组核算，联合体承包"。具体的实施运作，就是把原有600多户单独生产的农户，组合成53个联合体，实行"分工作业，统一管理"模式。这个模式产生了积极的效果，形成了全村你追我赶、争做贡献、争创业绩、增加经济收入的新风尚、新局面。官坞村的知名度获得提升，领头人林哲龙的名声传遍连江、福州、省里乃至全国。

多年来，官坞村的水产养殖规模逐年扩大，由原来的单一养殖品种海带，增加到养殖紫菜、龙须菜、牡蛎、鲍鱼、多宝鱼等20多种；面积由1984年的446亩发展到6000多亩，穷村变富村的愿景得以实现。仅海带养殖一项，全村渔民人均年收入达1.2万元，全村有80%的渔户养殖海带年收入达5万元以上，60%的农户养殖海带年收入达10万元以上。

三

如今，走进官坞村部清新亮丽的大厅，首先映入眼帘的便是习近平总书记题写的话语："既要靠海吃海，又要养海耕海。"根据总书记的指示精神，这些年来，村里老领导和新任官坞村党委书记林丹，带领大家持续进行近海海带、鲍鱼、黄鲍、绿鲍等的绿色生态改进建造，开启科技兴海创新驱动；与福州市海洋与渔业技术中心合作，建立具有绿色风情风味的试验推广基地，投入资金维护官坞海域的绿色生态保护，避免了官坞海域环境的污染。

从前些年开始，原来生产海带种苗的北方大海，尤其是黄海以北，如山东等地养殖海带、鲍鱼的产业渐渐凋零；养殖辽参的大连基地等，也开始日渐式微衰减。异军突起的中国东南沿海连江官坞，通过数度春秋高科技试验，培育出了让世人刮目相看的海带、鲍鱼，超越了前人的最新技术，发生了部分海产品北弱南强的位移。

人们还清楚地记得，20多年前的福建连江官坞村，花大价钱到山东、大连等北方地区取经学习海带、海参、鲍鱼养殖技术，如今掉了个头，山东和辽宁等地的从业人士，纷纷前来连江官坞学习取经；即便是邻省的广东省老大哥，也派出专业技术人员前来参观学习。这样的180度大转弯，佐证了官坞村站在国内海带、鲍鱼等养殖业前沿的雄厚技术、产业发展实力，以及前卫科技和经济增长前景。一批技术人员也被称誉为科技型、专家型海带育苗的行家里手。

尤其值得一说的是：官坞渔村还十分重视人才的培养和引进，高度重视前卫海上养殖和科研人员的合作交流，在引进一大批专业技术人员后，建立了属于自己的实验室。在乡村振兴战略的时代背景下，经过多年同福州大学等科研院校的通力合作，建造了技术含量极高的绿鲍原种子代产地，持续开展了攻克难关的研究与冲刺，"科技赋能"一词也在官坞村村民嘴边冒出。

据了解，目前世界上只有美国加州和中国福州官坞村，才有绿鲍原种子代产地，足可见官坞村水产品研究、繁育、生长、销售所占据的制高点有多么高。

2012年，官坞村自行研究成功的海带"黄官一号"，非常荣幸地被农业部评定为全国水产原良种。自主研发培育的海带苗，供应了全国9个省、4个国家（韩国、日本、俄罗斯、朝鲜），占全国总量的30%，成为全国最大的海带种业基地。每亩产量高达20至25吨，比原先增加2至3倍，亩产增加1万多元。

2015年，在坚持创新做种业理念的支撑下，官坞村的领头人带领大家积极探索，不断深化与国家级、省级科研院所和高校的科研合作和联合攻关，培育出"黄官一号""黄官二号"海带新品种和相关新品系。

近年来，官坞村党委带领公司员工，在持续完善海带种业创新与产业化的过程中，也在积极探索鲍鱼种业的创新发展之路，创建了以"福鲍"为品牌的鲍鱼种质资源库，保护好绿鲍8个家系和红鲍原种，加大力度开发福鲍系列良种，增加优质鲍苗的供应量，满足了市场需求，也让官坞村民赚了个盆满钵满。与此同时，官坞村集体获得农业农村部科学技术进步一等奖等十多个国家和福建省的奖励表彰！

如今，绿鲍、红鲍、黄鲍、黄官一号等系列产品，经过多年的打拼攻关，获得成功，如山花烂漫，香飘世界。

让美好生活的理想照进现实

苏水梅

初夏时节，走进诏安县金星乡院前村，清脆的鸟鸣声不绝于耳，蝉一声叠一声地叫着，整个村子生机盎然：水泥道路宽敞整洁，家家户户的楼房各具特色，新建的公厕、清澈的池塘、闽南特色的凉亭以及房前屋后的鲜花和果树，把村庄连缀成一幅美丽的乡村风景图，向人们诉说着诗和远方的故事。

曾经，院前村内生动力不足，种果蔬、捕鱼虾都不成气候，村里的年轻人纷纷外出求学，或是背井离乡外出打工，村子里年轻人少了，空心化严重。近年来，院前村变化很大，先后有100多位年轻人回到院前村，经过大家的共同努力，九成以上的村民都搬进了新房。村民们凝心聚力，"念好乡村振兴致富经，传好乡村振兴接力棒"，让美好生活的理想一点点照进现实。

虾池成了聚宝盆

手握接力赛第一棒的是陈洪杰，作为诏安县金星乡院前村的村支书，他深信随着乡村振兴战略的稳步推进，会有越来越多创业青年带着经验、资金、技术返乡创业。30年前，陈洪杰是第一个回到村里创业的年轻人，如今他依然忙碌，用自己的实际行动带领乡亲们致富，激励更多农村实用人才、大学生投身乡村振兴。

陈洪杰早年外出打过工，也经商过。他是第一个回村的年轻人。回首30年前的往事，陈洪杰依然觉得当初的决定很正确。因为在外面做过海鲜生意，觉得回乡养虾能挣到钱。陈洪杰靠着浅海人工养殖挣到了第一桶金。2003年，村民们一致推选陈洪杰为村支书，他和几个陆续回村的年轻人搭班子，带领村民们共同致富。陈洪杰心里一直有着很朴素的想法，村子靠海，优势产业就是养殖，只有把这个基础打牢了，才能做更多的事情。

很快，村里召开了村民代表大会，大家出主意，最后决定把700多亩的浅海滩涂建成养虾池。好消息传到了不少在外打工的乡亲们那里，一些年轻的力量开始返乡投入养殖行列。他们年富力强、见多识广、懂经营。养殖缺少资金，他们想方设法帮助村民们去贷款，千方百计把养殖基地建起来。有的村民技术欠缺，他们不断地讨论交流提升养殖技术，还组织村民们外出学习养殖。村里连接虾池的路修好了，养殖品种增多了，养殖技术升级了，功夫不负有心人，经过村民们十多年的埋头苦干，虾池成了聚宝盆，村民们摆脱贫困，富了起来，院前村成了诏安县的养虾专业村。

芭乐成了网红品

最近，院前返乡创业青年陈晓冬带着一颗颗金星芭乐在国内各大城市参赛参展；2020年，央视《焦点访谈》栏目专题报道了院前村；2022年，央视《味道》栏目以《看老乡，咱们村的年轻人》为题记录了金星芭乐的鲜活故事。

这颗"有文化的芭乐"的故事还要从2015年说起。当时有村民托陈晓冬帮忙销售芭乐，乡亲们辛辛苦苦种出来的芭乐1斤只能卖0.4元，这让陈晓冬很受触动。为了改变家乡果农的困境，陈晓冬毅然放弃了年薪十多万元的工作，决定与爱人携手回乡创业。

刚开始，陈晓冬夫妇只种了42棵芭乐。为了改良品种，他们和80岁的老外公天天起早摸黑在地里研究，套袋、滴灌、掐枝头、采摘，每一步都拿手机拍照，做好记录。不久后，陈晓冬夫妇请了农业专家来到村里，研究芭乐品种的改良。改良后的芭乐个头是老品种的3倍以上，肉多皮薄，香味非常浓，他们给新品种取了个好听的名字叫作"哈根达斯芭乐"。尝到种植新品种的甜头后，陈晓冬加大了开发力度，

▲ 网红芭乐直播进行中

先后开发出西瓜味、奶油味、草莓味等 30 多个口味的新品种芭乐，吸引了越来越多的消费者。

刚回乡时，村里的电商几乎是一片空白。陈晓冬就想着要在网上销售芭乐，也帮助村民们卖其他农产品。她的"陈老师芭乐"已经是淘宝网红店，她也成为阿里巴巴农村淘宝的金牌合伙人。热爱抵万难，虽然经历了很多困难，但能够帮助乡亲增加收入比自己挣了钱更开心。陈晓冬动员村民们跟她一起种新品种的芭乐，成立了芭乐合作社。掌握了技术的陈晓冬夫妇帮扶村民实现标准化种植，改进水肥一体化的滴灌设施，让农产品接轨电商，带动村民共同增收。

2018 年，陈晓冬被推举为村里的村"两委"班子成员。2019 年，经过五代改良的"陈老师芭乐"种植技术趋于成熟，陈晓冬成立了诏安县晓丰农业科技有限公司。近几年来，陈晓冬负责参赛参展、对接资源和农户，她的爱人则专注电商运营。二人各司其职，逐渐改变着村民们的种植方式和理念。他们不断将新技术与村民共享，带领大家奔走在乡村振兴的大道上。

为将芭乐新品种推向全国市场，陈晓冬参与筹建了"农村之声电商联盟"，号召全国有兴趣的农户参与新品芭乐推广，并借助社交平台、网红直播等传播形式塑造"陈老师芭乐"品牌。近年来，陈晓冬团队帮助金星乡周边 22 个村的合作农户种植新品芭乐，农户收入也因此增加了不少。越来越多的农户主动参与到新品芭乐项目里，他们创办的诏安县晓丰农业科技有限公司被福建省农业科学院列为产业技术创新服务基地。他们也先后收获了"全国最美家庭""福建省巾帼好网民"等殊荣。

传好创业接力棒

在农村广阔的天地间，有许多像陈晓冬这样的新型职业农民，他们怀揣梦想，在田间地头挥洒青春汗水，带领村民走上致富路。院前村的陈培勇就是其中一个。他从小就跟着父亲养虾，后来上大学学的也是水产专业。大学毕业后，他也曾经在外打工，做过业务员，经过深思熟虑，他还是决定回家乡发展。陈培勇回到家乡，和家人承包了村里两口养虾池。陈培勇总结出经验，养虾主要是调好水质，父辈养虾，有时水质没调好，天气变化水变了，虾就不吃料，慢慢地死掉。因为受过专业的学校教育，又善于学习，他学会了用菌群调节水质。

年轻人习惯于有问题找网络，打开搜索引擎和社交平台，马上就能和全国的养虾人对话，技术几乎是免费获取，饲料和设备都网购，快递送到家里，这就比老辈人大大降低了成本。在网上了解到养虾池可以混养鱼苗，陈培勇走出去学习了一年，学习鱼苗孵化的技术。学成归来后，他开始孵化鱼苗，放在自家的虾池里混养，一年下来，一亩虾池可以多赚一万多块钱，这项技术很快就在村里推广。

陈晓冬的微信签名这样写道："一个乡村逆行者，带着一群60后'青年'创业，种一棵有文化的芭乐。"她的朋友圈还有这样的分享："开上小火车来巡山，在芭乐园里穿梭，林下芳草萋萋……""奶油芭乐皮薄如纸，采摘的阿姨像对待婴儿一般，轻拿轻放，多重保护……"陈晓冬是个爱学习、善思考的人，她深知她和她的团队之所以能"少走很多弯路"，除了在田间地头做研究，还得到了科研院所、农业专家及政府的大力支持，她心中始终充满了感恩之情。

"我们这代人成长在春风里，我希望自己也能成为一股暖流，温

▲ 培养农村电商销售人才

暖乡村振兴路上的乡亲们。"在接受央视采访时，陈晓冬深情地说。返乡创业以来，陈晓冬团队带动3000多名留守妇女就业，还时常组织农户参加电商培训、新型职业农民培训等，培养了越来越多农村电商销售人才。同时，陈晓冬与其他返乡创业者组建起诏安县青年创业协会，还担任福建省人社厅创业导师，助力乡村振兴。在她的带动下，越来越多的青年人返乡成为新型职业农民，在乡村的广阔天地里一展才华，书写属于自己的创业故事。

院前村民的腰包鼓了，村里小伙子在外面娶的媳妇愿意回村生活了。李美文是江西人，在深圳打工时和院前村的许德坤相爱结婚。2015年，两人回家乡生活投资办了一个农场。几年工夫，辛勤劳动有了丰厚回报。2018年，李美文家花了几十万，盖起了小洋楼。院前村民的视野更开阔了，村里的上了年纪的老人在村里的作坊里，做手工玩偶，每天也能挣了几十元钱。她们老有所为，靠辛勤的劳动获取妥帖的日常，把勤劳致富的民风代代相传。农村天地宽，创业正当时，新一代年轻人扎在院前村，为产业振兴注入了活力。人们有理由相信：院前村将越变越美，越来越有希望……

逐梦田园　美丽蝶变

遇见和美乡村

南国葡萄之乡的领航船

唐 颐

癸卯年盛夏季节，驱车前往福安市赛江沿岸，不知不觉驶入一道壮丽景观之中：高速路两旁白色大棚逶迤数十公里，万亩葡萄"海"蔚为壮观。登高俯瞰，象环村似乎飘荡在"海"中央，宛如一艘领航船。我对自己的"发现"颇为得意：这30多年以来，象环村不就像"南国葡萄之乡"的领航船吗！

回顾这艘领航船的"下海"历程与乘风破浪之旅，眺望前方征途，不忘初心，砥砺前行。

第一个吃螃蟹的人

有一组统计数据让人赞叹：至2022年，福安市葡萄面积8万多亩，产量10万吨，全产业链产值25亿元。葡萄产区遍布全市17个乡镇257个村庄，3万多农户从事葡萄生产，近20万人的经济收入与葡萄产业息息相关。"福安巨峰葡萄""溪塔刺葡萄"被认定为国家农产品地理标志，获得原产地保护。福安市被授予"南国葡萄之乡"称号，

▲ 央视"心连心"艺术团小分队走进象环葡萄园

被葡萄业界人士称之"北有吐鲁番，南有闽福安"。

但谁能想到，而今的"百里葡萄海，万民致富源"，39年前是从6亩地开始试种的，而"第一个吃螃蟹的人"就是象环村农民陈玉章。

20世纪80年代，随着农村联产承包责任制的落实，广大农民生产热情高涨，纷纷把聪明才智投向"希望的田野"。象环村民陈玉章，先是买了一辆货车跑运输，经常跑山东烟台一带，喜欢上当地的葡萄，顺便捎回给亲朋好友尝鲜，但因路途迢迢，车辆颠簸，葡萄几天后不新鲜了，他就萌生了一个念头：如果家乡能种葡萄就好了。

1984年冬春之际，陈玉章约上3个村民，从福建省农科院地热所引进巨峰葡萄种苗,种在4家共6亩承包地里。经过一年多精心呵护,翌年结出少量果实,引种获得成功。之后,产量逐年提高,价格每公斤达4元以上,亩产值超过4000元,与种水稻相比,取得从未有过的高效益。

陈玉章等人引种巨峰葡萄取得成功,打破南方不适宜种植葡萄常理,从此改变了本地单一水稻种植的农业生产模式,开启了福安葡萄种植新篇章。

走出一条发展大农业的路子

1988年,时任宁德地委书记的习近平到福安调研,指出闽东这只"弱鸟"要丰满羽翼,必须在农业上下功夫:"小农经济是富不起来的,小农业也是没有多大前途的。我们要的是抓大农业。"他在《摆脱贫困》的《弱鸟如何先飞——闽东九县调查随感》一文中指出:"要有比较明确的脱贫手段,无论是种植、养殖还是加工业,都要推广'一村一品'。福安县后洋村(注:即甘棠镇过洋村)抓巨峰葡萄种植就使全村人均收入达800多元,摘掉了贫困的帽子。"

地委书记肯定种植巨峰葡萄是脱贫致富的一条好路子,极大鼓舞了象环村民的热情。1987年至1990年,福安形成以象环村为中心向外发展的生产局面,葡萄种植逐步在赛江沿线村庄发展起来,范围不断扩大,每年都有大幅新增面积,至1998年,福安全市葡萄面积达1.6万亩,形成了产业雏形。

标准化种植是产业基础也是关键

那天,我在象环村"南国葡萄博物馆"参加座谈会,与会人员大多是市葡萄协会成员,他们回顾从20世纪80年代末开始的葡萄产业发展历程,争相发言,如数家珍,如:推广避雨设施栽培、大棚升级改造、果园设施提升、有机肥代替化肥、智能化水肥一体化、疏花疏果、控产提质、果实套袋、组织技术交流与培训工作、培养大批乡土人才与种植能手,等等,桩桩件件,记忆犹新。

还有可圈可点的,如:福安葡萄标准化种植得到中国农学会葡萄分会高度肯定。2000年7月,专题在福安召开了中国南方地区第二次葡萄学术研讨会,并授予福安市"南国葡萄之乡"称号。又如:2004年,"福安葡萄产业化关键配套技术研究"获省科技进步奖,2006年,福建省技术监督局发布实施了福建省第一个地方行业标准《巨峰葡萄综合标准》,2011年,福安《巨峰葡萄综合标准》获省政府标准贡献奖,等等。

▲ 象环葡萄园

福安市农业农村局推广研究员李以训认为，加强标准化基地建设，提升种植科技水平，是福安葡萄产业形成的基础也是关键。象环村始终是葡萄标准化基地建设的先进典型。特别是该村乡土人才层出不穷，最是难能可贵。

象环村原贫困户陈贵龙，19 岁因病截肢，2010 年在政府的关心下，种了 1.8 亩葡萄，后又被列入精准扶贫对象。陈贵龙身残志坚，刻苦学习葡萄种植技术，2019 年大胆进行品种改良，将 0.9 亩已经出穗的老葡萄树砍掉，重新种了 7 个新品种。有些村民替他担心，他笑答："有政府和葡萄协会的支持与指导，我相信新品种一定会成功。"果然，陈贵龙种植的新品种喜获丰收，2020 年收益达 10 万元。

产业发展归根结底靠的是人才，品牌创建是产业的龙头也是名片

确实，福安葡萄产业从无到有，从点到面，从普到优，直至创建品牌，开拓市场，几十年来，福安市葡萄协会起到的作用难以取代，可谓功不可没。

南国葡萄博物馆里，陈列着一封福安市葡萄协会名誉会长林青于 2019 年 4 月 11 日写给中国农学会葡萄分会的一封信。写信的时间正值中国葡萄盛会——第 25 届全国葡萄学术研讨会在云南省建水县召开之际。

这封信的信息量很大，也可从中读出福安葡萄品牌创建的历程：

2008 年福安巨峰葡萄被省农业厅评为"福建省名牌农产品"，福安市葡萄协会当选中国果品流通协会葡萄分会常务理事单位，福安市

葡萄协会林青会长当选副理事长。

福安巨峰葡萄荣获"2012年最具影响力中国农产品区域公用品牌",葡萄类排名第一,列入中国名特优新农产品名录。

2017年,中央电视台公布"福安巨峰葡萄"品牌价值为71.39亿元,名列全省初级农产品品牌价值评价第一名。

2018年福安巨峰葡萄入选全国区域公共品牌百强榜。

2019年中国品牌价值评价榜单,福安巨峰葡萄在地理标志产品区域品牌榜单中排名第85位。

福安市葡萄协会同人们回首往事,颇有成就感,诚可谓"路非自行不知远,事非亲历不知难"。但他们也深知依然任重道远。已是耄耋之年的林青老先生告诉我,全国目前葡萄总产量已达1300万吨以上,人均葡萄占有量约10.5公斤,葡萄生产供销基本平衡。而今,产品销售竞争已呈现白热化状态,我们不进则退,必须更加重视市场流通,促进葡萄产业转型升级。

"一棚两用"果粮双丰收

象环村民陈坛生是葡萄种植能手,自1997年种植巨峰葡萄以来,逐年扩种,而今种植面积达到13亩,年收入近30万元。

陈坛生的葡萄大棚,特别宽敞明亮,我们慕名前往参观。有意思的是,巨峰葡萄丰收在望,但不见"真容",只见一个个浅黄色的纸套袋,密密匝匝挂满枝头,这即是标准化种植的要求。陈坛生解开几个果实套袋,玛瑙一样漂亮的葡萄展现真容,让人垂涎欲滴。他采摘几粒让大家尝尝,虽然距离完全成熟尚需一周时间,但滋味已是很好,自然得到一片赞誉之声。

陈坛生告诉我，他试种的"阳光玫瑰"品种进展顺利，估计效益更好。今后的葡萄产业，只有追求品质，大胆转型升级，才有前途。

我更感兴趣的是，陈坛生在自家 13 亩葡萄棚里套种土豆，年生产土豆 2 万多斤，增收 3 万多元。赛岐镇 2022 年大力推广葡萄园"一棚两用"方式，套种土豆，象环村就有 520 多亩葡萄园套种土豆，做到果粮双丰收。

只有不断拓展思路，改革创新，才能推动葡萄产业可持续发展。

新阳村集体经济掘得的"五桶金"

筱 陈

利用福建省乡村振兴研究会在连江召开年会的时机,我去了丹阳镇的新阳村。车从连江城区出发,上了沈海高速,不到15分钟,就出了丹阳高速路口,行车5分钟,到了新阳村。

青山环抱,云雾缭绕。伫立村头环顾,多是三四层楼高的颇具现代气息的楼房,有些楼宇建筑还借鉴了西方建筑的一些元素。我问在这里等候的村支部书记,他告诉我,村里不少人去了意大利打拼,成了新一代华侨。这些年,不少人又回乡创业。

连江是个滨海城市,以海见长。新阳却是一个地地道道的山区乡村。全村298户人家,1086人。前些年,村里外出务工居多,有一段时间,这里差不多只剩些老人。村支部书记幽默地说,山是我们的优势,是我们的资源禀赋。

谈起对乡村振兴的看法。支部书记有自己的独到见解。他说,这几年,他把壮大集体经济作为乡村振兴的重要抓手,不断挖掘村里的资源禀赋,请回村里能人创办企业,发展乡村文旅。我仔细打量站在我面前的村支部书记兼村委主任,他叫陈义粮,四十出头,壮实的身材，古铜色的面庞，看了就让人感觉是个在一线摸爬滚打的人。他说，他原本也在福州做些工程，2018年村"两委"换届时，他作为"乡贤"被动员回村，先是当了村委会主任，2022年村"两委"换届时，村支书和村主任两副担子一起挑。

既然回来了，就要为百姓办事，为村里干点活，对得起所担任的这个职务。我们边走边聊，从他的话语中，让我觉得他有股劲，脑子也有思路。

他领着我先去了陈厝祠堂。这个祠堂，是村里为数不多的古厝，四合院，端庄平实。如今的祠堂，已经被辟为研学基地。祠堂大厅正面挂着孔子像和朱熹像。一批研学的孩子身穿传统汉服，毕恭毕敬地伫立像前，向两位先人行参拜礼，诵读孔子和朱子的语录。老师给学生们讲述老子和朱子的故事，老师讲得津津有味，学生听得也如醉如痴。大厅的一边厢房，开设了"三宝博物馆"，线面、肉燕、豆腐，这是丹阳三宝，也是新阳三宝。看着墙上的介绍，目睹件件制作"三宝"的实物，我更加感受到大自然的赋予和先辈们的勤劳智慧。

我问："研学基地是村'两委'经营的吗？"他回答道："不是，是我们承租给一个搞文化旅游的企业，每年收取租金5万元。"他笑笑说，这是他回村当村主任后为村集体淘的"第一桶金"。

当时，他回村时，村财几近空壳，想为村民办些实事因没有资金而作罢。想作为而不能作为，他的心里很是痛苦。他打定主意：从增加村财收入入手。

把祠堂改作研学基地。村民会同意吗？这个村就一个陈姓。这个祠堂年久失修，几近荒废。他把想法与村民沟通，村民都同意。有的村民说，房屋要有人气，少了人气，就会渐渐腐烂，与其荒了，不如用好。

走出老厝，极目望去，田野一片青绿。青阳历史上有种黄豆的传统，利用黄豆资源制作豆腐，也就成了这里的"三宝"之一。

我们去了线面加工厂。厂设在一幢四层的楼宇中。上了三楼，便是制作车间，透过玻璃，一些工人正在熟练地包装线面。他们把线面分成几类，有国内销售的，也有出口的。这些年，出口的量在不断地增加。书记告诉说，这家企业不仅解决了村民就业不离村的问题，还增加了村集体的收入，通过打造"丹阳肉燕＋线面"吉祥礼品黄金搭档，延长旅游产业链。

这座楼原本是石材厂和生产队的仓库，在美丽乡村建设中，拆除了石材厂和仓库，将土地租赁给企业，一年收取租金20万元。这是村集体掘得的"第二桶金"。

我问："村里还有其他企业吧？"书记笑了笑，说："有，还引进了一家农业企业，华翔蛋鸡场，年存栏蛋鸡30万羽，年产鸡蛋6000多吨。2020年入选粤港澳大湾区'菜篮子'基地和福州市现代发展创新基地，2021年被评为福建省美丽牧场。"

▲ 新阳村全景

"村里发展产业，立足于围绕'农'字，打造产业链。"支部书记说，"村民种植黄豆，豆子制作豆腐，豆腐和鸡蛋可以作为制作肉燕的原材料，实现产品的小循环。"

我们向贝里蟹谷生态旅游景区走去。听这名字，我有些好奇："为什么叫蟹谷呢？跟蟹有关吗？"书记微笑着说："以前这条溪谷确实生长着许多小蟹，不少村民夏日里在溪谷里捉小蟹腌制，不知什么原因，一场台风之后，这里的小蟹少了许多。"

坐上电瓶车沿山谷而行，小水电站依旧发着电。几个母亲正与孩子在溪谷中戏水，有的光着脚丫，卷着裤腿在水中打着水仗，笑声充盈；有的在石缝中捉着小蟹，专心致志。"真是亲子游的乐园啊！"我感叹道。

书记说："你说对了。承包人就是要这条溪谷建设成一条具有亲子特色的溪谷，体现差异化的乡村旅游。山虽然不是连江的乡村游的重点，但也丰富了连江旅游资源。"

这条景区也是乡贤承包经营。乡贤在外创业返哺家乡，与村委会签证承包经营合同，投资兴建这个旅游景区，经过多年打造，已成为AAA级景区。"红色＋古色＋绿色"的旅游观光品牌的影响力逐步扩大，2021年的疫情期间，年接待游客依旧达到25万人次。

村委会如何参与景区开发的呢？支部书记告诉我，他们以土地入股的方式，按照村集体占30%股份和年保底20万的分红模式参与景区建设。

一年能有多少收入呢？这些年平均下来，一年三四十万元吧！景区的知名度愈来愈大了，今后应当会更好吧。

这就是村"两委"掘得的"第四桶金"。

旅游发展了，游人增多了，尤其是新阳村处在城市近郊，又紧挨高速公路，到福州不到一个小时，自驾游的游客进一步增多。村"两委"敏锐地觉察到这个商机，依旧采用土地入股的方式，将临近贝里蟹谷景区的原鳗场地块改造成 6000 平方米的停车场，村集体可从这个项目中分得 25 万元左右。

"这就是你们的'第五桶金'吗？"我问。支部书记笑笑说："是的。"

我们坐在溪边茶屋喝着茶，聊着天。"这样算来，一年村财收入也有七八十万！"支部书记思索了一下告诉我。

"为什么以增加村财收入、挖掘资源禀赋为抓手来推动乡村振兴呢？"我追问。

支部书记沉思了许久，讲了他的想法：

一是以增加村财收入为切入点来思考谋划乡村发展的整体布局。这些年，我们对乡情做了具体分析。比如，在发展乡村文化旅游方面，提出"红色基因、国学文化、科普教育、耕读传统"的整体思路，打

▲ 福州"九寨沟"——贝里溪

造中小学文化教育实践研学基地，整体提升新阳村研学观光产业链。

二是实现绿水青山向金山银山的转化。这里的山、水、土地，都是新阳的财富。以土地入股的方式参与村里的产业，在绿水青山的基础上用好绿水青山，使之成为金山银山。村财从集体资源中获得应有收益，体现了资源集体所有，这就是绿水青山转化为金山银山的路径。

三是有利于村集体对资源的监管和服务。采取租赁的方式，但又不是一租了之，而在确保保底收益的基础上，与企业的收益相挂钩，村财收入与企业效益捆绑在了一起，增加了村"两委"服务企业的主动性，增强监管的责任心，防止企业对资源的破坏，确保资源开发利用的可持续性和可再生性。

四是充分调动了企业的积极性。我们只把村集体资源租赁给企业，经营完全由企业做主，遵循市场经济规律，发挥市场的主体作用，这样厘清了村"两委"与企业的关系。

他的这番话，让我受到了很大的启迪。

在壮大集体经济中，村民如何参与其中呢？支部书记说，村民是乡村振兴的主力，乡村发展一定要让村民有获得感，有了获得感，才有积极性。目前，村民已经办起5家的农家乐和特色餐饮，为村民提供了25个就业岗位，辐射景区周边村直接或间接从事旅游服务的村民多达300多人，为困难户提供扶贫摊位，增加困难户的收入。

对于未来，支部书记信心满满。他说，随着丹阳物流城的建成，人口的集聚度进一步加大，到福州路程更短而且不用缴高速公路费用，他们要把新阳村打造成物流城的后花园，发展更多与"农"有关的产业，吸引更多游客到这里亲水爱水，感受乡村文化。

我被他的激情所感动。

山水间的家园

郑其岳

背靠青山，面朝大海，山水相依，鸟语花香，环境优美，这就是厦门市海沧区青礁村，面积5平方公里，人口7000多人。青礁村集多种荣誉于一身：中国首个闽台文化生态村，中国乡村旅游创客示范基地，福建省二十佳旅游特色村等，是厦门一张闪光的名片。

青礁村从北宋建村至今，已有近千年的历史，此地至今还流传着"祖孙五代三尚书""一村二十四进士"的佳话。行走在青礁村，仍然可以看到不少的红砖古厝、文物古迹和宗教场所。

院前村是青礁村的一个自然村，人口700多人。尤被人们津津乐道的是此处有一个叫"济生缘"的文旅企业，经营得有声有色，声名远播，吸引了国内外的取经者和游客纷至沓来。

实际上，十多年前的时候，院前村还是房屋破旧，杂草丛生，禽畜放养，污水横流，像是村里的一块不堪入目的"补丁"，曾被列为"拆迁村"。那时候的厦门，房价已飙升至全国第四，即便是市郊的农村，也不便宜，村民理应拍手称快才是。但当时的村委和有志之士却不想靠房地产坐享其成。他们认为，这里历史悠久，人文荟萃，古迹众多，两岸关系深远，有很好的保留价值和开发利用价值。

于是，当时的村委和一位青年陈俊雄就联袂向上级反映，反复沟通，甚至立下"军令状"，要让院前村改天换地。他们的苦心和决心，包括对前景的规划，终于得到上级的认可。

6月的一天，我在村妇联主席颜顺华等人的陪同下，走访了几处经济发展的典型，最后来到了院前村的济生缘。济生缘的常务副理事长颜妙治女士，忙于接团参观，叫人捧上刚出炉的凤梨酥，还有冬瓜茶，让我品尝。

从2014年3月开始，院前自然村依据"美丽厦门战略规划"，建立群众参与机制，投工投劳达数千人次，大力整治"脏乱差"。到年底，整治村民的鸡窝、猪舍、鸽巢、厕所等犄角旮旯，清理出大量的垃圾，并植树种花，美化环境。这场整治行动，让村容村貌焕然一新。同时，建立了垃圾处理和卫生保洁的长效机制。

青礁村位于海沧和漳州的结合部，如何吸引城里人的到来，是陈俊雄一帮年轻人要做文章的地方。城市车水马龙，市声喧嚣，学校尽管闹中取静，却很难找到一块散发着泥土气息的土地，用予施展拳脚。多数中小学生养尊处优，四体不勤，五谷不分，急需"第二课堂"的补充。陈俊雄等人就在院前村开辟了两亩土地，为学生研学和亲子活动提供农耕实践的场所。虽初试锋芒，却小有收获。

在院前村的墙壁上有一句标语："两岸一家亲，共建新家园。"十个大字映入眼帘，一看便知这里与台湾有着千丝万缕的关系。作为两岸共同文化的记忆点之一，青礁村是体现两岸血浓于水的情感摇篮。

村里有一个文化公园，为纪念"开台王"颜思齐而创建。公园中，建了一座开台文化展示馆——思齐堂，展示着颜思齐招集移民，大规模开垦台湾的事迹，其中不少是颜氏的后裔，在台湾开枝散叶，而整个青礁村颜氏居民占据 90% 左右。

这里不仅是颜思齐的故乡，还是保生慈济文化的主要发祥地。站在院前触目所及就是青礁慈济东宫。早在北宋年间，保生大帝吴夲，行医问诊，济世救人，深受人们爱戴。为了纪念吴夲，南宋绍兴二十一年（1151）建立了青礁慈济东宫。如今在慈济东宫的岐山山顶上，矗立着一尊高达 18 米的保生大帝塑像，庇护着山脚下的一方热土。后来保生慈济文化遍布全世界，仅台湾就有保生大帝宫庙近百座。青礁慈济东宫被誉为"闽台慈济第一宫"，是厦门最大的民间信仰场所和重要的历史文化古迹，被国家评为 AAAA 级景区。每年的 4 月 18 日，世界各地的人们，特别是台湾同胞纷纷前来参加青礁慈济祖宫的祭祀活动，已成为一种惯例，加深了两岸文化和经济发展的交流。

台胞王嘉麟一家四口从 2018 年开始，就从台湾高雄搬来青礁居住，成了"在地村民"。问其缘由，她说："这里是两岸宗亲交流很频繁的地方，还有人情味，让我体验到有家的感觉，风土人情跟我在台湾

▲ 开台文化公园

从小生长的地方非常相似，语言也相通。"

借助台湾较为先进的农业发展理念和技术，促进研学、团建和实践的活动应运而生，济生缘随之流转了20亩土地，开始放开手脚大力拓展文旅项目，吸引了厦门、漳州市区的中小学生接踵而至。

凤梨酥是台湾早就风靡世界的甜品，济生缘在台湾技术人员的指导下，将其作为食品的重中之重，他们并不满足于现状，不断改进提升，更是多方调查研究，最终选择在富产凤梨的漳州市定点生产，做到采收后立即加工，确保原材料的新鲜和质量。在院前济生缘凤梨酥的生产现场，游客可以隔着玻璃观看制作过程，大人小孩还可以共同参与DIY制作凤梨酥。凤梨酥成为游客最主要的伴手礼品。

同时，寿司、布丁等甜品的DIY，蔬菜沙拉DIY，还有本地传统特色的粽子、水饺、豆浆的制作，以及野炊烧烤，传承了中国人擅长在食品中花样翻新的优良传统，又镌入"民以食为天"的基因深处。

企业千方百计开辟更多的空间，让游客拥有不同的选择，享受动手的快乐。除此之外，还有陶艺DIY、雨伞DIY以及农耕和多肉花卉DIY等，层出不穷，名目繁多。尤其是陶艺和农耕，让孩子们沉溺其中，甚至弄得灰头土脸也自有情趣。

济生缘实行的是股份制企业，院前村有50户村民入股，每年分红可观，还有四五十名的村民常年在各个领域和不同环节务工，又增加了收入，走上脱贫致富的道路成为一种必然。济生缘作为乡村振兴的典型，吸引全国各省市参观学习考察团的到来。从颜妙治口中得知，每天基本都有考察团到来，可谓寒来暑往，风雨无阻，最多一天七八个团，一年不少于400个团。从她微信上的朋友圈可以发现，仅5月到6月中旬，全国就有30个省市的考察团跟她对接，有不少省市还来了好几个团。考察者中，有三名中央政治局原常委及上百名部厅级干部，可谓群贤毕至，高朋满座。同时，还吸引了"一带一路"40多个国家的考察团，成为多种肤色和语言的交汇之处。这种趋之若鹜的现象，超出我的想象。

济生缘的发展并非一帆风顺，它所遇到的困难主要有两个：一是初创时"摸着石头过河"，需要一定的时间和经验积累，才能使企业不断发展壮大；二是在三年新冠疫情的防控时期，因为控制人员流动和聚集，企业运作基本处于停滞，近于门可罗雀。

当然济生缘的成功，也像蝴蝶效应一样，带动了其他相关类别企业的发展。在青礁村一片花卉园里，我们遇到了园主肖华，这个瘦高个的湖北人，体现了"天上有九头鸟，地上有湖北佬"的精明，既娶了当地勤劳能干的村姑为妻子，又夫唱妇随共同经营花卉园，为济生缘和外地提供多肉植物产品，形成相辅相成的态势。

看到我们的到来，肖华和妻子眉开眼笑，非常热情。转眼间肖华就穿上防水服涉入荷塘，摘取了一朵黄灿灿的荷花，他说这叫"九品香莲"，可以泡水喝。一会儿，那朵黄花

立即在开水中，泡出黄澄澄的汤水，散发着淡淡的清香，沁人心脾。

肖华告诉我们，多年前就投资50万元，在离青礁村不远的一座山上开始创业，种下的花卉多达千种，无奈广种薄收。后来以质取胜，搬到青礁村租了4亩地，主要种植多肉植物，还有一些水生植物。还养殖柯尔鸭、鸡、鹅等观赏性的禽类，做到动静结合，为研学活动创造条件。

济生缘的农家餐厅，由于精选新鲜的蔬菜和土猪、土鸡、土鸭等食材，讲究烹调技术，经营得风生水起，为企业的收入注入源头活水。在村庄的一隅，还有中粮集团的面粉生产企业和台湾的多力葵花籽油生产企业，吸纳了不少村民就业，也带动了村里种养业的发展。

我们来到蔬菜种植专业户颜晓俊的公司里，了解到他拥有五亩的大棚，种植各种应季蔬菜和一些反季节蔬菜，平时聘请了十多位村民管理。我们看到许多工人正在装箱打包，其中有九层塔、罗勒、清香木、黄金柳、豆苗等等，大部分的菜品稀奇古怪，为我首次知晓。

◀ 花卉园一角

中午时分，我路过村里的"幸福食堂"，进去一看，有三个桌子的老人正在吃着午饭。据了解，村里为75岁以上的70多位老人提供免费午餐，一人一餐的伙食费12元，一年需要几十万元。在食堂的外墙上贴有一张捐赠榜：捐资从几千元到20万元不等，可谓众人拾柴火焰高。而济生缘则在每年的重阳节，宴请全村的老人，名曰"百叟宴"，这种尊老爱老在当地已蔚然成风。

青礁村乡村振兴的工作经验，概括起来主要有四点：一是广泛动员，整治"脏乱差"，优化环境；二是加强海峡两岸交流，借助台湾技术，不断改进提升，开展丰富多彩的手工制作实践项目，吸引游客；三是实施股份制，增加村民收入；四是多家企业吸纳村民就业，带动村民共同发展。

作为山水家园的青礁村，既有山的稳重，又有水的灵动，他们振兴乡村的事业方兴未艾！

逐梦田园，业兴民富

叶 子

乡村，曾经是很多人想逃离的地方；如今，乡村变成了很多人回乡创业、实现梦想的平台。南靖县龙山镇双明村是国家级现代农业示范区（核心园）、省级乡村振兴试点示范村、漳州市乡村振兴"十镇百村"试点示范重点村。让双明村党支部书记、村委会主任陈祺山自豪的是，目前落户双明村的有福建百汇绿海现代农业科技有限公司和漳州立德农业开发有限公司，发挥公司的龙头项目辐射带动作用，坚定走"一村一品"特色发展之路，带动全村发展设施农业、苗木种植业、水产养殖业等，就近吸引几百名长期工、季节工就业，增强了村级经济发展后劲。产业兴旺是乡村发展的核心动力，双明村把持续发展现代农业作为工作重点，提高村民多元化效益。村里摸索出"支部＋公司""支部＋专业合作社＋农户""支部＋扶贫"等模式，推动了基层党建与乡村振兴、脱贫攻坚互促共进。

在立德农业开发有限公司的大棚里，一盆盆油绿绿、叶片挺拔的虎皮兰和发财树挤挤挨挨站在地上，一片生机勃勃，一群工友们正忙着将虎皮兰装箱发货。公司负责人庄文毅是一名返乡创业大学生，5 年前他响应"大学生返乡创业"的号召，回到老婆的家乡创办立德公司，在为双明村产业兴旺贡献力量的同时也带动村民就业。有的村民到立德公司上班，计件工资每个月五六千元，高峰期达 80 多人，且优先雇请贫困人口或流转土地的农户，这样农户既享受了土地流转所带来的收入，又实现了在家门口就业增收的双重利好；有的则选择在自家土地种植虎皮兰，等小苗长大以后卖给公司，也是一个很好的家门就业解决方案。庄文毅是土生土长的南靖人，他是农民的孩子，对土地有着难以割舍的情怀，在国内知名企业工作了十多年后的他，看疲了大城市里的车水马龙，喝腻了带着漂白粉味的自来水，就想起了家乡广阔的田野、迎风摇曳的油菜花、清澈甘甜的山泉水，这是一片教给人们付出、感恩和敬畏的土地，老家的泥土香在召唤着他。看到国家对农村越来越重视，关于幸福乡村、乡村振兴的投资、优惠政策越来越多，遂萌生了回到农村创业的想法。在庄文毅眼里，乡村是一扇通往财富的大门。创业要主打什么呢？庄文毅自己的老家交通不便利，而妻子所在的村庄土地平整，交通方便，是适合创业的好地方。

　　漳州是个美丽的花果之乡，庄文毅创立的立德公司以加工花卉苗木为主，主要做外贸出口。之所以选择外贸，是因为做国内没有优势，乡村路程远且物流成本高，但有一个得天独厚的条件：庄文毅的妻子曾经在德国公司驻深办事处工作过几年，对外贸流程非常熟悉，且讲得一口流利的英语，能够直接跟客户对话，这是一个优势，不用受制于人，妻子成了庄文毅的得力助手。有助手还得有个铁打的团队，公司里招的骨干都是靠得住的，一心一意的，志同道合的人一起拼搏，使公司发展很快走上快车道。庄文毅深知，做苗木外贸，最关键是自己要有场地、有技术、有产品、有销售，这样生意就可立于不败之地。

今日的乡村，已经不同于以往封闭的乡村，以往的乡村偏安一隅；如今的乡村，放眼世界，通向未来，庄文毅南来北往风尘仆仆考察市场，多次走出国门外出取经。庄文毅经常会到全国各地去考察市场，掌握第一手信息。外国客户也会到南靖来考察，立德公司以做虎皮兰为主，客户要求多了解其他品种，庄文毅带着客户四处考察。

正值盛夏，庄文毅顶着烈日多方奔波，硬生生将一张书生脸晒成了"关公脸"。创业需要平台，需要土地，加工苗木需要场地。老丈人告诉庄文毅一个好消息："村里好几个小队重新分配土地了！"这是一个难得的机遇。老丈人是土生土长的本地人，在租赁土地上有得天独厚的优势。近年来人口增长，有的小队人均只能分到四分地，若一家有四口人，这家人只能分到1.6亩地。而一个工棚，起码要有几十亩地才能施展开拳脚。老丈人挨家挨户做工作签协议，积少成多，集腋成裘，先做通了六七户人家的工作，租到了十几亩地。初战告捷，以后逢到小队重新分配土地的时候，老丈人以及庄文毅的舅舅等亲戚都发动起来，经过一两年的努力，终于租到了100多亩的土地。如果是一个外地人，是难以解决场地问题的。农村是人情社会，商场起起落落，外地人万一生意失败了跑了怎么办？而把土地租给本地人不存在这样的隐患和担心，大家都知根知底。大家都是乡里乡亲的，给予立德公司很大的支持，从这一点来说，庄文毅非常感激这片土地和乡亲们！

立德公司向农户收购虎皮兰，经过加工，再远销美国、欧洲、印度、越南、迪拜等地。立德公司以"公司＋合作社＋农户"的订单农业模式为抓手，通过试验基地，生产现场，定期举办农业技术培训会等方式，培养懂技术、会经营、善管理的新型职业农户，从而实现农民共同富裕的目标。

农户是公司的资源所在,没有了农户,公司就成了无本之木,无源之水。在虎皮兰热销的时候,其他苗木公司有时接到60柜的大单,但是发生了"抢苗"的现象,市场需要量大,而农户栽种的数量有限,要是有多家公司向同一农户购苗,农户就会坐地起价。而公司单子已经接下,为了不违约,即使亏本也不得不高价购买苗木。庄文毅是一个理智清醒的人,他理工科出身,干了十多年的技术工作,从不贪多图快。他是一个脚踏实地的人,坚持慢慢走,而不是飞速飙车,免得翻车。

他深切意识到发展固定合作农户的重要性。在三年新冠疫情期间,外贸遭遇断崖式下跌,农户们着急了,一个个争先给他打电话:"庄总啊,你能不能优先安排一下,先来割我家的苗木?"庄文毅的手机一天响个不停,铃声不断。庄文毅把农户集中在一起开了个会,给大家吃了个定心丸:"大家不用慌,我向大家保证,不管是第一个割还是最后

▲ 双明村

一个割，价格保证一样。你们不用给我打电话，按原先的顺序割苗就行。虽然现在生意不景气，但我向大家保证，你们地里的小苗我一定全数购买，不会让小苗烂在田里，不会让你们吃亏，更不会让你们血本无归。"农户听了喜笑颜开，这个小庄，值得信任！既然小庄这么仁义，在困难时期仍然不忘支持农户，反过来，在苗木紧张的时候，农户也非常支持立德公司。

目前，公司有固定100多家农户为公司提供苗木，农户与公司之间并没有签合同，都是凭彼此的相互信任。庄文毅说："合同只能防君子不能防小人。假如农户收割了1000棵虎皮兰，悄悄高价卖掉300棵，你也不知道，不过做生意讲究的是长久。我跟农户彼此之间的信任基础非常牢固。"建立了长期合作模式后，公司会根据市场的需求变化来指导农户栽种什么品种，栽种多少数量，以免市场过剩。碰到有的农户比他经验丰富，他反过来虚心向农户请教苗木知识，甚至向卖农药的老板学习，因为卖农药的老板对什么药治什么病非常熟悉。他已经和乡亲们水乳交融成一个不可分割的整体。

新冠疫情给予外贸市场重创，庄文毅却充满坚持下去的信心，因为市场还在，客户还在，不是市场和客户抛弃了公司，而是客观环境导致。2022年海运费上涨了十多倍，达到一万多美金，再加上俄乌冲突，不拼、不坚持的话，公司只有关门一条路；拼下去、坚持下去公司还有希望，就像等红灯的汽车，只要不熄火，起步肯定快。他担心的是国际形势，万一战争波及，形成贸易壁垒，那公司就举步维艰了。现在同行业的内卷太厉害了，加上电商的冲击力非常大，庄文毅坚持不打价格战，他认为打价格战是自己挖坑给自己跳。他坚持以质取胜，坚信公司向农户购买的苗木是一等一的，好姑娘不愁嫁！

双明村正因为有了许许多多像庄文毅这样敢闯敢拼的年轻人，因此将乡村振兴落到了实处。双明村依托立德农业、百汇绿海等现代农业产业的优势，建设成集农耕、采摘、科普、研学等功能于一体的现代农耕观光园。做好生态环境这篇绿色文章，打扫干净屋子再请客，吸引项目入驻，切实提升了乡村品质。村里产业兴旺，村民人均收入水涨船高，业兴民富，最终实现了村民"钱袋子"的振兴！

小南洋，大世界

梦 远

一座小村庄，一片老洋房，一棵秋枫树，一条蒜溪流——这是我对涵江江口镇东大村的最初印象。

这座叫东大村的村庄，素有"福泉古驿道，入莆第一村"之称，是典型华侨村。十里蒜溪傍村流，千年古驿道穿村过，描绘的就是东大村景观。穿越1000多年前的星空，翻开莆仙厚重的史册，2000多位进士北上进京赶考、南下金榜驰报、荣归故里，都在这条古驿道上留下印记。福莆岭不过四五里，但这里有明代状元周如磐"武当别院"的题词；有纪念闽王赐名翁承赞故里的"光贤亭"；有朱熹结庐讲学的"草堂山"遗址；还有"紫阳朱先生书院"的碑刻。一条古驿道连接着千年历史，透过小村庄，我仿佛听到历史的足音。

村里无处不在的南洋风情与红砖建筑群交相辉映，见证着这里的沧海桑田。村委会副主任姚志华指着一栋栋老洋房告诉我，老侨宅所用的建筑材料大多是从南洋运送回乡的，建造时融入莆仙特色和南洋美学，这让东大村有了"小南洋"的美誉，很多人就冲着看"老洋房"到东大村来，使东大村声名鹊起。这些建于20世纪三四十年代的南洋老建筑,至今保存完好的有38处,120间厝、姚五哥六角亭厝、文德楼、厝利楼、堞楼等一批建筑,将东南亚、欧式建筑风格与莆仙本土老建筑融为一体,东西合璧,洋为中用,相得益彰,各领风骚,一片记载着侨乡变迁的活态文物建筑群从此诞生。当你以"开眼看世界"的视觉,观赏这些老洋房时,眼前不禁浮现出百年前穷苦村民为了生计,下南洋谋生活的悲壮场面。

曾经在影视纪录片中见过"下南洋"的场景:从明朝到民国这段历史时期,国内战乱不断,民不聊生。闽粤一带人多地少,老百姓穷困潦倒。为了谋生计,求生存,改变个人或家族命运,躲避战乱,闽粤地区老百姓前赴后继地下南洋谋生。大量华人涌入东南亚后,对当地的生产、生活以及经济建设,都产生了巨大的影响。许多华人在侨居国从事商业活动,负责管理海外贸易,收购当地土特产,销售该国货物,从而形成了一个沟通中国与海外贸易的商业网络。还有相当一部分华人从事手工业,烤面包师、裁缝、鞋匠、金匠、银匠、雕刻师、

▲ 老洋房里有故事

锁匠、画家、泥水匠、织工，几乎无所不包，也有一些从事农业、园艺和渔业的华侨。东大村民自古以农耕为主，地瘠民贫。从1892年开始，当地村民为改变命运，背井离乡，冒险远赴南洋，在异国他乡白手起家，艰苦创业，通过同乡之间相互提携帮助，逐渐发展壮大，成就了一部部商业传奇。

下南洋以命相搏，赚了钱光宗耀祖。他们不断创造财富、积累财富，回乡盖大厝成为衣锦还乡的村民最直接的呈现方式。我在老洋房的华侨博物馆里看见装水泥的大木桶，当时国内还不会生产水泥，姚志华指着又高又大的木桶说，一木桶可以装200斤洋灰，盖洋房的大量洋灰、钢筋、瓷砖等建材，都是从国外一船一船运回来的。据统计，当时建造的房屋有30多座。而那时全村户数不过50多户，这意味着建房户数超过60%。东源以姚、卢两大姓为主，兼以其他少数姓氏。第一座华侨民居是姚为祺故居，其次便是姚裕宝、姚裕成昆仲大厝。传统民居以姚丰隆大厝为代表，中西合璧民居以文德楼为代表。这些中式为体、西式为用的老建筑，迄今已有七八十年的历史。岁月把南洋风情刻进了白墙黛瓦，也将下南洋华侨们的拼搏奋斗故事写进了历史。如今，东源华侨的后裔依然遍布印度尼西亚各地，有两三万人之众，大大超过了在家乡的原住民。

赓续历史文脉，弘扬侨乡文化，赋能乡村振兴。围绕着推进"活化利用蒜溪南洋古厝"项目，东大村已将五哥六角亭开辟为民俗馆，姚为祺故居开辟为家风家训馆，玉秋楼开辟为文创基地，䋙楼开辟为手工体验馆——这些馆的开辟，促进了文旅融合发展，完善了基础设施和乡村景观，村民的获得感幸福感显著增强。

当老洋房刷新乡村振兴的版图，沉寂多年的古村落顿时鲜活起来。

▲ 500年树龄的秋枫树

"迎仙驿"青年旅舍整装登场，古时候这里是莆田境内第一驿"迎仙驿"地界，现如今修缮成青年旅舍，都是历代学子的停驻之地，都可延续劝学好学的耕读之风，这里正是拓展文旅和研学项目的理想之地。青年旅舍建筑面积308平方米，共2层6个房间。外观是蓝色屋顶、红砖白墙的小洋楼，楼内则是适合旅行者居住的酒店式公寓。我登楼参观，这里已经具备接待能力，宽敞明亮的房间，标准化的配置，随时准备迎接观光客的到来。

姚为祺为东源抵达南洋第一人，他的故居成为"廉善传家"的侨乡家风家训馆。"赤子荣光，因家风传承，铸就辉煌。侨邑繁华，归廉善遗风，别具特色。家训鉴明，乃知行合一，止于至善……"走进家风家训馆，一篇文采飞扬的《廉善传家赋》将中华民族的传统美德诠释得淋漓尽致。馆内记载和阐述了李氏、黄氏、何氏、陈氏等江口镇多个华侨家族的家规家训。好家训带来好家风，好家风形成好民风，侨乡独特的文化和华侨精神根植于家规祖训。

由"文协楼"改造的华侨纪念馆以"十里蒜溪景，百年南洋风，千载驿道情"为主题，展现当地厚重的"侨史""侨心"和"侨情"。始建于1930年的"文协楼"，是一座中西合璧的三合院。镶嵌在墙体的"洋瓷砖"，历经近百年沧桑，色彩依然光鲜夺目。门墙彩绘的"风狮爷"生动传神，寄托着人们对平安下南洋的美好祝愿。通过图片展示、场景还原、全息影像等方式，全面展示华侨奋斗史、发展史、贡献史以及爱国爱乡情怀，游客不仅能观摩，还能沉浸式游玩、互动和体验。

东大村古民居是莆田文化与南洋文化的生动结合，徜徉在各具特色的洋楼里，满眼都是浓烈的色彩和异国风情。或陶醉在莆仙文化的底蕴之中，厅堂里依稀传来古老的莆仙戏演绎着人世间的悲欢离合；

或身临东南亚的椰风蕉雨中，感受着思乡心切的老华侨，一边与家人围在一起吃自家煮的江口卤面，一边絮絮叨叨的给儿孙们讲小时候的家乡往事，这些看不见的场景，以老洋楼的方式，活生生地还原在我们面前，这就是老华侨留在家乡的根啊！

依托蒜溪沿岸的锦绣风光，村中南洋风情的古建筑群以及承载着千年历史的福莆古驿道，被打造成莆田市乡村旅游品牌。姚志华介绍说，东大村利用独特的侨乡文化、生态景观和农业资源，发展生态农业、农产品初加工、休闲旅游、科普研学等，促进一二三产业融合发展。东大村还引进专业团队，对村内旅游资源进行整合和运营，增加村民就业和村集体收入。同时对村庄进行美化、绿化、亮化，兴建26个口袋花园，50户美丽庭院，20处美丽微景观。种植的向日葵花田十多万株，成为游客热门打卡地。修建了沥青混凝土道路，设计了旅游路，制作了旅游标识标牌。东大村还委托九略瑞翼团队驻村，提炼侨乡文化，构建东大IP，打造示范空间，以文化振兴为切入点，发展南洋特色，传播侨乡文化，弘扬先贤品德，唤醒东大乡魂。东大村被评为全国乡村治理示范村、乡村振兴省级试点村、省级传统村落，实至名归。

在村委会附近，一幅巨大的墙绘吸引了我的眼球，这是一幅以"风狮爷"为主体的墙绘画。风狮爷是一种汉族民间风俗，其造型由庙宇门口的石狮形象演变而来，寄托了民间老百姓祛邪、避灾、祈福的美好愿望。从百年老洋房中提取的"风狮爷"作为文创产品IP主推的形象标志，得到了村民的认可，同时还将老建筑以及依附其间的各式神兽、纹饰、花砖、门楣题刻等元素，通过专业视觉设计，转化成乡村文化IP素材库。目前正开展文化IP产品形象的推介和应用，推动文化资源向文化资产转化，赋能乡村振兴。

姚志华特意带我去看一棵有着500年树龄的"风水树"。这棵秋枫树最奇特的是，树的根部长着层层叠叠巨大的树瘤，仔细一看仿佛像一只跃跃欲试的雄狮，村里人骄傲地称它为"高山头"。但姚志华有更好的解释，他说这棵树代表着老华侨的心，身在异国他乡，心永远都留在东大村。

一个古老山村的智慧蜕变

绿 笙

1995年农历十月二十四日清晨，看守普照堂的老人一声惊叫，打破了地处大山深处阳春村的宁静。"章公六全祖师塑像不见了！"随后村民报警，这成了一桩20多年未解的悬案。

2023年6月24日，我在普照堂章公祖师纪念馆，从历史影像里见到1995年农历十月初五，阳春村民在普照堂举办章公祖师佛诞庆典活动热闹非凡的场面，同时，还见到现在金碧辉煌的普照堂前坪迎风招展着一条红绸，上面写着一行令人感慨万分的标语"祈盼千年肉身菩萨章公祖师早日回归"。

事实上，20多年来，阳春人从未放弃寻找章公祖师，因为那是一种根植于阳春村的历史文化，融入人们心中的精神图腾。在漫长曲折的寻找中，2015年3月3日，被荷兰一位收藏家私人收藏的章公祖师肉身塑像，终于在匈牙利自然科学博物馆现身。直到2020年12月4日，章公祖师肉身坐佛像追索案一审宣判，被告败诉，在外河漂泊20多年的章公祖师肉身佛像有望返回阳春。2022年7月19日，福建省高级人民法院二审公开宣判，维持三明市中级人民法院一审判决。至此，由

1995年产生这桩物权保护纠纷案尘埃落定,并被评为"新时代推动法治进程2022年度十大案件"。

这一刻,背依青龙山的普照堂庄严肃穆。浏览有关章公祖师的传说及回归之路的曲折,深感阳春人依靠法律,为章公肉身佛像重新尊坐普照堂铺平的回归之路,体现了新时代阳春人的一种文化智慧,如同他们依托"数字阳春"铺展开便捷科学的生活。

2020年9月,大田县入选全省仅有的4个国家级数字乡村试点县。时势造英雄,阳春人以此为契机,重点构建数字乡村"1+N"数字信息化场景应用,聚焦"基层数字治理+乡村便民服务+生态茶叶"三大领域,构建点面结合的数字乡村示范应用,激发农村信息消费。

这一年,阳春村安装了5G网络,成为全省第一个实现5G信号村。乡村治理现代化,借助互联网大数据和数字技术运用,打造集指挥调度大数据可视化平台、居安工程、环境监测、智慧交通教育劝导等应用于一体的综合信息平台。

村里有不少闲置土地,如何让土地活起来?通过"互联网+农业"的思路,探索"认养农业"模式,将闲置农地、散养家禽、生态茶园等进行流转,通过互联网认养个性农场、认养家禽、订制茶园,由村民提供线上订单服务。村里共有200多亩土地,以一年每亩1500元的价格被全国各地的城里人认养,村民代种四季特色原生态蔬菜、瓜果,成熟采摘后第一时间快递送达认养人,让对方真切感受到来自大山的泥土芳香。村民平时给农作物施什么肥?果蔬成长过程怎样?都可以通过互联网,呈现于远方主人眼前。"认养农业"带动61户村民家门口就业,户均增收1.6万元。智慧农场,让"小农户"和"大市场"有效地连接在一起,村民们真切感受到数字生产力的释放。

阳春的农产品物美价廉,但养殖户和种植户的销路狭窄。为了让特色农产品驶入网销快车道,村里组建了 5 个网络直播间,利用抖音、快手、淘宝等平台,引导农户在线上开展产品集中推销,让村里的农特产品走出大山。

阳春人成功地造就"数字"时势,时势造英雄。在众多阳春英雄中,2019 年从省公安厅网安总队总队长岗位退下来,应大田县"人才回引"之邀回阳春担任村支书的林乐坚,正是一个为时势推波助澜的英雄。

现在的阳春村村部已不是传统村部,而是升级为"数字中心",可通过行政便民一体机、远程医疗、人像采集分析等智能设施,为村民提供数字化服务。村部管理人员通过"数字阳春"可视化平台可随时了解村里的人、事、物、情等实时信息,遇到突发情况及时处理,全面提高村级应急指挥调度效率。

阳春村所辖的 7 个自然村很分散,为此,村里安装了 16 个"村村通"IP 无线应急广播系统,布设 230 个高清摄像头。此外,还安装智能烟感设备 18 个,可通过"数字阳春"平台联动村内天翼大喇叭,发生火情时第一时间通过广播和微信消息通知消防人员,增强了农村抗御火灾能力。

"数字进村"为乡村治理装上"智慧大脑",这是阳春人科技的智慧。

2023 年 6 月 24 日上午,怀揣着好奇的我探访了"数字阳春"指挥部。随着村部工作人员在两台电脑上操控,"数字阳春"从四个电视屏幕上以具象的方式呈现在我面前,可全方位观察阳春村这片土地的实时动态。只见一只野兔从田边蹿过去、几只鸡悠闲地在草丛中觅食,其中,一个电视屏幕显示出"个性化蔬菜公园 5 号地"场景,地里的蔬菜长势喜人。而同一时间，认养人可通过手机同步看到村民给蔬菜施肥浇水。

在村部大厅一侧的显示屏上，我找到自己探访阳春村的信息。阳春人巧妙地通过科技手段减少到访者的实际年龄，令人会心一笑中感受到山里人的友善和素朴智慧，以及"数字阳春"传递的温度。这种只可意会不可言传的温暖，在一片认养农田中特设的"春风十里，我在阳春等你"景观，更加丰满具象。田埂上伫立的"冰墩墩""雪融融"，萌萌的意趣与田园气息相融，不由让人若有所思。

这是一片由省教育厅直属机关党委认养的农田，田边竖着的木牌清楚说明此处属"数字阳春农场3号地"，认领亩数：10亩，认领时间：2023年。刚过晚稻插秧季节，栽插没几天的秧苗绿油油倒映水田中，清鲜可人，让人期盼秋天金色的收获。田中间多角度悬在电线杆的摄像头，实时让身处省城的农场主人获知农作物长势。阳春村民每个时令在农田里的劳作，都为生活于城市里的人在心中升起一缕可触可感的立体乡愁。

正是为了给人们的乡愁找一个安放之地，智慧的阳春人于2020年10月成立了村办企业——坤宁寨旅游发展有限公司，结合章公祖师文化、数字乡村建设和万亩生态林，打造智慧康养、民俗文化体验、有机农业体验、智慧生态茶园等旅游项目，为游客提供"食、住、行、游、购、娱"一体化、综合性旅游服务。目前，正在新建接待规模1300人的研学基地，把融入村庄元素的展示平台搬进沈海高速吉州服务区。

炎炎夏日却意外凉爽的6月这天，在阳春村台阁山上我遇见给孩子们特设的"阳光农场"。当孩子们在农场里真切体验"谁知盘中餐，粒粒皆辛苦"时，对国家一直大力提倡的"光盘行动"一定会有更深刻的理解，可以说，这不仅是一处吸引家长携子来游的打卡地。在国防教育基地，恰见几位村民正给现代化的兵器"洗澡"，它们随后将刷上新漆，以崭新姿态让游客近距离见识飞机、装甲车、大炮、坦克。特别是那个神秘的导弹发射架上昂首直指蓝天的导弹，让我惊喜之余感受到中国的国防力量。据说，还有一艘军舰正在"开"往阳春的路上。不久，这个将教育与国防知识融为一体的基地，将成为"智慧阳春"旅游的一个现代科技打卡点，让人于深山之中寻觅到乡愁的同时收获另一种惊喜。

在建设中的研学基地，站在色彩新鲜的绿色塑料体育场，遥望巍峨的大礼堂兼食堂，正上方的"数字阳春 研学营地"八个大字，与两边"认真学习刻苦训练""文武兼备百炼成钢"联语，点出研学的

▲ 认养农田中的冰墩墩和雪融融

主题。显然,这个阳春研学基地将给到来者提供红色文化和国防知识的教育。

当我走进可容纳几百人开会、用餐的大礼堂,只见墙上张贴着众多热爱劳动和珍惜粮食的标语,军营式的宿舍里排放着整齐的上下层钢架床,等待即将到来的研学者。宿舍外墙同样围绕国防和红色主题,张贴诸如"解放战争四大战役"及"七七事变"等历史宣传画,营造出浓厚的红色氛围。

诚然,这是一个不仅已经数字化的乡村,而且是巧妙地将智慧融入数字化的深山古村。

当车子沿着蜿蜒狭小陡峭的盘山公路向台阁山上攀缘。一路绿色相拥,轻拂我感觉特别清新的心情;一路蝉鸣相伴,淹没了汽车马达声。猛然间,一座古朴的寺庙撞入眼帘。这是圣泉寺,供奉的是阳春人另一种精神图腾——陈公祖师。现在,坤宁寨旅游发展有限公司正被智慧的阳春人用"数字"之手,将阳春历史文化与现代文明进行有机嫁接,可以预见,在章公祖师肉身佛像重新端坐普照堂那一天,这种嫁接将带给人们意想不到的惊喜。因为,"数字"网络会为这种嫁接加速,成为阳春一种独具智慧的奔跑。

遐想间,圣泉寺背依的台阁山林间一直在低语酝酿的蝉,猛然间爆发集体合唱,蝉声一浪浪如大海波涛,把我的遐想推得很远……

据说圣泉寺前的土坪每到季节就会生长出许多鲜艳夺目的花,它有一个富有诗意的名字——彼岸花,其花语是:"见花不见叶,花叶永不相见。"象征着一种永恒的思念。而我更喜欢三明一带对这种花的称呼——石蒜,朴实而不张扬。因它开花时无叶陪伴,异常美丽的花朵突然从地里冒出,由此也被誉为"平地一声雷"。

我以为，地处大田深山之中的阳春村，在全国乡村振兴的时代舞台上，借助数字化平台和阳春人根植于历史沃土的智慧，能伫立得那么醒目，不正是"平地一声雷"吗？

期待，中国乡村大地出现更多如阳春一般的"平地一声雷"。

入梦入境尧禄村

黄锦萍

武平人的想象力很丰富，居然把一个小小的村庄比作"布达拉宫"。这个村庄是城厢镇的尧禄村，究竟有怎样的底气，敢作如此夸张的比喻，我很好奇。

尧禄村地处武平县城郊区，距武平县城约9公里，位于国家级自然保护区——梁野山的东南面，以梁野山山脉天马山的天马寨、四姑寨、马鞍寨等古城堡为主体，群山环抱中的小盆地上，长出一座小村庄，这就是尧禄村，环梁野山试验区"五朵金花"和县级乡村振兴示范点之一。从高处俯瞰，尧禄村层层叠叠，错落有致，依山而建的阶梯式楼房，一排排一栋栋，大多三四层高，坐东北朝西南，确实有点"布达拉宫"的意思。谁没见过"布达拉宫"宏伟的建筑？即使没去过西藏，也会在电视上、画报上见过，人类建筑史上的奇迹。布达拉宫依山垒砌，群楼重叠，坚实的花岗石墙体，松茸平展的白玛草墙领，金碧辉煌的金顶，强烈装饰效果的巨大鎏金宝瓶、经幢和经幡，红、白、黄三种色彩的鲜明对比，层层套接的建筑形体，体现了藏族古建筑迷人的特色。走进尧禄村，最接近"布达拉宫"想象的，就是"依山垒砌，群楼重叠"

▲ 尧禄村 3D 墙绘

的特色,如果村庄里的楼房没有大面积彩绘的渲染,那跟其他地方的"新农村"有什么两样?

　　关键是尧禄村人有想法,墙体可以刷白,可以留水泥灰,也可以绘画,当 3D 绘画围绕着一个主题展开,统一的风格,立体的思维,巧妙的构思,艺术化的表达——尧禄村瞬间变高级了,有色彩了,有文化韵味了,有"布达拉宫"的底气了。我要替尧禄村感谢一下创造精神财富的彩绘团队,是他们的介入,让尧禄村脱胎换骨,让村民们改变观念,过上了不一样的生活。乡村振兴一旦注入文化的力量,必将走出一条色彩斑斓的康庄大道。回想 2018 年,村里寻思着以文化振兴乡村,决定请龙岩学院经管院做乡村旅游规划,由戴腾荣书记、厦门百巢艺公司吴仰英、厦门油画艺术协会画师团队绘制创作油画。先是在村里试画了两三栋房子,发现画出来的效果不错,与村庄环境很吻合,村民很喜欢，希望也画他们家的房子。于是村里决定再画路边的屋子，这一画就画了20多栋。因为墙绘，必须清理房前屋后的杂乱无章；因为墙绘，必须做好墙面围墙的粉刷；因为原先的房子千篇一律，于是在瓦片上配上茅草。因为这些改变，村容村貌美了，家家户户门前屋后种果树，养花草。没想到的是，当年春节期间，每天来看墙绘的就有四五千人，村子的路一下子变挤了，从来不堵车的村庄堵车了。

我这样为你描绘尧禄村的3D墙绘吧，简直就像进入露天展览馆，用当今时尚的说法叫"沉浸式"体验：群山间一位养蜂人正在查看蜂箱，蜂箱外几只蜜蜂"嗡嗡"叫唤着；石板道上一位梳着长辫子的村姑正在挑水回家准备午餐；小溪里几只鸭子嬉戏着溅起水花；田间地头，农民正在埋头插秧，割稻的、摘桃的、挑担的、牵耕牛犁田的、脚踩水车的，全是农耕场景。最让我印象深刻的，是一只蹲在墙角的看家狗。奇妙之处在于狗的眼睛，你走在哪，狗的眼睛始终忠诚地跟着你到哪，让你不忍心离开。我还进入一幅画中，挑着一担沉甸甸的"鹰嘴桃"，发到朋友圈里，居然有人信以为真。3D墙绘有很强的互动性，几乎每一幅画都可以让游客参与其中，成为画中人的感觉真的很奇妙，画在墙上、人在画中。这些散发着泥土香的3D墙绘让城里人倍感新鲜，现实世界与墙上绘画融为一体，游客被乡土文化感染着，不由自主地拍照、互动、发微信、拍抖音。一个网红村在3D彩绘画中诞生，更多的游客蜂拥而来，尧禄村显然有些措手不及。

当年在尧禄村担任党支部书记的钟兰英，对尧禄村倾注了满腔心血，她说，农村就一定要像农村，所有的3D画，都要以农耕文化为主题，打造特色农家小院。之后村里又画了50多栋房子，老房子修旧如旧，新房统一立面装修。村中心把50多亩地从村民手中租过来，由村集体

▲ 鹰嘴桃

投资，建采摘果蔬园、花果山；村里的水库、小溪建成"桃源花溪"；村道拓宽实现硬化、绿化、美化；堤坝廊桥、健身步道、亲水平台也逐渐完善；桃园欢溪、淘气堡、休闲茅寮、山寨石堡、乡野民宿相继对外开放。山外人蜂拥而至，村里人开门迎客，乡村游一下子就火了。

　　游客进来了，必须把农副产品带出去，不然怎么实现乡村振兴？尧禄村干部苦思冥想，想到了鹰嘴桃。鹰嘴桃被称为"桃中王子"，因其尾端像鹰嘴似的勾起而得名，又因其3月开花，6月底结果，也被称为"六月桃"。鹰嘴桃个头不大，但又脆又甜，咬上一口，核肉自然分离，成熟的果实呈碧绿色，色彩诱人，让人垂涎欲滴。珍贵之处在于，鹰嘴桃只适合尧禄村的土壤，其他地方种不好，这就是尧禄村的优势。副村主任陈富贞带我去看漫山遍野的鹰嘴桃，桃树遍布村头村尾、山间地头，抬眼望绿油油一片，层层叠叠。正值人间四月天，树上的鹰嘴桃已经挂果，青翠的小桃长着茸毛，有点"鹰嘴"的样子了。看着密密麻麻的小果子，陈富贞说，今年一定会是好收成，让我6月份一定再来尧禄村摘鹰嘴桃。他说，这里最热门的，就是鹰嘴桃采摘游了。这些年来，尧禄村结合当地的自然资源、历史人文、产业布局等优势，把鹰嘴桃种植和观光旅游业作为全村发展经济、农民致富的主导产业。目前全村已有203户农户种植了1500余亩鹰嘴桃，以桃花为媒，以鹰嘴桃为介，春季来这里赏花，夏季来这里摘桃，远近闻名的桃产业基地——"阡陌桃园，尧禄人家"成为现实版的3D彩绘。尧禄村因为桃花，真的撞上了"桃花运"。2019年尧禄村入选第一批国家森林乡村；2020年尧禄村入选福建省"一村一品"示范村；2020年，尧禄村被评为福建省金牌旅游村。

尧禄村，多么吉祥的村名啊！问起村名的由来，陈富贞告诉我，尧禄村名不仅含有中国古代圣君尧舜禹之"尧"的意思，又含有古往今来百姓所愿的福禄寿之"禄"，都是很好的寓意。然而尧禄村原先的村名叫"牛轭岭"，因为这里实在是太穷了，抬头是山，低头还是山。20世纪八九十年代，有民谚这样流传，"有女莫嫁牛轭岭，吃饭都得上驳岭"。"脏乱差"的尧禄村，外面的人不愿来，里面的人不愿留。经过多年的精准扶贫，尧禄村摇身一变，变成了客家桃源网红村，村里的泥巴路变成了水泥路，泥巴墙涂上了彩绘，蜘蛛网般的电线不见了，一台变压器为满山桃树送去了"甘泉"。中央电视台记者走进尧禄村采访时，陈富贞对着镜头说："以前我们村路小，坑坑洼洼的，骑自行车都会摔倒，交通非常不方便，环境卫生也很差，别提什么生活质量了。现在柏油路修到了村里，乡村旅游发展起来了，大家的日子就都过好了。"

走进尧禄村，村口风水树古木参天，安安静静的村庄很干净，鸟叫声显得特别响。尧禄梯田好像雕刻在大山上的杰作，诗情画意的感觉是那么直观，不需要用文字描绘。随着山势的起伏，错落有致的梯田采用不同的色彩拼接，呈现出人与自然的完美融合。尧禄村抓住被列入环梁野山试验区"五朵金花"和乡村振兴示范村的契机，朝着既定的目标奋进：做大一个主导产业——鹰嘴桃产业；培育三个延伸产业——乡村旅游、主题民宿、药膳养身；抓好桃园建设，道路建设，环境卫生整治，美丽乡村建设，古民居古村寨保护开发和林下经济。通过专业合作社经营推动、"公私合营＋政企合作"模式、党员示范带动等方式，着力把尧禄村打造成集生态观光、休闲娱乐、农耕体验为一体的乡村旅游特色村，推动实现村民收入和村财收入双增收。

从"贫困村"到"网红村"，从"鹰嘴桃"产业到"3D 墙绘"，从"桃花节"到"采摘节"，从宜玩宜乐的"桃源欢溪"到宜居宜游的"精品民宿"，蓬勃发展的乡村游带动了餐饮服务业，林下经济的发展，促进了旅游产品的销售，尧禄村昂首挺胸地走上了乡村振兴之路。

尧禄村，从画中走出来的小山村。让我们记住这座把自己比作"布达拉宫"的小村庄。

红绿相融，书写文旅发展新篇章
——"红旗跃过汀江"发生地长汀县濯田镇水口村的乡村振兴故事

杨秋明

长汀县濯田镇水口村位于汀江与濯田河及浏坊河的交汇口，形成三江汇流的独特自然景观。村庄东部的汀江岸边，有一个古老的渡口，从南宋端平三年（1236）宋慈开辟汀江航运开始就有文字记载。从宋朝到解放初期的七百多年间，南来北往的船只川流不息，商帮过客络绎不绝。古树林、古驿道、古民居、古街道、古渡口……守护着这座江边的古老村落。在新时期的春光里，红色文化和绿色文化交相辉映，书写着绚丽多彩的华章。

传承红色血脉　红色文化熠熠生辉

水口村因毛泽东《清平乐·蒋桂战争》中的豪迈诗句"红旗跃过汀江，直下龙岩上杭。收拾金瓯一片，分田分地真忙"而名闻天下，因为这里正是当年红四军"红旗跃过汀江"的地方。

1929年5月20日，毛泽东、朱德率领红四军全体指战员来到水口汀江渡口。10时许，当地18名船工撑着9条木船，满载着红军指战员劈波斩浪，直插东岸。经过6个小时来回摆渡，至下午4时，3000多名红军指战员和几十匹战马全部顺利渡过了汀江。次日，毛泽东、朱德率领红四军挥师甩开敌人，直插闽西腹地，势如破竹般地三占龙岩县城、攻占永定县城、攻克"铁上杭"，期间召开中共闽西一大，迅速掀起土地革命浪潮，开辟了闽西革命根据地。由于红四军"红旗跃过汀江"的壮举，把赣闽革命根据地连成一片，奠定了后来中央革命根据地的基础，建立起中央苏区红色政权。

在中央苏区时期，汀江航运源源不断地为红军送来棉花、盐巴、西药等紧缺物资，传递重要情报、秘密护送党的重要

▲ "红旗跃过汀江"稻田画

逐梦田园　美丽蝶变

干部，打破了国民党的经济封锁。水口村也因此成为当年"中央红色交通线"上的一个重要的水陆交通中转站。这个坐落在汀江河畔的古老渡口，彪炳千秋，永载史册。

历经近百年岁月洗礼，如今村内还保存有大量的红色遗址。其中比较有代表性的有坪岭蓝氏家祠、蓝六郎公祠、濯田炼铁厂、河流游击队司令部旧址、中华贸易局水口分局、恒德堂药铺、大园哩、水口区边南乡苏维埃政府旧址、吴氏祠堂等57处，建筑形式多样，丰富的建筑遗存内蕴了丰富的精神内涵，也展现了客家建筑文化的无限魅力。水口村"两委"通过争取资金，对这些古村落、古街区和古建筑进行了保护和修缮，展现出原有的历史风貌，讲述着一个个生动的革命故事。2023年3月，水口村入选"第六批中国传统村落"名录。

为传承红色血脉，水口村"红旗跃过汀江"渡口景区联合长汀县红色革命旧址群、南山镇中复村红军长征第一村、濯田镇梅迳村何叔衡烈士纪念馆、宣成乡下畲村杨成武将军故居景区、河田镇伯湖村傅连暲将军故居景区及武平县湘店镇刘亚楼将军故居景区，联合"中央红色交通线"有关节点，点线面有机结合，吸引了省内外大量党员干部和中小学生前来开展主题教育实践，成为闽西红色文化教育的重要组成部分。

通过内部"发力"和外部"借力"，红色文化在这个古老的村落熠熠生辉。

擦亮绿色底色　生态发展方兴未艾

从高处往下看，水口村自然风光秀丽多姿、绿意盎然，山林田园错落有致，古树林、生态果园、行道树、水稻、槟榔芋、油茶……一行行一片片，与村落和谐共生。在气势如虹的汀江水呵护下，古村落充满了勃勃生机。

水口村原本是水土流失重灾区，从20世纪80年代开始，水口人秉承"艰苦奋斗、无私奉献"的苏区精神，经过40年治理，才有了如今青山绿水、花团锦簇、绿柳成荫、果稻飘香的美好景象。成为"绿水青山就是金山银山"生态文明理念的实践地和试验田。

2013年，长汀县筹建"汀江国家湿地公园"，将水口村沿江一带纳入国家湿地公园来打造，水口村的生态文明建设由此走上了快车道。经过10年以点带面的精心打造，公园成为集"客家母亲河——汀江生态修复典范""南方丘陵水土流失地区湿地生态建设新模式"及汀江特有鱼种保护恢复地于一体的特色生态旅游区。2022年9月，经省旅游资源规划开发质量等级评定委员会组织评定，汀江国家湿地公园获批成为国家AAAA级旅游景区。水口村抢抓机遇、有机融入，内强素质、外树形象。其中，"红旗跃过汀江"渡口景区种植观赏林、花海等景观带，联合长汀水保科教园、汀江国家湿地公园核心区，拓展亲子旅游和水果采摘体验区，打造生态旅游延伸点，融合山林田园自然景观，完善服务功能，成为越来越多游客选择的旅游目的地。

由于生态文明建设成效显著，水口村于2020年12月列入"红旗跃过汀江·两山实践走廊"乡村振兴跨村联建示范片区建设，2021年7月被中共龙岩市委评为"全市先进基层党组织"，2021年12月获评龙岩市"老年人健身康乐家园"，2022年9月获评第三批"龙岩市中小学研学实践教育基地"，2022年10月获评龙岩市"民主法治村"，2022年10月获评"福建省第二批省级乡村治理示范村"，2023年2

月获评福建省第三批高级版"绿盈乡村"。

推进红绿相融　文旅发展未来可期

为充分发挥丰富的红色资源优势,融合生态文明建设成果,水口村全面把握"革命老区高质量发展示范区"和列入"长征国家文化公园"发展机遇。重点建设"红旗跃过汀江"红绿融合文旅示范基地,全力打造"红旗跃过汀江·两山实践走廊"乡村振兴跨村联建示范片重要节点。

依托红色资源优势,谋划文旅项目。水口村打造以"一江两岸一渡口、一街一亭一座馆"为主线的"红旗跃过汀江"教学点,谋划生成"红旗跃过汀江"文创服务中心、文旅基地改扩建、文化广场等项目14个,总投资约2450万元。谋划生成"红旗跃过汀江"红绿融合文旅基地建

▲ "红旗跃过汀江"渡口

设项目，以"红旗跃过汀江"渡口为核心点向外辐射，与梅迳、河东等村实现跨村联建，以文旅深度融合优化红色旅游产业结构。

依托生态资源优势，发展绿色产业。水口村通过"支部+企业+合作社+农户"的模式，强化基础设施建设，加速盘活土地资源，优化产业发展结构，大力发展特色种养产业。其中，种植黄精50亩、油茶600亩、水稻（含优质稻、彩色稻）500余亩，连片种植槟榔芋400余亩。已初步形成集油茶种植、制作、销售于一体的油茶产业链。以产奶羊、光鱼为主，常年散养产奶母羊200多头、养殖光鱼20余亩。此外，以规模化种粮为突破口，探索推行"党建引领+土地整合"模式，邀请党建、农业、林业、国土、财政等部门为农户提供培训、指导、资源统筹等服务，逐步构建"区域合作，抱团发展"新模式，带动村民增收致富。

红绿融合，催生乡村发展内生动力。近年来，水口村主动作为，将红色基因、绿色底蕴转化为发展动力，走出了一条"以红为基、以绿为媒、红绿融合"的乡村特色振兴之路。在基础设施建设、村庄人居环境、示范带动周边村共同发展等方面取得一定成效。水口村为人口集聚村庄，是周边乡镇和村庄的经济贸易中心区。目前村内公共基础设施较为完善，建有红军渡口幼儿园、水口幼儿园、水口小学、水口中学、水口卫生院等文化卫生单位，老年活动中心、渡口公园等公益设施。2022年，争取到中央专项彩票公益金1380万元，实施子项目10个，包括文旅核心区基地道路改扩建、文化广场、红色文化氛围布置及农耕文化基础设施建设等民生工程。同时，水口大桥危桥重建、通村道路改扩建、安全生态水系等项目都在有条不紊地进行。这座古老的村庄，焕发出青春的活力，变得更加宜居宜业宜游。

"潮平两岸阔，风正一帆悬。"水口村积极推动"红绿融合＋乡村振兴"，打造乡村振兴新的经济增长点，让红色基因融入新时代，实现红色基因薪火相传。2023年4月，水口村成功入选全省乡村振兴示范村创建单位。全村干群以此为契机，加快推进文旅深度融合，持续推动文旅产业转型升级，打造特色亮点新品牌，谱写文旅融合新篇章。

"三治"融合,为乡村振兴赋动能

——芗城区石亭下高坑

苏水梅

芗城区石亭镇下高坑村小区门前小公园的凉亭,是村民们茶余饭后最喜欢去的地方。在那里,大家可以聚在一起畅所欲言,聊心事、提建议,从家长里短到村庄建设、小区管理、村级经济发展……很多村级治理的"麻烦事"就在村民们的"你一言、我一语"中迎刃而解。

下高坑离漳州市区不到十公里,曾经,许多村民都在市区买了房子,"老屋夜无灯,荒地杂草生",村子空心化严重。为了改变这一现状,村"两委"引导群众积极参与,进行下高坑村旧村改造。如今,这里村民"主人翁"意识强,构建出乡村治理新模式,建立自治、共治、德治的乡村治理体系,成为一张"三治"融合赋能乡村振兴的新名片。

自治·精细管理

下高坑村 1.5 平方公里范围内,驻有 170 多家企业。这些企业的员工有一部分会租住在村民的自建房里。这样一来,大部分村民拥有比较固定的租金收入，但是也给村容村貌的管理带来了一定的挑战。村里有9个村民小组，常住人口1400多人，现有党员84人。村里有专门的村民议事厅，定期开展村庄建设、小区管理道德评议等会议。

到访过下高坑村的人都会为村里的干净整洁表示赞赏。"垃圾不落地"的理念早已深入人心，最重要的是村里有一个由17位村民组成的"保洁小组"。"保洁小组"每天早上六点对村道、公园等场所进行第一次保洁，每天中午一点左右再对村庄进行第二次保洁。下高坑村文书告诉笔者，村里发放给保洁小组的补贴虽然只有区区几百元，但是大家在打扫卫生的时候，都是穿着红马甲的，心里的自豪感是满满的。

"宏伟蓝图鼓舞人心，号角声声催人奋进。"为更进一步打造"宜居、幸福、富裕"的美丽乡村，2019年初，由村"两委"牵头，开展了旧

▲ 公园是村民议事和娱乐休闲的好场所

村改造工程。干部们走家入户，进行摸底调查，再根据实践情况请专业人士提供可能性方案。村里给出了两种方案供村民选择，一是领取货币补偿，二是置换"下高坑小区"的套房。整个项目总面积约40亩，坚持"就地、惠民、可持续"的理念，按照"一轴一心两片区"的思路，从风貌特色、配套设施、生态建设方面进行全方位规划。除布局居住建筑外，还建设公园、祠堂、停车场及其他与生活服务相配套的公共基础设施和绿化美化工程。

新村建设项目占地13亩，为楼栋式小区，由下村民集资2000余万元实施的旧村改造项目，拆除辖区内破旧房屋，建设宜居新房。按期保质完成新房建设，经过两年多的努力，目前，80户村民搬进了新家园。目前，下高坑村全面完成农村入户道路、污水纳管、垃圾分类处理等基础设施建设，不断完备养老睦邻点、农村体育设施、村卫生室等农村公共服务设施，环境越来越美。从山水美到村居美，从环境美到生活美，村民由衷感慨："村里新建的文化广场就在我家旁边，建好后能丰富我们的文化生活。村里的环境变好了，我们生活在这里特别幸福。"

共治·精准施策

近年来，下高坑村以农村人居环境整治为重点，建立卫生清扫保洁长效机制，做到"扫干净、摆整齐、保畅通"，下高坑村因此成了远近闻名的生态宜居村。

农村环境是如何做到这般干净整洁的？钟丽君说："我们选出居民代表对全村362户居民实行'分片包干'，每名居民代表挂钩10余户，将党员分成6组，定期开展村庄清洁行动，日常保洁由村和谐乡村促进会牵头，每月两次对保洁情况进行集中检查评比。"钟书记介绍，现在村里面的保洁员负责把各家各户的生活垃圾提出来，拉到驿站，镇里再转运出去。以前的污水到处流，现在生活污水集中放在污水处理站处理。

村里有个小型的菜市场，村民们每天早上卖菜特别方便。卖肉的、卖鸡鸭鱼、卖青菜的摊位一一排开，整齐有序。钟书记介绍，村民们开会后研究决定，每个摊位每天收取0.5元，专门请了一位保安，负责早市结束后的卫生清理工作。笔者发现，下午时间，市场里空荡荡的，各个摊位干净整洁，连一只苍蝇的影子也看不见。"保安很负责任，每天都用水管冲洗，把里里外外清理得干干净净。"钟书记的话为我们解开了疑惑。

村容村貌改善了，村民们的心也更团结了。2018年，下高坑村对村北一条村道进行拓宽改造，将道路宽度从2米多拓宽到5米多，但改造时需要拆除村民吴清明家的围墙近120平方米。当时，吴清明毫不迟疑，把自家围墙贡献出来，没有要求一分钱的赔偿。钟丽君介绍，全村几条总长1.5公里的村道拓宽改造，需要拆掉不少村民的房子或其他建筑物构筑物，村民们不仅没有一个提出赔偿要求，还自愿捐款，最少1000元，最多5000元，支持村道建设。

谈及这几年下高坑村的变化，老陈掰着手指数道，道路白改黑、18亩新村建设、212栋裸房完成了整治，50余栋房屋完成"平改坡"改造，新建2个农村公厕……对此，下高坑村村民纷纷竖起大拇指。恬静优美的人居环境，弥漫在村庄每个角落的文明气息，让到这里的人都纷纷感叹："村里环境更好了，生活更加便利。相比城市，我们更想生活在这里。"

德治·精确引导

"你看,我们书屋的图书多齐全,每逢周一孩子们放学早也都愿意来。我们利用空闲时间翻翻书,真不错。"提起村里的"新时代文明实践站",村民们的喜悦之情溢于言表。下高坑村的"新时代文明实践站"和"党群服务站"已经成为村民们爱去的"充电屋"和"致富站",也成为新时代文明乡村的一张金名片。小小书屋散发出的芬芳书香,心理咨询室、公益上网服务场所、未成年人活动室、家长学校、党群之家、青年之家、邻里中心、志愿服务中心、共享职工之家,"麻雀虽小,五脏俱全。"新时代文明走进了村民的生活,贴近了百姓的心,也升腾起了一个又一个新的希望……

"原来这里还有个又脏又臭的池塘,为了改变村容村貌,我们将其改造为村民文化公园,大力宣传社会文明新风尚。"钟丽君说,过去每到春节、中秋等重要节日,或遇婚丧嫁娶等,大操大办、大吃大喝是常事,这种攀比之风一度成为村民头疼的事儿。

乡村的魅力,不仅在于亮丽的外表,更在于蕴含的文明程度。近年来,下高坑村以实施乡村振兴战略为抓手,扎实开展美丽乡村建设,引导和组织群众制定村规民约,成立红白理事会、道德评议会、村民议事会和禁毒禁赌会,传播文明理念,倡导移风易俗。下高村"两委"深知久久为功的道理,坚持加大文化阵地建设,持续开展文明宣传活动,特别是村老年协会带头当起移风易俗宣传员,以前婚丧嫁娶大操大办、大吃大喝的攀比之风不再有了。"村里有人家结婚办喜事,广场上的这个大屏幕就一直滚动播放新人们的婚纱照。喜庆得很，村民们一致叫好，都很拥护。"村民老陈对这样的变化十分满意。

"好政策、好措施让村民心里热乎乎的。"下高坑村深入开展乡村治理示范村镇创建，达到幼有所育、学有所教、劳有所得、病有所医、老有所养、住有所居、弱有所扶。长期以来，下高坑村立足村情，努力打造现代乡村，村财收入逐年增加，基础设施不断完善，环境面貌焕然一新，乡风文明程度得到进一步提升，被列入全省乡村振兴试点村。如今，文明和谐、生态环保、规范有序的美丽宜居新农村形象成了下高坑村最亮眼的招牌；建设魅力四射、活力十足、动力无限的现代化下高坑也已成为村民们的普遍共识。下高坑人正在积极探索基层社会治理创新，加强基层党组织建设，深化平安乡村建设，优化村民自治实践，塑造文明乡风，促进乡村产业发展。

乡风文明是乡村振兴战略的"魂"，乡村振兴要"塑形"，更要"铸魂"。我们相信，只要肯奋斗，下高村人就能共同绘就出产业兴旺、生态宜居、乡风文明、治理有效、生活富裕的美好图景。

新生活的霞彩

沉 洲

闽东屏南县甘棠乡漈下村是一个有着 500 多年历史的村落，伴随着城镇化浪潮，漈下村一度人口外流，从昔日的一个大村凋敝成空心村。2015 年春天，公益奇人林正碌入村考察，发现这个传统村落生态环境优越，人文积淀厚重。在屏南县委宣传部的支持下，他决定在此创办公益画室教村民画油画，推动文创产业发展，用文化改变村民们的生活。

刚开始，村里开食杂店的黄余清不买账，想着，哪来闲工夫学画？画画能当饭吃？农民总是要务农才会赚到一点钱。岂料，村里学画的几个小学生画的油画，被人收藏了。她是受到小孩们刺激，冲着"免费"才去试一试的。漈下村村民向来以种植果树、蔬菜为生，黄余清把地里的活做完，也到画室学画。

黄余清画的第一张画，是画室厅堂木板墙壁上的一顶草帽。刚开始，她的手哆哆嗦嗦的，画笔都拿不稳。如今，这张画还挂在食杂店墙上。尽管对于这幅画大家有不同的说法，有人说是冬瓜，有孩子笑说像棒棒糖，她却十分珍惜。第二张，她画了墙角的簸箕。簸箕上的竹篾前一下后一下编织，左右纠缠，看得人眼花缭乱。画了两个晚上，糊成

▲ 龙漈甘溪双溪汇流

一团，看不出究竟是个什么东西。第三天画不下去，现场便请教林老师。

其实林正碌早就注意到她了，才画第二幅，这么复杂的农具也敢下手。也许还发现她有点悟性，画得有点感觉，便坐在画架旁，提前给她讲光学原理——明暗交接处，在亮的一侧微弱偏亮。她按照指点，认真观察，再一下下落笔修正。神奇之事出现了，竹篾们各就各位，画面一点点立体起来，开始呈现出空间感。

林正碌把这张颇有农家气息的画推送到微信上，很快有人收藏。花了3个晚上，黄余清就拿到180元钱。这一笔收入，比种菜、做小生意赚到的1800元钱还要让她心花怒放。

那段时间，黄余清白天不务农时，照看食杂店生意，每天晚上去学画，慢慢悟出点道道，画技有很大提高。看学画村民越来越多，画室里常常挤了一堆人，她就领了画架画框，在调色板上挤上颜料，回到家里画。

食杂店开在自家临街客厅，20多平方米的样子，左边三分之二摆货架，经营农家杂货；右边过道靠墙是一个简易理发台，她有理发手艺，剪一个头收费5元。在理发台前画架一支，便是她的画画空间。农忙时关门扛锄头上山种地，回来有空就画；有人来剪头发，她就起来剪一下；有人来买包盐，她就起来拿一下，然后坐下来继续画。这就是她的生活常态，好比吃饭喝茶一样。漈下村被越来越多的人熟知，她的食杂店也在媒体、微信上频频曝光，成了人气爆棚的网红店。

因为学画，村民们改变了原有的生活方式，农闲时大家也忙碌起来，经常围在一起切磋画技，聚众打麻将的人少了。为了聚人气，也打发无聊时间，黄余清原先也常撑开麻将桌搓一把。现在，麻将桌上摆满了画框、调色板和松节油等画材。

有媒体记者来村里采访，林正碌总会带着到黄余清的店铺逛一逛。看黄余清在理发台上摆物件写生，便用赞赏语气介绍："可以这么说，这里是世界上最特殊的一个多功能店铺。墙壁上挂满原创作品，高不可攀的艺术跟农家生活融为一体了。每张画都像一个公主，现在非常亲和、谦卑地走进了寻常百姓家。"

在黄余清看来，林老师教画的方法与众不同，他不教技法、不做示范，也不让你临摹，而是用鼓励的心理教学法来激发人的自信。平时你不问他，他也不干扰你，你就按照自己的想法来画。这样下来，每个人画的都不一样。

有一次，黄余清写生一双鞋，用了五六个晚上，画得差不多了，但"微弱偏亮"硬是表现不出来。这天，看林老师从家门口路过，连忙让他点拨一下。

林老师看画时，黄余清转到后面厨房，在瓷碗里敲了一颗鸡蛋，放几粒冰糖，一根筷子插到蛋黄中间，再提起烧开的茶水，顺着筷子往下冲到八分满。只见碗里的蛋黄胀开来，周围是一丝丝蛋清，透亮的白拥抱着橘黄，很像一幅色彩饱满的油画。

将这碗蛋茶端到林老师面前，黄余清说："这是我们屏南'泡蛋茶'礼节，表示对远方来客的尊敬和热情。"

"谢谢！"林正碌啜了一口说，"问题在这里，光线照在不同质地物体上会有变化。竹篾属于硬物，比较明显，布鞋面是软的，变化相对柔和。你仔细看这边，微弱偏亮随着布面起伏变化。这边很细很深，到了那边，又变得亮一点宽一点。"

黄余清画画有悟性，造型能力也好，通过林老师的教学，自己也会用心摸索，没几个月就能画出有模有样的画作。

学画前，村民都用老人机。看林老师手里抓着的手机那么神奇，黄余清就把卖画的钱攒起来。两个月后，她用卖画赚到的800多元钱买了一部新手机，通过林老师的链接和推送，建立起自己的朋友圈，还学会了用文字来推介自己。

种田、理发、开食杂店、画画——黄余清

半辈子生活在农村没见过大世面的我，很高兴认识你们。2016年双溪画展，我的《葡萄》和《樱桃》已被收藏。我平时喜欢画画，爱参加村里活动。打腰鼓、跳广场舞，这是夜生活。白天挺忙的，家里有个小店，还理发，农忙时下地干活，

农村生活丰富多彩……

然后再贴上自己的 9 张画作。

半年不到,她的微信朋友圈已经有 500 多个好友,上海、北京的,还有台湾人,各行各业的都有。他们都喜欢她的画,有人还专门找到她的食杂店来。

黄余清喜欢画农家田间地头的葡萄、桃子和李子,她画的物什果汁欲滴,鲜活娇嫩,让人忍不住想摘下闻一闻,再咬上一口,想象着果汁喷溅出来的样子。

有一段时间,她的画作卖得很火,粉丝想要什么内容还得提前预订。那一串串葡萄,那硕果满枝的桃李,那灿烂的桃花梨花,她自己也爱不释手,不卖无法贴补家用,卖掉又有点舍不得。有天她灵机一动,要画一幅留给家人,就在厨房画了一整面墙的壁画——花鸟图。这样的想法一发不可收,她在楼道旁又留下一幅。这次画的是两人多高的下山虎,尽兴起来,一个晚上可以画两三个小时。很开心很投入,没事了就去画。画到上半部分还搭了脚手架。老虎威风凛凛的,像个门神。小孩子猛然间一看,还不敢上楼了。

一些来村里参观的艺术家看了这两幅壁画,啧啧称奇,都很难想象这是一个学画不久的农妇所为。

这样的事已经成为古村生活的日常,让人感觉像电影里演的一样。

林正碌毫不吝啬赞美之词,语气激情昂扬起来:"欧洲文艺复兴时,我想米开朗琪罗也是这样搭脚手架爬上教堂天顶的。尽情画吧,让整个村充满艺术梦想。"

这些年来,黄余清的卖画收入已达到两万多元。她把新作挂在食杂店墙上，游客、村民经过也会来欣赏。"哎哟，你还能画得这么好。""这个不注意看，像真的一样哩。"听到这样的话，她笑容满面，心里的满足感比赚钱更受用。

画出一幅自己也满意的画不容易，她一改初衷，倍感珍惜，即便一张画作可以卖到1000元钱，她依然舍不得把它们都卖掉。

对于她的这种变化，林正碌用欣赏的口气说："别人画画就想换点钱，她是直接装饰生活。"

初中没毕业的黄余清，是漈下村文创产业培养出来的第一株苗子，

▲ 城里人在农家画室

算得上是一位地道的"斜杠农妇"。2017年,她兼任了溙下公益艺术教育中心助教,负责管理画材和进行一些简单辅导。后来,溙下小学的学生分批到教育中心上美术课,她又有了新身份——美术老师,同时她还参加了导游培训班,成为村里第一位能说会道的导游。在这样的忙碌里,她感受到从未有过的踏实和欢喜。

林正碌朝思暮想在乡村创造一种全新的人文生态环境,用艺术教学来改变常人眼里最没文化的农民,把他们变成有想象力、创造力的人。他经常以黄余清为例,对来参观、考察溙下文创产业的客人介绍:"艺术属于人类基础文明,跟你的学历、财富没有丝毫关系。艺术点燃心智,终极目的不是把所有人变成艺术家。通过艺术感知世界,人一下子就自信起来、伟大起来,紧跟着人性光辉也绽放出来。人优化了,对人生就会有一个重新的审视和设计,这时他的文化属性也随之改变。"

学画之前,黄余清跟村里大多数人一样,想着或迟或早都要离开家乡。当时村小才办到三年级,家长们只要手头有点钱的,都会把孩子带去城里念书和生活。文创产业发展起来后,溙下小学逐年开办高年级。黄余清也有了更多施展身手的空间,她选择留在家乡。

"很多人都觉得这个村值得我们留下。人留在村里,家乡才有希望。"说这话时,黄余清双眼闪动着对未来美好的遐想。

有这样想法的村民日渐多了起来,古村复兴让村民已然看到了天边亮起来的那一缕新生活的诱人霞彩。

外石村的故事

云中山

一

时光煮雨，岁月缝花。

说起乡村振兴的故事，邵武卫闽镇外石村是一个有说道的美丽乡村。它从曾经的富饶落寂到贫困，又从贫困逐渐走向富裕，从没落走向振兴，继而从振兴走向乡村文化复兴，成为福建闽北一个有底蕴的文化之村。

癸卯年4月，奉福建省乡村振兴研究会之命，与绿水青山相约，前往外石村探访取经。一路春回大地，万紫千红，乡野之中但见绿树绕村庄，清水满陂塘。映入眼帘是桃花红、李花白、菜花黄，大自然尽显五彩斑斓，明艳清丽。

一千多年前，闽王王审知见此处扼守闽江上游，河边有大片的富饶平地，当即不由心中大喜。此地进退自如，在军事上而言，可防止敌人从闽江上游发动对福建的攻击；从经济上考虑，又是一个农业种植、屯田养兵的好地方。于是闽王下令：调派数千名官兵长年在此安营扎寨，军队一边训练，一边种田垦殖，自力更生，养活士兵，不给当地百姓增加一点负担。

屯田的士兵来自五湖四海，返乡探亲时就从各地带来果树种子，在卫闽的土地上试种，许多品种都成活下来，瓜香果甜。后来留在此地的士兵后裔继承了种植果树的传统。这个传统扩展到全镇，所以卫闽一直以盛产优质水果闻名，大家都称卫闽为瓜果小镇。

好地方人人喜欢，20世纪60年代，修建鹰厦铁路的铁道兵部队也看中了这片临河的空地，铁道兵十一师师部就扎营到这里，一面从事铁路修建，一边进行农业生产活动，以充沛的农产品供应铁道兵战士的食物需要。鹰厦铁路通车后，便捷的铁路将外石的木材、冬笋等土特产及时外运出去。一时间，从外石村乃至卫闽镇人口增加，商贾云集，村民富庶，呈现出一派生机盎然、繁荣昌盛的景象。

然而，三十年河东，三十年河西。这些年，在城市化攻城略地的浪潮下，大批农民入城务工，人员与劳动力向城市大量转移，致使村落的生产生活瓦解，空巢化现象日益加剧，村落的消解似乎成为必然。

二

外石村支书蔡开明相信，世事沧桑总有起风的清晨，总有绚烂的黄昏，也总有流星的夜晚。外石村在数尽荒芜之后，必定会有新生出现，冷寂过后，终有一天会熠熠生光。他暗暗下决心发誓言，要让外石村重新振兴，让乡亲们走上致富之路。

2019年，蔡开明拜访了福建省农科院前院长刘波博士和福建省农林大学作物学院曾任森院长，聘请这两位专家作为其新成立的华至生

乡村振兴福建故事系列　遇见和美乡村

态农业有限公司的项目顾问。公司开始在卫闽各个村庄租地盖大棚，流转土地2000余亩，种植猕猴桃、蓝莓、橘柚、哈密瓜、黄瓜等水果和蔬菜，2021年总产量就达到120万斤，这些产业带动了200多户农户，每年均增收2万元，土地流转给全卫闽农民增收300万元。

2021年7月，福建师范大学老师郭辉来到外石村任下派村书记。这无疑是如虎添翼，为振兴外石村的领导力量注入了新鲜血液。刚到外石村时，郭辉有些茫然，听不懂本地话成了交流的巨大障碍。他经常到农民中去，听他们聊天，自己则在一旁揣摩和学讲些简单的土话。一段时间下来，他除了基本可以听懂本地话外，也能用上一两句简单的方言沟通交流，很快缩小了和村民的距离。

如何让村里长期地富裕下去？郭辉陷入了深深的思考。经过调查研究，他深感到乡村振兴、村民要富，

◀ 老树、老农、老牛

除了争取资金和项目以外，而更重要的是改变村民们精神文化比较贫乏的现状。郭辉心中暗暗想，必须让文化之花开满外石村。乡村振兴已经成为共识，但要持久地发展下去不容易，只有文化才是最持久的动力，而要做到这一点，最关键的那就是人的文化素质要提高。

郭辉和蔡开明一起制定了一个村民容易接受的、接地气的本土文化——尚则文化。就是以村里的廊桥"尚则亭"文化建设为依托，开展"孝老爱亲""崇学向上""感恩律己""创业致富""诚实守信"等一系列文化活动。

两位村支书心往一处想，力往一处使。他们争取到一笔资金，修旧如旧地修复了村里破旧不堪的古桥"尚则桥"。桥修复后，村民十分喜欢在这桥上聚集，谈天说地侃大山。郭辉就会在桥上和村民们讲国家大事，讲邵武的历史和典故。村民们听得津津有味，从中慢慢悟到传统文化的重要性。到过春节的时候，郭辉备好纸墨来到桥上，为村民们免费写春联，内容都与中国优秀传统文化有关。渐渐地，叫郭老师的人开始多了起来，开展的"尚则文化"也渐渐融入到村民心中。

三

曾几何时，贪婪的人们疯狂地挥舞着罪恶的斧头，砍伐上千年的生态林，大山里的树一批批倒下，一批批被运走。所幸，在有识之士、有良心之人的保护下，多多少少还保留了为数不多的生态林、原始林。

外石村就保留着一片美丽的古树林，这片古树林是外石村人对故土的精神认同，见证了外石村的历史岁月沧桑和变迁。

因古树林生存在尚则亭后面的河边，人们也叫它为尚则林。古树林是上天的惠赐，是祖辈留下的财富，亦是外石村惜福感恩的体现。这片古树林非常难得，它占地宽有60余米，长达1300多米，是一片原始荒芜的大型古树林。静谧优雅、古朴醇厚，由香樟、朴树、枫杨、枫香、苦楮、苦楝、覃树等数百年老树组成。在林边可以看到脉脉的河水，嶙峋的礁石与对面的巍峨群山。在古树林中可观赏山、水、林、石四景合一的绝佳景色。

郭辉与蔡开明商议后，决计把尚则林文化与古树林文化结合起来，从而把外石村的旅游开发起来，使这里成为一个网红打卡点和婚纱拍照基地之旅游胜地，用村里独有的自然资源为村民致富，让古树林焕发出生机，这就是"绿水青山就是金山银山"的有力佐证。

说干就干，在不到一年的时间内，原来的杂草丛生、无法走入的古树林，变成了一处井然有序的景区。泥巴路面已经硬化，杂草也被清理干净，新种的绿植匍匐在地面。树林里的人行步道已经建成，人们可以在树林里沿步道散步，偶尔，步道会爬上大树的分岔，让你在半空中感觉古树林之美。一个小广场建在尚则林旁，那里便是打卡和拍婚纱照的好去处。步道基本沿河而建，沿着碧绿河水向下游望去，一群礁石赫然出现在眼前；还有一个仿古而建的小码头静静地待在河边，形成了山、林、湖、水、田、石的碧水青山。

四

外石村之行，意犹未尽、情犹未尽。田野中有一阵微风拂过，眼前是一种难得的明净，天空中飘洒着稀疏的微微细雨，就如同浓雾挤出的小水滴，不密亦不湿衣。乡野的味道从四面八方弥漫而来，深吸上一口，顿让人感到清心润肺，心旷神怡。

为外石村点赞，顺应自然，见素抱朴。守住了记忆里最美风景，古树林如同一幅中国水墨丹青的山水画，简洁自然、朴实无华，清远闲放，超然尘埃。

民族要复兴，乡村必振兴。中国式现代化图景中，乡村应该什么样？习近平总书记在广东考察时说："我们要搞共同富裕，先富带后富，把后富的往前推一把；钱赚得再多，不讲精神文明不行，我们的乡风民俗要文明；生态和经济要和谐，'个体现代化、村里脏乱差'不行……乡村振兴要和这些'国之大者'结合起来。"

是的，只有把乡村振兴和"国之大者"结合起来，振兴的成效才更好，现代化的成色才更足。处理好物质文明和精神文明的关系。实施乡村振兴战略，不能光看农民口袋里票子有多少，更要看农民精神风貌怎么样。否则钱赚得再多，农民的幸福指数也会打折扣。因此，必须物质和精神"两手抓"，让农民经济生活富起来、文化生活美起来，大力培育文明乡风、良好家风、淳朴民风，建设形神兼备的和美乡村。无疑，外石村的故事，是人与自然和谐共生的现代化进程的一个缩影，它为绿水青山就是金山银山、为乡村振兴做了一个鲜明的注脚。

许厝村：美丽转身进行时

蔡飞跃

万物丰茂的仲夏时节，怀着探究的心情，行走葱茏而充满活力的辋川镇许厝村，开始深度解读这片土地的发展蓝图。镇政府黄镇长对于这次采访特别重视，吩咐林副镇长陪我走访。

许厝村的党支部书记、村委会主任程文波还年轻，他出生于1980年。交谈中，我对程文波毕业于福州医学高等专科学校临床专业却没有从医感到好奇。他这样解释："父亲从小以打石为业，四海为家。我上学期间的寒暑假，都会去给父亲当帮手，慢慢地对石头有了一定的了解和兴趣。"他接着说："2001年医高专毕业后，我又一次往广东省惠来县找父亲，发现当地还没有人办石材厂，认为这是一个绝好的商机，便痛下决心弃医从事石材事业。经过精心经营，企业终于站稳了脚跟。"2021年10月许厝村"两委"换届，为了家乡的发展需要，程文波经过深思熟虑，决定丢下苦心经营20年的企业，从广东回到许厝参加竞选并当上村干部。

程文波对于村情是熟悉的，他一边走一边讲解：许厝村是惠安县革命老区村，位于辋川镇万亩走马埭平原西北部，全村分为埭岸头、法石、许厝、赵炉、下湖等5个自然村,3600多人口。我很早就知道,走马埭基本农田保护区方圆近10平方公里,是福建省第一块耕地保护区,也是全国基本农田保护示范区、现代农业示范园。程文波的介绍让我明白,走马埭基本农田保护区横跨辋川、螺城、螺阳等镇,以辋川镇为主体,属于许厝村的有1800多亩。

古村的六月,稻田绿油油的,到处呈现希望的色彩。徜徉碧波荡漾的锦阳溪、白鹭溪畔,我很快意识到,许厝村能够成为辋川镇农业大村,得益于有溪有湖。俗语说:"靠田吃田。"许厝人因地制宜,在1800多亩耕地以及600多亩山坡地下足工夫,依托纵横交错的水系,引导农户多种形式的规模融合经营,以专业合作社、农业发展公司或更多形式的合作,多年来已培育明瑞、亿鑫、坤德、鸿丰、鑫源等专业合作社和博森隆农业综合场,并且以亿鑫、坤德农场等龙头企业作为引领特色农业转型的重要抓手。

我关切问起村里的几个合作社的种植情况,程文波说,它们分工不同,有的主要种植水稻,有的栽种西红柿、西兰花等蔬菜,通过专业合作社和引进现代化农业生产技术,生产无公害绿色食品。由于土地租赁承包范围不断扩大,全村土地流转1630亩,提高了土地利用率,更好地带动农户的利益实现联结,解决了周边农户剩余劳动力的出路,增加了农民的收益。

随着第一产业的兴盛,山坡地也得到合理开发利用。自2017年以来,博森隆农业综合场在省、市特派专家指导下,主抓温控大棚和林下仿野生栽培,引种金钗石斛等药材,年产值160万元,培训20多位村民上岗,解决部分村民的就业。

扩大耕地面积是一件功在当代,利在千秋的大事,许厝村把目光瞄准村边的盐碱地，引进农业新技术改良成适合种植农作物的水田。农户在这片 400 多亩改良田栽植水稻，从中得到实惠。

这是一块生机盎然的热土，当我们走过几个不大的湖泊，一方"2021 年全国基层农技推广体系·农业科技示范展示基地"大型标识牌为我们提示，这是明瑞淡水养殖专业社与许厝村合作的 127 亩南美白对虾养殖基地，惠安县水产技术推广站给予技术支持，派出专家跟踪指导，明瑞合作社每年在这个基地创造 1200 万元的产值。

举首四望，溪流清澈如镜，夏风摇曳细柔的水草，几只白鹭掠过水面，它们渐飞渐远的身影引我打开进一步解读许厝的思路。

"我想看一看村容村貌！"镇、村干部满足我的要求。我们走过一座座自然村，干净整洁的村道、繁茂规整的绿化给我留下深刻的印象。

程文波作为土生土长的许厝人，即使在广东开办石材厂期间，逢年过节都会返乡与亲人团聚，他对 2017 年之前许厝的杂乱村貌记忆颇深。

"上一届村'两委'为改变村貌做了许多实事。"程文波说道。

5 年前，农村人居环境整治 3 年行动硬仗打响，当时的村"两委"以"生态宜居"为引领，带动村民深入开展这项行动。至 2020 年底，改造户厕 300 座，碉堡式旱厕基本拆除，提升改造小型冲水式公厕和新建了公厕。为了保持环境清洁，组建了一支 12 人的保洁队伍。随之启动内沟河清理和赵炉文化广场、锦阳溪亲水口袋公园、惠腰公路两侧改造提升，完成 12 栋裸房整治以及"四旁绿化"……由于成绩突出，许厝村先后获评福建省级乡村治理试点村、泉州市"美丽乡村环境卫生管理先进村"和惠安县乡村振兴重点村等荣誉称号。

好的工作思路，是智慧的结晶，而智慧也是有力量的。程文波接手村"两委"的全面工作后,把选择和实现适合持续发展的道路摆上议事日程。征询社会各界人士的意见时,收集到不少有益的建议。许厝田园风光秀丽,遍布5个自然村的闽南古建筑以及革命老区村红色文物都有自身的文化价值……程文波集思广益,决心带领村民以乡村旅游为突破口,通过村企合作的方式构筑创业平台,助力农业、旅游产业发展和农民增收。

在以往取得的成果基础上创新!程文波与班子成员很快达成共识。他们采用乡村治理积分制,将"农村人居环境""爱国守法、移风易俗""志愿奉献、美丽庭院"纳入评议项目,并详细列出扣分项,评议工作领导小组成员分成五个评分组,对15个村民小组逐户定期评议,及时将结果在公示栏公布,对优胜户进行表彰,"小积分"凝聚"大力量",村民们在"比、学、赶、帮"中提高素质。

且行且看,行至许厝村老年活动中心,巷口墙上的"六尺巷"标志牌格外醒目。这条不足百米的巷子本来很窄,住着陈、程、王三姓6户人家,出入极为不便。几个月前,巷尾的村民翻建旧屋,建筑材料无法运入,便与巷口陈姓村民商量先拆除围墙,待房子翻建后重新恢复围墙。陈姓村民一家通情达理,不仅同意拆墙让路,而且愿意将自家庭院永远往里面撤让。陈姓村民的朋友陈总听说此事,也爽快将自家的围墙往里面收缩。在村"两委"的促成和协调下,其他几户村民也纷纷行动……一条现代版的"六尺巷"在短期间内形成。

六尺巷盛开的文明花,仅仅是许厝村新时代精神文明建设的一个缩影。近年来,许厝村经常开展有奖竞答等寓教于乐的活动。润物细无声,村民们自觉参加义务保洁等志愿服务,邻里之间的关系变得更加紧密,有力提高精神文明建设的成效,党建文化和新时代精神文明正在许厝村弘扬。

在实现跨越式发展的美丽转身时，村党支部重视充分发挥党建引领在乡村振兴工作中的作用。近3年来，班子成员交出一份殊为不易的成绩单。作为农业大村的许厝，水利基础设施完善才能助力粮食丰收，班子成员积极争取资金，2021年，完成溪道整治清淤和挡土墙砌筑，原机耕路红树林水闸路、法石路至海堤岸也实现硬化……2022年新建近900米排洪沟挡墙、消力坎17道，又完成许厝至法石自然村水沟清淤及水沟条石挡墙的重砌……2023年上半年，人居环境整治项目竣工验收，锦阳溪内港清游整治工程也已完成……一件件实事，一桩桩感人故事，许厝村为了乡村振兴迈出新步伐。

低头沉思，许厝村凝心聚力抓产业，引导流转大户发展农业生态园，

▲ 许厝村白鹭溪

合作社的经营管理模式为村第一产业的兴旺注入活力，随着种养植品种、数量和质量的同步提升和销售渠道的畅通，入社农户的利益得到保障，促进了田园综合体的打造。

当有了明确的目标，前行的脚步便能迈开。许厝村素有传承优秀文化的传统，清朝出过"恩进士"程道南和武举人胡熊等先贤，村里的宝林古寺、许厝凤山社、赵炉凤山宫、陈氏家庙、仙掌峰和革命老区村的红色文物都具有重要的历史价值。它们与村边的红树林湿地，开发后都有理由成为"文旅"的亮点。

一座村庄，有一座村庄的故事。有时一块石头，也有一个故事传扬。法石自然村的一块巨石屹立村中，因程道南在石上留下"仙掌峰"墨宝而富有文化气息。2022年，村里投入20多万元对巨石周边进行清理平整、铺装人行道和绿化，而且配套建设休闲凉亭等微景观。如今，法石广场已成为宾客乐访的景观。

在我的印象中，拥有红树林湿地的乡村并不多，许厝人对村边的这片湿地非常珍惜，决定将其建为红树林湿地公园，2020年开始启动，目前清淤基本告竣，已配套筑建凉亭等附属建筑，公园的轮廓已初步形成，红树林在风中诉说着水乡古韵。

文旅有机融合的背后，是不断升级的精神文化需求。为了激发乡村振兴"软实力"，推动乡村文化建设，许厝村"两委"和乡贤商定邀请文化人到许厝做客，经过生活工作在泉州市区的"许厝媳妇"胡雅真"牵针引线"，泉州市作家协会组织50多位作家深入许厝村采风。作家们在挖掘和发现风土人情，以及村民的时代精神中寻找闪光点，他们创作出的文学作品发表在不同报刊和公众号，扩大了许厝的知名度，吸引不少游客前去观光游览，成为以文化赋能助力乡村振兴的例证，由此激发起许厝实现跨越式发展的热情。

"镇政府即将启动的锦阳溪安全生态水系项目的建设，工程预算1000多万，给许厝的农业、文化、旅游的发展带来新机遇。许厝正在结合四季农时和传统节日规划研学、旅游线路，将吸引更多学校师生、游客前来研学或农耕体验，感受原汁原味的乡土生活。"程文波感慨，"许厝村已真正步入建功新时代的道路上，它的美丽转身定能提速经济的腾飞。"

从程文波的坚定眼神中，我看到了许厝发展的光明前景。

给后黄插上一双文旅的翅膀

张玉泉

倚靠三丘,坐临一港;朝案并置,主山环抱;田为明堂,水为朱雀;山环水绕,藏风聚气;这就是莆田市荔城区西天尾镇后黄社区的山水格局。整个社区三面环山,古树众多,观赏性花草环绕路旁,绿意盎然;古码头河流绕过,灵气十足。它亦是福建省主要侨乡之一、荔城区"华侨第一村",素有"南洋风情,梦里老家"的美誉,先后荣获"国家级重点提升改善传统古村落""中国最美乡村""福建省乡村振兴示范村"等二十几个荣誉称号。

每一个荣誉的背后,都凝聚了后黄人的辛勤付出;每一次人潮涌动的幕后,都是文旅策划者绞尽脑汁的智慧结晶。得天独厚的后黄社区,随着时光的推移,已然焕发出多种文旅资源整合之后的魅力,在带给后黄人丰厚的经济效益的同时,也在乡村振兴领域崭露头角,成为一个典型和示范。

走进后黄社区,你只会感受到古色古香的"陈旧",不会感受到钢筋水泥的"新冷"。2019年后黄被列入"中国传统村落名录"。之后,整个村庄坚持"静态保护"与"活态传承"相结合的原则,保护性开发古民居。今天的后黄，你会十分诧异于她所拥有的丰富的建筑类型，有明代建筑，有清代建筑，有民国时期的建筑。莆仙特色古民居与南洋建筑风格完美融合，形成了独特的景观：六百年桃源社，莆田地区第一家私人妇产医院——三山妇产医院，前世界羽毛球冠军、印尼名将林水镜的祖屋，历经百年依然完好的碉楼等。放眼望去，渠道边那座典型的华侨厝，圆形窗、拱形门，有别于莆仙传统民居，既洋溢着南洋风情，又融入了宗教元素，老一辈的莆田人，看这房子外观，就能辨别这户主人家的宗教信仰。

除了物质遗产，后黄的非物质文化遗产也很丰富，有国家级非物质文化遗产莆仙戏、木偶戏、十音八乐，以及摆棕桥、元宵节行傩、端午吃"五味草"煮蛋、婚嫁习俗等传统民俗活动，这些戏剧、传统音乐、传统美食延续至今，传承良好。但原生态的东西，只有经过精心开发，才会吸引人流，产生人气。后黄深知这一点，他们通过开发古街、民俗馆、百年碉楼、榕树码头及滨水休闲带等旅游资源，融合打造集华侨文化、莆仙文化、休闲娱乐于一体的莆田市城郊文化体验地。功夫不负有心人，2017年，后黄社区获得了省级荣誉加持，被评为"福建省二十佳旅游特色村"。

一个想通过文旅来做文章的地方，如果文旅资源过分单一，无疑会削弱人气。因此，后黄又充分利用和创造条件，开发出较为独特的红色文化资源。他们把林水镜的祖屋"流转"，改造成福建省首家党员政治生活馆，馆内由中共党史、闽中革命史等多种党史纪实构成，是党员政治学习的文化屋。党员政治生活馆曾获第二届最美福建文化旅游创意设计大赛"红色经典优秀奖"。展馆包含榜样事迹馆、百工馆、人民公社馆、教科书馆、毛主席纪念厅、抗战记忆馆、革命精神学习馆、革命物品展示馆等11个展示馆，共一万多件当年实物史料。馆内精心布置，让人身临其境，体验到各种历史真实场景。后黄村关于古民居的"流转"举措，之后被载入了《中国共产党简史》第十章第二节。2015年，后黄被评为全国民主法治示范村、全国文明村。

乡愁需要领地，领地需要农耕文化的镇守。后黄"村居—田园—水系—果林"的整体布局与该村落结构布局相呼应，拥有广阔的农耕文化展示地基。社区的特色采摘园是由老党员许仍熙领办的莆阳合作社引进的项目，他带领多名党员和群众以入股形式参与运营管理，发

▲ 晨光里的后黄

展草莓、西红柿、莲雾、芭乐、火龙果、青枣等水果采摘，并立足这些农业资源，开设相关的农耕文化研学课程，与农事体验项目相互融合，产生了巨大的吸引力，已成为莆田市游客和中小学生休闲放松的首选地，吸引了中央、省、市媒体的宣传报道。

  有了文旅资源，还需要独具匠心的开发与利用。一位来自浙江的民间收藏家将这座曾经废弃的民国时期哥特式建筑"三山妇产医院"打造成游客青睐的网红打卡地——民国往事馆。两馆藏品超万件，他自己当起了导游，平均每月能接待游客1000多人次。有600多年的历

史桃源社是后黄年代最为久远的一处建筑。桃源广场榕树下是一处莆田传统小吃手工制作体验馆。2013年，时任省委书记尤权就在这棵大榕树下与村民代表、侨眷侨属、村干部围坐在一起，亲切交谈。当他得知村里正努力打造乡村人文生态旅游景区时，他希望大家既要做好水稻、枇杷、龙眼等种植业，也要积极发展乡村旅游等产业，使村子越来越美、村民越来越富。2020年12月25日，时任福建省委书记的尹力在后黄考察指出，实施乡村振兴战略，要注重文化传承，保护好老祖宗留给我们的宝贵遗产，把历史文化与现代元素有机结合起来；要因地制宜做好乡村旅游这篇文章，加强诚信经营，带动村民共同致富。

后黄的南洋广场，是一处多功能广场，平时村民和游客三三两两

▲ 后黄碉楼

▲ 游客娱乐现场

在这里休闲散步，周末又成亲子研学教育开展的主要活动场所。南洋楼是机关企事业单位开展党建团建活动的主要场所，可容纳 200 多人。广场旁的 Apa kabar 是一个大学生创业的咖啡屋项目，印尼语 Apa kabar 是"你好"的意思。社区还流转承租原来村里的小学，打造成农家餐厅，主打莆仙小吃制作体验，既可以满足中小学生民俗研学需求，又可以满足游客快消需求。

后黄社区借助被列入省级乡村创客基地的契机，积极打造乡村文化创客基地，吸引大量设计、艺术、文创等领域的青年人才扎根，目前已有忘忧园休闲吧、汉服文化体验、农家小院、龙华书院、油画基地、集邮文化产业创新基地、三人行滑轮等 18 家创客团队入驻。

国际美食节、两岸集邮文化发展论坛、彩色旅游文化节、农民丰收节、集卡巡回展、中秋读诗会、端午诗会、国学夏令营、军旅夏令营、七彩风车艺术节、油伞风铃节、稻草人文化展、《莆风新籁》诗词分享会等丰富多彩的文化旅游活动，都是后黄社区开展活动的重头戏，也解决了当地 100 多位村民的就业问题。

古村坐田园，清水绕后黄。社区鹅卵石路两旁是后黄的田园观光区，是后黄梦开启的地方，社区通过统一流转 180 亩农田后，集中承包给大户进行集约化经营，改变居民零星耕作的同时，全面提升农田品质，居民既有田租收入，也有到农事企业打工的薪金收入，实现变沉睡"三资"为增收"活水"。除了流转农田外，社区还流转了 18 栋民居，吸引新后黄人投资进驻。私房菜楼、茶馆的屋内，采用的旧门板、旧床榻、旧农具打造的桌椅板凳，不时勾起游客儿时的乡愁记忆。

后黄区域面积约 62 公顷，人口 1003 人，年接待游客达 25 万人次，居民人均年收入将近 4 万元。文旅给后黄带来了翻天覆地的变化，如今的村民们可以轻松地和游客待在两个废弃的池塘改造成的知秋湖旁，夏日赏荷花，秋天看落日了。

大梧飞出了金凤凰

戎章榕

赫赫炎炎，烈日当空。

西梧村，坐落于诏安湾，依山傍海，有 1.8 公里的沿海岸线，是一个以海水养殖和浅海捕捞为主业的滨海渔村，曾被评为漳州市"十佳最美渔村"之一。我每一次走进它，都会发现新的变化、新的进步。

癸卯年的小暑节气，我再一次来到西梧村。吴志雄书记驾车带我参观。一进村，我即刻被红绿相间、整洁清新的西梧休闲公园所吸引，我要求停车，观赏拍照，一面金属固化的标有党徽和"习近平新时代中国特色社会主义思想"字样的红旗，高高矗立，鲜艳夺目；在绿色植物的前面，是一行熟悉的标语牌：践行司法为民，共建美丽西梧。

在欣赏改造提升后的公园场景时，我还发现在公园的后端，村口路旁挂着一条红色的条幅："热烈祝贺大梧学子吴圣聪被北京大学录取"，着实让我眼睛一亮！

吴书记见我对着横幅拍照，站在一边笑得合不拢嘴，说："这是大梧历史上的第一个考入北大的，今年大学上本科线的人数有 13 人。"

再一细看，横幅的落款不是西梧村"两委"，而是"东西梧奖教奖学基金促进会"，这是西梧村 2023 年一个新亮点，也是实施乡村振兴战略中的一个新亮点。

大梧飞出了金凤凰。我从设立促进会上找到了采访切入口。

西梧村原是一个"路颠、水咸、人人嫌"的"后进村"，人居环境差，是漳州综治重点整治村。2014 年，吴志雄被推选为村支书，要改变落后的面貌，千头万绪，从何入手呢？吴书记首先想到了教育。上任第三天，他找到东梧村主干吴清华，商议成立一个奖教奖学基金。为什么会想到教育？望子成龙、望女成凤是为人父母的内心夙愿，而大梧小学已经 6 年没有一个渔家子弟进入诏安一中，群众心中有诉求有期盼。为什么要联合东梧村？在历史上总集基地名叫大悟，1962 年拆分为东梧、西梧两个村。两村以吴姓为主，情同手足，渊源深厚，大梧小学迄今沿用旧称。于是，两个当家人一合计，诏安县首个乡村"东西梧村奖教奖学促进会"应运而生。促进会成立，不仅回应了老百姓心有所盼，更重要的是，以此为契机，大力倡导移风易俗，营造邻里和睦、尊师重教、崇文尚学的文明氛围。

从 2014 年起，每年的 8 月底，一年一度的"东西梧村奖教奖学促

▲ 东西梧村全貌俯瞰

进会"的奖学金颁发仪式都会如期举行。根据有关条例,对东西梧村在高考、中考中取得的优异成绩的学子进行不同层次的奖励。

奖金当时最高只是2000元,不算太高,但发放仪式隆重,影响很大。获奖学子人人佩戴大红花,应邀到会的四都镇主要领导、县关工委领导发表热情洋溢的讲话,县电视台全程拍摄、现场采访,并于隔天在电视台上播放。奖励不只是钱,而是为了树立榜样,都说教育的本质便是如此,一朵云推动一朵云,一棵树摇动一棵树,一个灵魂唤醒一个灵魂。

更为可贵的是,颁奖仪式后,学子们来到"大梧家风家训馆"参观学习,追寻吴氏先贤的优秀事迹,传承慎终追远、孝敬父母、明礼诚信、爱国爱乡、造福桑梓等中华民族的家国情怀,推动道德实践养成。通过可触可感可知的家风家训,让学子们扣好人生第一粒扣子,树立人生坐标,迈向未来征程。

考取北大的吴圣聪就是促进会成立以来的最大受益者。

吴圣聪出生于东梧村一个普通渔民家庭。看上去身材虽然单薄,但却是一脸笑容的阳光男孩。他告诉我,除了学习,他还兴趣广泛,骑行、旅游,每天坚持跑步。他从小学三年级起,就跟着叔公学习书法、篆刻。众所周知,诏安是书画之乡,名家辈出,他的叔公就是福建省书法协会的会员。勤奋好学的吴圣聪是幸运的,在他成长过程中一直得到了促进会的奖掖。

2017年大梧小学毕业,作为优等生被输送到诏安一中,获得奖励;
2020年参与福建省中考,荣获"漳州市中考状元",再获奖励;
2023年在高考中以优异成绩被北京大学录取。

由此不难看出,鼓励奖励对一个孩子的成长是多么重要!吴圣聪告诉我，在他还是懵懂少年，有机会参与颁奖仪式，有机会聆听大人们热情激励的讲话，对他内心有着潜移默化的深远影响，使他从小就懂得，通过学习能够看到更远的风景。

吴圣聪高考成绩是685分，他说成绩不算太好，他是被强基录取的，在强基报考时，填报的就是北京大学，高考成绩出来后，又通过笔试和面试，终于如愿以偿考取北大力学专业。他说从小喜欢科研，选择力学，有助于打好数学和物理的基础，为今后从事科研工作作铺垫。在与现年18岁的吴圣聪交谈中，我觉得他不仅口才好，而且有想法。真可谓是后生可畏也！

当我问及他学习的"秘籍"时，他只说"踏实"两个字，踏实做好每件事。吴志雄介绍吴圣聪家庭情况，除了父母外，还有一位慈祥的奶奶。一家人为人友善、邻里和睦、热心公益，得到乡里乡亲一致好评。那么，吴圣聪秉持的"踏实"，是来自父母勤勤恳恳、踏踏实实为人的言传身教！

吴圣聪只是东西梧村的金凤凰之一，两村目前已拥有博士6人，硕士15人，本科生（含函授本科毕业）231人。这对于1172户数，5200人口的东西梧村而言，应当说占比相当高。9年来促进会为大梧小学教师、学生颁奖1274人次，奖学金总额为167760元。而促进会接受社会各界人士（含5个企业单位）138人捐款总数为282303元，东西梧两村村财投入15万元。一个促进会把各方力量凝聚起来，把人心凝聚起来。

促进会成立，不仅成就像吴圣聪等一批大梧学子，对吴志雄书记开启乡村治理亦有启发，由此萌生了用"爱心"治理的理念。

西梧村从一个空壳村变成了年村财收入400多万元的实力村，其成功案例入选为全球和全国减贫典型案例，先后获得省级美丽乡村建设十个典型示范村、首批省级人居环境整治试点村、省级乡村振兴试点村、省级文明村、全省先进基层党组织、全国乡村治理示范村等荣誉称号。吴志雄也被评为漳州市劳动模范、福建省第十四届人大代表。

"问渠那得清如许，为有源头活水来。"这得益于吴志雄9年书记位上，不断实践、不断总结的"五心"工作法。针对班子软弱涣散、"三资"管理混乱、房派斗争严重、环境卫生恶劣、产业经济落后5大症结，摸索出"五心"工作法来破解。

"五心"具体内容：忠心强班子、公心收资产、爱心化解房派斗争、恒心治理脏乱差、决心践诺项目。"奖学奖教基金促进会"只是爱心中的一项举措，却是吴书记抓得最早的一项举措，也是影响最为深远的一项举措。

"爱心"所至，金石为开。"五心"不仅消弭了房派斗争，还将

▲ 西梧村进村村牌"精神堡垒"

所有的矛盾都消除在萌芽状态，做到小事不出片，大事不出村，矛盾不上交。促进会成立9年，实现9年来零上访，当然，两者没有直接的关系，但却是不可或缺的一个重要因素。在与西梧村的互动下，东梧村2021年被评为省级乡村振兴实绩突出村。

"乡风文明"是乡村振兴的核心要义之一，文明从小抓起。奖教奖学不只是为子孙后代的成长起到鞭策和鼓励作用，更是为了乡风文明、家国情怀的代际相传。

我国是农业大国，拥有数千年的农耕文明，靠什么维系农村道德秩序，保存文明火种，化怨解困，和睦乡里？古代圣贤提出"设庠序以化于邑"。教化乡邑，实乃乡村教育之根本！

乡村教育关乎乡村的明天，乡村振兴离不开乡村教育的振兴。大梧虽只是一个个案，但却有普遍昭示意义：没有乡村教育就没有乡村未来，没有乡村未来就不可能有乡村全面振兴。东西梧村9年前点亮的希望之光，尽管微弱，却是烛照中国乡村的一线光亮，接续了几千年明明灭灭的闪烁，着实让人感到温暖而踏实。

面向未来，吴书记不再满足业已将西梧村列为"谷文昌学院现场教学点"，同样是以教育作更长远的谋划，拟投建一所乡村振兴大学堂，计划占地12亩，建筑面积8000平方米，既助力提升村干村民与时俱进的能力和素质，也为全镇、全县乃至其他县区党员干部教育培训提供场所，为深入推进党建引领乡村振兴提供阵地保障。

换句话说，吴志雄有志于将西梧村打造成为全省实施乡村振兴战略的新地标。

凤凰花开蒋山村

陈秋钦

端午节前夕，天气炎热，但传说中的蒋山村，却意外地给我送来一缕清凉的惬意！

蒋山村位于湄洲湾北岸经济开发区山亭镇东北部，村域面积1.6平方公里，海岸线3公里，下辖下蒋、东头、后山、后坵4个自然村。近年来，蒋山村凭其村民勇敢与聪慧的同心协力，借助天然的渔港环境优势，先后获评省级美丽乡村示范村、省级乡村振兴试点村、省级"美丽渔村"示范村等荣誉称号。

一下车，我眼前一亮：在临近蒋山村部的三岔路口，一棵凤凰花正傲然怒放，徐徐海风吹拂之下，俨然"迎客松"的气势：满树红花密密麻麻争先恐后火红一片，就像火凤凰的羽毛。枝头上的花团开得又红又大，团团簇簇的花朵层层叠叠地裹起来，就像一串串燃烧的火球。"叶如飞凰之羽，花若丹凤之冠"，名曰"凤凰木"，形象而生动，浪漫之极。

站在凤凰树下，放眼望去，但见远处是蔚蓝色的海平面，在郁郁葱葱的护风林间，蒋山村别墅如雨后的春笋鳞次栉比此起彼伏。条条村道全是水泥路，宽敞整洁，高档小车随处可见……蒋山村，果然名不虚传。

在村干部的引领下，我们走进了下蒋村，这里因地适宜位置独特与众不同：一弯细细的小河蜿蜒东去，绕着村庄哗哗地流着，昼夜不息。小河拐弯处因地制宜地开辟出一方宽阔的篮球场，一群不知疲倦的少年们球趣正酣，配合默契，抢、传、接、投，一气呵成，行云流水，路过村民们驻足观看，并发出了阵阵喝彩。顿时，喝彩声、喊叫声、嬉笑声久久地回荡在球场上空……

紧挨着篮球场是一幢雄伟壮观的下蒋村戏剧院，一共投资1260万元建设，是乡亲们自愿集资的，可以同时容纳400人观演，据说是莆田市规模最大、功能最齐全、设施最先进的村级剧院。

▲ 蒋山村路口的凤凰花

走进剧院，舞台宽阔，灯光音响设备齐全，台下靠背椅依次排开，整整齐齐，坐上去舒适放松，视野通畅开阔，并配有空调设备，俨然城里电影院的气派。只见工人们忙进忙出地在搬一个个箱子，一问才知，明天即将在这里演出莆仙戏。

剧院后面是村里的祠堂，也应该是蒋山村的中心点了。步入祠堂，映入眼帘的是一块牌匾"学士流芳"。正中间一大排是蒋氏祖辈杰出人物精美的壁画，装饰感强烈的色彩，简洁浓重的笔墨，抢眼之极。墙壁两边用白描的手法画了"精忠报国""郑成功收复台湾"及二十四节孝的传统故事，足见蒋山人对祖上的荣誉和优秀文化的爱护与传承，用心之至，用情之深。

祠堂门口有一棵老榕树，那是乡亲们眼里的"风水树"，几经岁月的风雨洗礼，尤显顽强与生机，屹立不倒。老干虬枝，根须飘扬，好像矗立在祠堂之外的一位老者，指点着蒋山村的古往今来。

追古抚今，随行的小蒋激动地告诉我：蒋山村是典型的"界外"，离内陆市区有四五十公里，靠海吃海，在交通偏远和工业技术落后的过去，记忆中的家里永远只有地瓜、花生和又咸又涩的小鱼虾，只有逢年过节时，去内地平原的远房亲戚家串门，用海产品换回一些大米，才吃得上几顿米饭。

从小，父母为了生计长年在外打拼，小蒋是跟着爷爷奶奶长大的。

有海水的地方就有妈祖。

蒋山村附近有贤良港天后祖祠、东仙紫霄洞、莆禧天妃宫、莆禧城墙、莆禧城隍庙等。每年农历三月二十三，这里都要举行隆重的巡游活动，祈求风调雨顺，国泰民安，而演莆仙戏，却是乡村人民纪念妈祖最隆重的方式。

蒋爷爷是个老戏迷，他喜欢模仿戏中威风凛凛的英雄模样，有时走在路上，边走边想，突然间会唱起歌并配合动作，声情并茂，路人还以为是疯子，对他指指点点，一副敬而远之的样子。

七八岁的小蒋，逢年过节都会跟爷爷祠堂门口看戏，那时他还小，在各种小摊担前，上蹿下跳，很是淘气。那时爷爷一旦入戏，怕被吵得分神，都是用零钱打发他。他一拿到零花钱，就跑到小摊前买了一盅螺，像一只机灵的猴子爬到榕树上，寻个舒适的地方靠着，津津有味地品尝着螺，看着莆仙戏台前幕后，吃光的螺壳，要是瞧着哪一个不顺眼，就"顺手"扔过去，对方遭了这飞来的"横祸"，莫名其妙疼得哇哇大叫，而他躲在树上幸灾乐祸，双手油腻腻地往自己的头上擦着，让头发在阳光下闪闪发光，自认为很美……

记得有一次，戏演到一半，狂风大作，暴雨倾盆，村民们都作鸟兽散，全场只有爷爷一名观众，具有一副"戏在我就在"不可撼动的架势。没有撑伞的爷爷雷打不动如雕像一般坐在那里，目不转睛地盯着台上……次日，毕竟年老体力不支的爷爷躺在床上，咳嗽不止，奶奶颤巍巍地来到床前，一手端着药，一手指着爷爷的脑袋，责备道："下辈子让你投胎当戏精，就不用我伺候。"

那时，爷爷不止一次地告诉小蒋戏里《状元与乞丐》的故事，再三强调刻苦读书可以改变命运的道理。

自然而然，"地瘦栽松柏，家贫子读书"的古训成为他的座右铭，小蒋以优异的成绩考上当时人人羡慕的城里学校。

临行之前，家里穷得揭不开锅，奶奶把唯一的一碗稀得可以照镜的粥给孙子吃，懂事的他只喝了半碗，另一半留给奶奶喝。

带着乡亲们的殷殷嘱托，带着大海的希冀和包容，他与蒋山村的孩子们一样，刻苦努力，奋勇拼搏。在改革开放的经济大潮中，小蒋也勇敢地"噗通"一声下海了，凭着独特的智慧和洞察力，敏锐地抓到了商机，乘着改革开放的春风，赚到了人生中的第一桶金。

他和许许多多的蒋山人一样，回到了家乡，回报了家乡，统筹做好特色产业发展与群众增收致富两篇文章，按照"宜养则养、宜种则种"的发展思路，探索"党建+合作社""党支部+行业协会"发展模式，先后投入资金3000余万元，建成了蒋山村紫菜育苗基地、东乌垞冷冻库、光伏发电、南普陀山美食一条街等一批致富项目，为村集体经济可持续发展提供强劲动力的同时，也带动群众增收致富，吸引着四方游客。

可喜可贺的是蒋山村呈现出产业兴旺、生态宜居、群众富足的乡村振兴新局面。

时代在发展，生活在进步。人民的物质生活提高了，开始追求精神生活。莆仙戏是中国民间戏剧的一块活化石，一直在民间蓬勃发展。如今的老人们坐在有空调设备的宽阔剧院里，尽情地享受着古往今来戏里戏外的故事，嘴上乐开了花。

小蒋感慨道："要是我爷爷还在，看到了家乡发生了这么大的变化，可以坐在室内空调里看戏，不怕风不怕雨，那该多好……"

我们站在海边，恰逢禁渔期，渔港的大船小艇静默地漂浮在海上，祖辈们辛勤地劳作着，日出而作，日落而息。曾经的风里来雨里去，他们是该歇歇了。

每家每户的门口都停着小车，那是年轻人奔向大城市追求心中的诗歌和远方的标志交通工具。一路跌跌撞撞，一旦奔波疲惫了，他们也想回到母亲的怀里靠一靠。

人生就是如此，但重在追求而乐在其中，蒋山村的游子无论走得多远，都走不出母亲的目光，都走不出大海的怀抱。

汽车缓缓地离开，我忍不住地再次回头：蒋山村的祠堂后面是错落有致富有层次的现代别墅群，海天之间，恰如一幅古典与现代的经典结合当代中国画的意境。村口的凤凰花仍然矗立在村口目送着我们，红红火火热烈奔放鲜艳夺目……

看海的澳

高 云

在平潭旅游，很多人去石牌洋景区都是直抵码头，俯瞰辽阔无垠的大海，很少会去刻意打听所在村落的名字。看澳，这充满诗情画意、趣味横生而景象祥和的地方，渔舟云集、水天一色，便是我魂牵梦绕且别有洞天的故乡，永远无法割舍地站立在生命的青绿之中。这里，风是大海涌动的轻柔，水是思想播种的田园，云是精神翔飞的天空。

故土，历史的回望

秋来春去，花落花开。至于我而言，虽然不在家乡出生与成长，而那里的旖旎风光与亲和的人文环境，仍然还有那份牵肠挂肚的依恋与念想。我在城里出生，人生次第渐开的每个片段，在风霜雨雪之后，却愈加感受与家族的那份血脉相系、心潮浩荡。一路走来，跋山涉水，与山的巍峨挺拔，与海的辽阔涌动和淳朴民风的熏陶一同兼葭兼程。

有一次，陪同中国作家协会海洋文化采风团的友人游览气定神闲的石牌洋，不经意间告诉他们这里就是我的老家，并详述了家乡的前世今生、风物人情，他们不禁赞不绝口、肃然起敬，尤其对村名有了十分感性的认知和通透的理会：看澳，向海生长、因水而秀，还有守望澳口的人群与海相依相偎、或伴或随，与大洋舟航可通、益以邻界。《福州府志》《平潭县志》记载，7岁的南宋末代皇帝赵昺和4岁的卫王赵昺，在丞相陆秀夫等忠臣的护卫下，为逃避元兵追杀，已经在波涛中颠覆数月，曾在此"驻足毕"，暂时喘息、修整军队、耕海垦田。历史的记载，深厚的底蕴，赋予"看澳"这个村落的诸多意义，让人遐思无尽。

只此看澳，如此青绿。

故园，风景的重启

海天同一色，四季各相异。家乡发轫于明代，由高氏群落迁入而居。每当早晨的阳光从东边的山岭上喷薄而出，那七彩般的光芒透过薄如蝉翼的雾气，照耀村庄的每个角落，似炊烟升起，又似轻纱曼妙。一个村庄的高度，不一定是海拔的高度，它的伟岸来自自身焕发出的光彩。这个鳞次栉比的村落，地处苏澳镇南端，三面环山，东是过山，西有古洞山，北靠南海山，南临浩瀚大海，耸立在前方海面上的海蚀奇观石牌洋，又称"半洋石帆"和"双帆石柱"，由质地坚硬的白色花岗岩构成，蔚为壮观。海岸上，还保存着60余处让人奇思遐想的球状海蚀天然石景，有青蛙仰天、弥勒佛、双龟拱桥等奇异象形景观，具有很强的观赏和很高的科学考察价值。

清风徐来，陌上花开。聆听悠远的历史回声，令人陶醉。村庄倚山临海，犹如坐在一把太师椅上，不动声色。延绵交错的石厝，就像时光里黑白相间的琴键，急促里如同匆忙的身影，激越时又似远眺的眼神。村域面积1.44平方公里，村庄占地面积454亩。现有571户，村民小组10个，户籍人口2100人。村中的深巷中，细碎的阳光洒在穿梭其间的人们身上，清静之中有些微的暖意。穿越小巷，仿佛穿越了历史的隧道，置身于一个"暧暧远人村，依依墟里烟。狗吠深巷中，鸡鸣桑树颠"的久远年代。如今走在村巷之间，硬化的道路两旁，老人们都是一脸洋溢的欢笑和幸福。当下，数不胜数的村民以定置网近海捕鱼为生，之后又逐渐发展养殖业、海运业，有滩涂海蛎养殖300多亩，海带养殖500多亩。

众鸟高飞尽，孤云独去闲。空山新雨后，村庄东面与民主村相邻的山上，草木葱茏、山路逶迤、峻峭卓立，碧绿萦绕着弯曲起伏的小

▲ 风情万种石牌洋

道，风清凉，弥漫着浓郁的馨香。西北与南海村相邻，曲径通幽，别有一番风景，舒缓和煦的气息清新如初。东南有玉屿仔岛，绕水而生，海藻肆意生长，满目青翠，而其中一处空旷无垠的奇岩怪石，却环境清幽静谧。西南为旅游码头，仅 1600 多米可以乘游艇抵达国家级旅游景区石牌洋，俯身自然、怡情山水、回归天地。石牌洋因了哑巴皇帝的传说，有了性灵。于是，来到平潭的游客，必到石牌洋追思萦远。一年又一年，来石牌洋的人越来越多。

只此看澳，如此诗意。

故事，犹忆峥嵘岁月

重温乡事，心潮激荡。在苍天绿树掩映下，村里的东边有个妈祖宫，烛火摇曳，香飞如影。古色古香的妈祖宫坐北朝南、背倚青山，构思巧妙。近伴看澳湾，远眺石牌洋，一厅一厢房。始建于明代年间，是为保一方平安昌盛而建的，主事祭祀。走进妈祖宫，抬头可见屋檐上彩绘着龙凤呈祥的图案，色彩鲜明，气韵生动，既保留了古迹的斑驳沧桑，也平添了新殿的富丽堂皇。从抗日战争到解放战争，这片热土上，战火纷飞。

家乡是红色血液厚植的土地。解放战争时期，妈祖宫见证了平潭人民游击队的凤凰涅槃，见证了看澳村不灭的红色底蕴。星移物换，笼罩在这里的枪炮声和硝烟早已消散，青山绿水间的乡村却处处留下红色印记，给予了几代人守正的力量，更成了精神图腾和文化基因。云雾奔涌，苍山凝碧，似乎弥漫着一股英雄气概，看澳村为平潭人民解放事业做出不懈的努力和贡献，党和人民不会忘记老区人民，中华人民共和国成立后将55名游击队员定为"五老",三位牺牲同志追认为烈士。

只此看澳,如此壮烈。

故地,人才的辈出

一方热土,精英辈出。中华人民共和国成立后,看澳村人民发扬革命优良传统,坚定不移紧跟党,响应党的号召,为平潭建设和发展呕心沥血,贡献力量。但看澳人平常之中都不及荣耀,不谈从前。他们知道,只有经历千壑竞秀、万山叠翠、攒峰列岫的沧桑岁月,才有灵动而优雅的幸福生活。

站在入村的路口望去,如今这里房屋整齐划一、粉墙黛瓦、洋楼别墅、柔和风声……一些老屋已有老气横秋的皱褶,是先民的沧桑、岁月的老去、思想的遗存,也是留给后世的精神血脉。改革开放,风催浪涌。从一个无人问津的小渔村,已联通全国各个港口的黄金水道,多少年来,勤劳的看澳村人努力建设着自己的幸福家园。一柄橹桨闯大洋,海运业成为看澳村的特色产业,全村从事海运相关行业的约500人,相关船舶100多条,船舶总吨位约130万吨,养殖业、捕捞业、旅游业也迅速发展,人民生活水平有了很大的提高,故乡的内在气质和外在以形象正在以超乎想象的速度发生变化。景区游客服务中心、村民文化活动中心拔地而起,安全而舒适的游轮穿梭于石牌洋之间,船厂一片繁忙的景象,无数远洋海运的轮船正进坞修整……看澳华丽转身,群众生活彻底发生了改变,村风村貌也有了显著改观。

只此看澳,如此多娇。

故乡，时代的强音

　　日月其迈，岁律更新。战火硝烟已沉隐于历史深处，乡村振兴路子越来越宽，村里没有一个游手好闲的人。村民充分利用看澳村自然景观和红色旅游资源，发展民宿、餐饮、电商等产业，做到家家有产业，户户有收入。村级集体经济总收入达 300 余万元，去年收入达 50 多万元；村民人均年收入 16.5 万元。随着"一岛两窗三区"建设的风生水起，高存心等一批年轻的村干部以敢拼会赢的精神和人民至上的品格，果敢走上了面对崭新时代的舞台。看澳村正在寻找新的蜕变：从一个贫困村走向共同富裕村，从一个单一产业村走向生态文明产业村，从一个红色老区走向一个红色景区，从一个自然风景区走向一个自然与人文和谐融合的示范区。

　　云来云去皆自在，花开花落心依旧。一个村庄见证了许多隐谧而令人敬仰的往事。流动的光影里，有的触及了心灵，是一种故乡的气息。耳边响起一首歌：我吹过你吹过的风，这算不算相拥，我走过你走过的路，这算不算相逢。我还是那么喜欢你，想与你到白头。此刻，看到了故乡的过往，看到了满载星辰大海的前方。这既是历史与现实交汇的节点，也是畅想未来与机遇的美好。

　　千百年的风疏雨骤，乡村见证了多少游子的壮志和离愁。小时候，生活阅历一片空白，我对故乡最初的印象还只停留在感官上的好奇。而今到了一定年龄，才慢慢发现，人类历史的长河里，特殊的地理位置总会孕育出独特的文化。思乡的热望恰是春风，随着时光翻越千山万水。天风直逆海涛来。每次，离开看澳村的那一瞬间，我深切地感受到，今日的盛世繁华，淡去了悠远的朴素与留恋。举目远望，我还是依然喜欢这个家园，这是一个情感可以倚靠、心灵可以皈依的地方，这里不仅有历史的传记、红色的足迹，还有脱贫致富、乡村振兴的新时代传奇。当下，全村上下正按照"产业兴旺、生态宜居、乡风文明、治理有效、生活富强"的总体要求，汇聚磅礴力量，实现历史跨越。这里是梦想的地方，只是因了你的坚毅笃行与忠诚果敢已浸入骨髓，才有一代代子孙留下各有韵味的华美诗行。人生天地间，此刻最美好。

只此看澳，如此起航。

湖光山色情悠悠

杨国栋

一

浩大的太阳裹挟着蓝天白云，席卷着蒸腾热浪，在这个盛夏如火的日子里散发着起伏绵延的炙热气体，给行路者带去大汗淋漓之后需求时时解渴的期盼。然而也有例外。笔者下笔书写的福州市仓山区盖山镇高湖村，村党委书记郑升率领的高湖村专业舞狮队，不顾灼热气浪的冲击，毅然应邀进入厦门，展示高湖村特色鲜明的、龙飞凤舞的舞狮舞龙之大型欢快的娱乐活动，注入乡村振兴的新鲜内容，展示出新时代中国特色社会主义乡村建设的新亮点，更富力度的彰显出走进新时代乡村百姓的豪迈与自信。

福州话常根据读音把"半段"说成"半旦"，"做半段"的民俗盛行于马尾、晋安、仓山等福州城郊，以及闽侯县大部分平原乡镇，彰显了福州人热情好客的淳朴乡风。郑升书记说："做半段其实是做半丈。""半丈"即"五尺"，"五尺"在福州方言里是"有吃有喝"的谐音。"半旦"这个民俗表示一年过了一半，一般多在农历七月中句后及八月期间，村民为庆祝上半年的丰收，答谢农忙时亲友的"换工"等帮助，在自家大院或大堂内，摆个几桌呼朋引伴地让亲戚朋友来自己家吃喝。半旦的流水席往往花样翻新，蒸、煮、烤、炸、油泼、冰镇、凉拌等等，非常诱人。

郑升书记又说：仓山区盖山镇高湖村有着丰富的民俗文化资源，其中高湖舞龙尤为突出。传说，早在清末民初，从北京紫禁城的宫廷里，跑出了一批专为皇家进行宫廷舞狮的顶尖级高手，他们害怕被即将垮塌的晚清王朝做垫背去送死，便悄悄地逃出京城，跑到僻远的福建福州郊外，隐姓埋名过日子。数年之后，他们发现盖山一带百姓善良忠厚，就在节庆的日子里重温他们技艺高超、历史悠久的大型舞龙技艺，博得当地百姓欢呼叫好。这样一来，他们在盖山镇高湖村一带站稳了脚跟。1997年3月，高湖村舞龙大师们代表中国队参加在比利时布鲁塞尔举行的第四届"欧亚杯"龙狮邀请赛，获得金牌。2002年元旦，又在第四届全国舞龙锦标赛上，夺得舞龙全能亚军，自选套路第二名，规定套路第三名的优秀成绩。

2003年元月，郑升的父辈们创造性地打磨的高湖"夜光龙"舞龙技艺脱颖而出，作为文化交流的使者，成功地出访新加坡，表演舞龙技艺获得轰动。2004年9月在第五届全国农运会上，郑升和他的乡友勇夺"竞速舞龙"金牌。2008年10月，郑升又参加在福建省泉州市举行的第六届全国农运会，与乡人一道荣获舞龙项目"三金二银两个一等奖"的突出成绩，为福建代表团争得荣誉，被国家体育总局授予"国家舞龙队"称号；同时高湖村也被福建省文化厅、福建省文联评为民间艺术"舞龙之乡"光荣称号。高湖舞龙还被列为福建省非物质文化遗产重点保护项目。2010年，高湖舞龙队参加了第五届全国特奥会央视直播闭幕式的现场演出,持续扩大了高湖舞龙队的知名度和影响力。2012年9月,在第七届全国农民运动会上,高湖村再次荣获竞述舞龙金牌,以及自选套路、跨越障碍舞龙银牌的佳绩,为省市农民增光添彩。

龙院郑氏民居位于福州市仓山区盖山镇高湖村,始建于明代,坐西朝东,东西两落并列。西落一进,为民国建筑;东落二进,为明代中早期建筑。西落面阔三间,进深五柱,穿斗式木构。走进祠堂,正堂两侧贴满了蕴涵着深厚闽都文化底蕴的对联。这其中就包括了林则徐虎门销烟、明代民族英雄张经抗倭等历史故事。林则徐是高湖人的女婿;张经的母亲是高湖人。说起这些民族英雄,郑升和郑氏祠堂后人充满着自豪与骄傲。

高湖南湖郑氏宗祠,位于仓山区盖山镇高湖村高湖市场旁,始建于明朝正德年间,由吏部验封司郑善夫捐资倡建,清朝道光十七年(1837)重修,占地854平方米。郑升书记告诉笔者说,这栋老屋由门楼、前厅、厅堂、厢房、天井等组成,让世人长久地看见了高湖古老建筑的风情风味;而位于郑震霆抗日救亡夜校旧址的盖山镇高湖村郑氏祠堂,则见证了1937年7月抗日战争全面爆发后,福州各界成立"福建抗敌后援会""福州文化界救亡协会"等团体,尤其是高湖人郑震霆等人发起组织的福州青年抗敌后援会,所产生的红色文化之久远历史,一直传承到现今。

原来,1938年高湖村建立共产党领导的红色革命组织的时候,高湖革命基点村就设在盖山镇的高湖村。吴仲禧、李铁、孟起、王一平、林白、郑震霆、林永贞、何友恭等人,在高湖村开展抗日救亡工作,很快打开了局面。这就形成了高湖极为重要的红色文化。

1947年,林白指派简印泉进入高湖重建共产党组织,短时间内就成立了中共闽侯一区特委，负责保护前往高湖开会的福建省委、城工部、福州市委等重要领导人。高湖也成为城工部许多重大行动的策划地。高湖村群众为保护地下党，掩护地下武装队伍作出了重大牺牲，同时也成就了高湖被誉为"福州三大红色摇篮"之一的响亮名声。

二

绿荫环绕的高湖村，因为青山绿水、波光潋滟、湖光山色而得名。周边的山势雄伟壮观，地形的多样串联牵连着陡峭山峰；逶迤起伏的山峦重重包围弯曲跌宕的峡谷，天然地形成了居高临下、视野开阔、道路平坦的格局。乡村振兴的嘹亮号角吹响以后，以高湖村党委书记郑升为领头人，多方位、广视角的带领广大村民，踏着时代律动的豪迈步伐，在村容村貌建设，特色经济发展，盘活乡村产业，大力发展旅游业等方面，做的是轰轰烈烈、风生水起、有板有眼，让村民们看见了强劲的新的发展走势。

清新、清丽、清美、清纯的湖光山色，曾经是高湖村乡民们为之骄傲的自然景观，也是高湖村吸引世人眼球前来光顾、观光、观赏秀美景色、山水风光的最佳去处。由于曾经疏于管理，缺乏创新，景点的鲜亮度下降，导致了游人的锐减。为了挽回这种尴尬混沌的局面，村里新上任的郑升书记，对此高度重视，用了一个月的时间，让旧貌变新颜；又用了一个月的时间，导引乡民们拿出自己曾经有过招待客人的吃喝玩乐技巧，获得了游人留得住饮食，记得住乡愁的"高湖记忆"。

如今，高湖村周边出现的万千松杉青柏，与万紫千红、绿茵流泻的清清水流相得益彰、相映成趣，构成了宏大瑰丽的时尚画面，极具前瞻地书写出耐人寻味的灿烂历史，在时光的映照下熠熠生辉。

2023年5月，高湖村有一处1.2万平方米的村集体资产项目，通过仓山区"榕易租"资产竞价平台，实现阳光招租，合同总价约1.77亿元。做到了村级集体经济公开透明交易的目的。这是前所未见的一大进步。

郑升书记还通过努力，开通了镇里的"小区在线"栏目，对高湖村新农村建设、地理位置、村志、发展，以及历史做了详细的介绍，同时对高湖村民俗特产，商家企业，村里政务，土地流转、出售，房屋出租也做了推介宣传，高湖村民觉得这个平台很好，积极地利用之后，拓展了经营的思路范围。

三

有史料记载：高湖村2011年农业生产总产值为零，2011年村集体收入105万元。数年后，郑升被大家推举为村书记兼村主任，农业生产引入现代种植业，农业的科技含量越来越高，农民们参与农业生产耕耘的积极性逐步提升，产量逐年增加，农田耕作耕耘的老把式们，又渐渐地找回了往昔田园劳作的那份情感与快慰。尽管田地间的耕耘最苦，汗水流的最多，收获最少，然而匍匐在田地间与大地母亲产生永不消失的亲近与共鸣，却是老一代农民们挥之不去的乐趣。

2012年，高湖村集体收入125万元。这些年，在郑升书记的带领下，高湖村加大对工业方面的投入，2021年工业总产值高达12.8亿元;2022年继续努力搞发展，村工业总产值达到13亿元，又有增长；年农民人均收入达到7500元。

郑升书记并不满足。在他的领导下，拓展了村里的房屋出租、翻砂、五金机械、拖鞋加工等经营项目，出现了产销两旺的新形势。

绿水青山，成为最美的风景。

如今的高湖村乡民们，观念更新。他们吟唱着水天一色的滚滚河流进行曲；他们回望在先人随波翻腾的滔滔水流中；他们在波浪翻卷、起伏跌宕、滚滚东流的"高湖潮声"里，品味前人书写的"潮来直涌千寻雪，日落斜横百丈虹"的壮美景色，在时光流逝的江水河浪中，美滋滋地体会哗哗水浪平心静气的欢唱与喧笑；又在郑升书记带领大家开辟的山边与山野里，激情昂扬地吸纳极有利于胸肺吐纳的超高负氧离子，将生命之花绽放在永远灿烂的山乡赤橙黄绿青蓝紫之中……

美丽道桥村，抵达诗和远方

叶 红

向青草更青处漫溯，在星辉斑斓里放歌。

当我伫立在道桥村绵长的亲水木栈道上，我的脑海中倏地闪过了这一句诗。岸边柳丝拂水，绿草如茵；眼前流水潺潺，鸟鸣啾啾。宽阔的龙江平滑如镜，一望茫茫。一只只白鹭轻盈地掠过芦苇和菖蒲丛，在水间翩翩起舞。好一幅清新醉人的生态美景图！道桥村真的美得让人无法拒绝。

道桥村古称"魁里"，明清两代又称"枫桥"，位于福清市东张镇西部东张水库龙江上游，距镇区7公里。全村人口2450人，现辖东门、道桥、石牌、新店4个自然村。这里以传统农业为主，有耕地980亩，山地3700亩，村民多种植稻谷、番薯、小麦、瓜果和蔬菜。作为福清市母亲河的龙江从村中穿行而过，奔流不息。充沛的水源使得龙江两岸水草丰茂，鲜花明丽。百姓临水而栖，安居乐业。

近几年，道桥村的名气是越来越大了，到过这里的人亲切地把它称作福清的"云水谣"。它被评为"福清市最美河段"，也陆续扛回了"国家森林乡村""福建省美丽休闲乡村""省级乡村治理示范村""省级'一村一品'示范村"等金字招牌。但是,谁又能想到,几年前这里还是另一番光景。

那时候,江岸蒿草萋萋,几条坡岭上散落着简易的旧房屋,一片凌乱。随处可见鸡圈、鸭圈、猪圈,河道两边垃圾成堆,臭气熏天,周边村民苦不堪言。

为彻底改变村庄面貌,村"两委"形成共识,要像呵护自己的眼睛一样,千方百计保护好龙江水源保护区的自然生态环境。经过近半年的努力,先后拆除了一百多个鸡圈、鸭圈、猪圈,清理了河道两边垃圾,共腾出 7500 平方米土地,用于绿化美化。村里还鼓励大家在房前屋后栽花种树,扮靓庭院,春华孕育了秋实,道桥村开始四季有景。

村"两委"还聚焦群众提出的建设"美丽家园"要求,大力实施乡村振兴计划,共投入 300 多万元,以绿地和河道为载体,乡村文化

▲ 山水相依的美丽道桥村

为灵魂，打造具有"水韵乡情"特色，集休闲观光、健身运动、文化娱乐等多个功能为一体的农耕文化公园。同时发挥天然的地理优势，优化功能布局，建设滨河休闲景观带，水车休闲区，榕韵休闲公园、湿地休闲公园，形成"一带、一区、两园"的景观格局。

如今，村民推开窗，就能看到风景。低头闻水韵，举目赏烟霞。一年四季，锦绣风光尽展眼前。走出门，就与含着露水和栀子花撞个满怀。

村里有十多株百年老榕树。村民对它们尊崇有加。夏日的夜晚，榕树下变得热闹起来。大人们聚在一起神侃，孩子们追逐玩耍。入夜，流萤轻舞，蛙鸣阵阵，微风拂面。榕树之下，有着"一径水塘清幽，古树挂月"的曼妙意境。

每一个中国人心底都有一片珍存的精神桃源。此心安处是吾乡。走进道桥，你会发现，脚下竟无一点尘俗气，心似乎也透明起来。绿水环绕、青瓦飞檐、水中汀步、石板路、风雨桥……一切已臻梦境。静坐溪边，品一杯香茗，听近旁水车的滴答声，望远处一尊牛背上牧童吹笛的铜像，你一定会思接千载，浮想联翩。

喜爱美食的你，亦可按照导向牌指引的方向，寻到那家森隆生态山庄。在那里，爽糯的炒糕、喷香的紫菜海蛎饼、手工线面等道桥地道的美食，一定会满足你挑剔的味蕾。哦，对了，豆腐也是道桥的一大特色，质地细腻，鲜嫩可口。

如果有时间，你一定要到附近的大坪山走走。石径朝浓翠深处，轻风中疏枝淡影蝶舞于途，田畴染绿，汨汨清流奔涌而出，使游人心也翩跹。这里有道桥村最大的蜜柚种植基地，300多亩。作为东张镇的特色农产品，蜜柚可谓是百姓的"致富果"。得天独厚的大气和土壤环境、清冽的灌溉水质使该地产出的"惠煌牌"三红蜜柚具有汁多、果肉香甜等特点,深受消费者青睐。随着三红蜜柚的知名度不断提升,福清市惠煌农业开发有限公司充分发挥龙头企业示范带动作用,通过"企业+合作社+农户"经营模式,每年免费为周边农户提供优良品种嫁接、技术指导,吸纳周边农户进入基地工作等,全面提高农民收入水平,累计带动周边300多户种植户增收1000多万元。

绿色生态也催生出独具特色的乡村旅游项目。每年4月,柚子花开,花藏在绿叶间,不怎么起眼。但是你听,蜜蜂的声音,蝴蝶振翅的声音,就知道蜜柚开花是多么盛大。走入其间,花香聚成了云似的,好像能把你托起来。到了9月,该是采摘的季节了。自2019年开始,这里已经成功举办了三届福清东张镇蜜柚采摘节,吸引了福清及周边区县的许多游客前来参加,人气爆棚。游客在此体验采摘乐趣,享受丰收的喜悦和甜蜜。丰富的科普宣传活动又让大家进一步了解蜜柚,了解东张和道桥。镇领导在线上直播带货,农民在现场卖力吆喝,线上线下遥相呼应。单第三届,线上观看人次就逾13万。事实证明,"既像世外桃源,又是烟火人间"的和美乡村唤起了屏幕内外的共鸣共情。

在道桥,"诗与远方"的文化内涵和乡村振兴的蓬勃气象扑面而来。正如道桥村村书记、村主任倪黎明所言,来道桥村的人应该都能真切地感受到"留得住的山水,守得住的家园,值得过的人生,看得见的未来"。

当然,山水含情,人文更写意。近几年,村"两委"对美丽乡村的认识已不再仅仅停留于"好山好水好风光",他们意识到,文旅深度融合的背后,是不断升级的精神文化需求。乡村有故事,遗址会说话,一砖一瓦述说历史,一石一木承载乡愁。通过加大对二房邸敦康大厝等古民居的修缮保护、在农耕文化公园里设立农耕用具展示馆、在东张乡贤馆举办特色活动等一系列举措，不断挖掘绵延厚积的道桥历史底蕴，文化资源再度被激活焕新。

在农耕用具展示馆里，我看到几位年轻的学子边认真研究那些老物件，边侧耳聆听村干部娓娓叙说着道桥的前世今生，兴致盎然。文物承载的文史厚度与情感温度，成为越来越多人开阔眼界和陶冶情操的必需品。品味山水盛宴、阅览诗画美景，一批又一批游客心怀美好期待，出发后抵达，抵达后再出发。

"将文旅资源转化为深层次的情感融通，让新时代乡村以一种既有乡愁又有朝气的形象，深入那些远离乡村生活的观众心里，是我们的美好期望。"东张镇副镇长林伟杰说。

▲ 农耕用具展示馆

诗里藏乡，画里风光；清新道桥，大美天成。美丽山水让老百姓的生活变得有滋有味，他们的精神世界也变得更加开阔。古有清光绪秀才王经辉创办"枫桥乡社学"，今有青少年科普活动室、阅览厅。村里不仅有幼儿园、小学、卫生所、幸福院、长者食堂，还有自己的太极队、舞蹈队和乡间乐队，村民的业余文化生活丰富多彩。

美丽道桥村总是鼓励年轻人到更美更远的地方去开拓进取，闯出自己的一片天。上海、温州、厦门、广州、深圳、珠海、三亚……面朝大海的城市里活跃着他们奔波的身影。它也热忱怀抱漂泊四海、渴望归家的游子。道桥村是著名侨乡。一代又一代旅居海外的道桥人筚路蓝缕，砥砺前行，书写了属于他们的光辉时代，涌现出赖水镰、赖方英、赖庆辉、倪政美等优秀乡贤。他们情系桑梓，心心念念家乡建设，热心公益事业。

在道桥，提起赖方英老先生，无论是田间地头的老农，还是校园里的莘莘学子，无不表露出由衷的敬仰和赞叹。这位曾为印尼赫赫有名的"土产大王"，一生艰辛创业，勤俭克己，对家乡建设总是慷慨解囊，先后捐出近600万元，投入教育和公益事业。临终前还不忘叮嘱家人，要继续关心支持家乡建设，令人动容。乡情乡愁永远是牵动每一个中国人的最朴素、最执着、最温馨的情愫。

2018年，道桥村生命公园在仙脚山莲池水库旁建成。这是福清市为建设美丽乡村、倡导移风易俗新风尚而推出的一项创新举措。它强调节约土地资源，提倡树葬、花葬、草坪葬等新的殡葬方式。从最初的不理解到后来的欣然接受，村干部可没少费功夫。渐渐地，"丧事简办、留碑不留坟""让生命在青山绿水间延续"的观念深入到村中老人的心，年轻人也慢慢树立起"厚养薄葬"的理念。到后期，一些老人晚饭后还会自发来到这里，查看工程建设进度。他们笑着说："这是我人生后花园，以后我就住这里了。"对于生于斯长于斯的道桥人来说，道桥村就是他们山水间永远的家。只有背倚壮阔青山，面向这片浩荡水光，心才会得到永久的安详和宁静，思念在山水间萦绕，真情在鲜花中绽放。

说不完、道不尽的道桥啊，如诗如画的山水风光，生机勃发的一方沃壤，将吸引更多人关注这里、去往这里，共赴乡村振兴的多彩实践，书写美丽乡村的无限可能。

后　记

乡村振兴福建系列故事《遇见和美乡村》即将与读者见面，这是继出版《在希望的田野上》后，福建省乡村振兴研究会组织福建省知名作家采写的又一本讲述乡村振兴福建故事的书。

当我们捧读书稿，心底依旧感怀。当《在希望的田野上》即将出版时，省委副书记、省长赵龙在百忙工作中，拨冗作序，对该书的编辑出版给予充分的肯定，希望这些生动感人的故事，接续不断地传承续写下去。省长的勉励让我们倍受鼓舞和鞭策，更加坚定了讲好乡村振兴故事，将之打造成福建文化品牌的信心与决心。

《在希望的田野上》出版后，省委常委、宣传部部长张彦提出，文化赋能乡村振兴是宣传部门的一项重要工作，要求宣传部门积极支持这项活动。省委宣传部、省文联等有关部门高度重视与支持，将它列为福建省文艺基金扶持项目。

2023年3月，我们在连江县安凯乡同心村举行了《在希望的田野上》新书首发式暨2023年讲好乡村振兴故事启动仪式。随后，"学习强国"、东南网、《海峡乡村》杂志等媒体及时转载书中的部分故事。

我们与喜马拉雅合作，将每个乡村振兴故事制作成有声读物，在平台上宣传、播放，反响良好，曾列喜马拉雅平台乡村振兴综合板块的首位，扩大了"乡村振兴福建故事"这一文化品牌的影响力。不少读者和听者反映，这些故事可学、可悟、可鉴，从中真切感受到八闽乡村振兴的蓬勃生机。

2023年，福建省乡村振兴研究会精心组织这一活动，多次召开专题会，研究讲好乡村振兴故事的开展情况，提出要多出精品，把感人的乡村振兴的人和事写出来。潘征会长更是利用下基层调研机会，收集故事素材，带头撰写乡村振兴故事。

2023年，有更多的作家主动报名，参与到写作的队伍中来。他们走进火热的乡村振兴一线，发现故事、采写故事，在接触大量的人和事，看到乡村发生的巨大变化之后，被生动故事所感动，深切体悟到福建省乡村振兴的劲更足了、合力更强了、创新的举措更多了，带头人的作用发挥得更好了，深切地体会到可写的内容和题材更丰富了，心中激发起强烈的写故事欲望。作家们满怀热情，写出了一篇篇内容翔实、充满感情的生动故事。《遇见和美乡村》较篇数来说，比《在希望的田野上》更多，所讲述的内容故事性更强。

书的生命在于阅读，在于阅读后得到的启迪。我们期待你的阅读，期待你能够从中得到启迪。从你的阅读和得到的启迪中，我们会感到编写它的意义。当然，由于我们经验不足，水平有限，书中可能有许多瑕疵，恳请读者朋友批评指正。我们相信，有你的批评指正，我们一定能够把乡村振兴故事讲得更精彩。

2023 年 12 月

图书在版编目(CIP)数据

遇见和美乡村/福建省乡村振兴研究会编.—福州：海峡文艺出版社，2023.12(2024.7 重印)
(乡村振兴福建故事系列)
ISBN 978-7-5550-3511-4

Ⅰ.①遇… Ⅱ.①福… Ⅲ.①故事－作品集－中国－当代 Ⅳ.①I247.81

中国国家版本馆 CIP 数据核字(2023)第 202415 号

遇见和美乡村

福建省乡村振兴研究会　编

出 版 人	林　滨
责任编辑	林可莘
出版发行	海峡文艺出版社
经　　销	福建新华发行(集团)有限责任公司
社　　址	福州市东水路 76 号 14 层
发 行 部	0591－87536797
印　　刷	福建省天一屏山印务有限公司
厂　　址	福建省福州市闽侯县荆溪镇徐家村 166－1 号楼
开　　本	720 毫米×1010 毫米　1/16
字　　数	250 千字
印　　张	23.75
版　　次	2023 年 12 月第 1 版
印　　次	2024 年 7 月第 2 次印刷
书　　号	ISBN 978-7-5550-3511-4
定　　价	65.00 元

如发现印装质量问题，请寄承印厂调换